新创业史丛书

烈日洪荒

曾义　冷飔　罗莉／著

中国青年出版社

图书在版编目（CIP）数据

烈日洪荒 / 曾义，冷飔，罗莉著．—北京：中国青年出版社，2022.4
ISBN 978-7-5153-6613-5

Ⅰ．①烈…　Ⅱ．①曾…　②冷…　③罗…　Ⅲ．①长篇小说－中国－当代　Ⅳ．①I247.5

中国版本图书馆CIP数据核字（2022）第055608号

烈日洪荒
作　　者：曾义　冷飔　罗莉
责任编辑：侯群雄　岳虹
书籍设计：XXL Studio
出版发行：中国青年出版社
社　　址：北京市东城区东四十二条21号
网　　址：www.cyp.com.cn
编辑中心：010-57350402
营销中心：010-57350370
经　　销：新华书店
印　　刷：北京科信印刷有限公司
规　　格：710×1000　1/16
印　　张：17.5
字　　数：217千字
版　　次：2022年6月北京第1版
印　　次：2022年6月北京第1次印刷
印　　数：1-10000册
定　　价：52.00元

序

中国光伏产业是中国在全球具有技术、产业链和市场领先地位的战略性新兴产业，光伏发电是以新能源为主体的新型电力体系的主要支撑力量，是在本世纪中叶达成碳中和的最重要基础。中国光伏产业波澜壮阔的发展从二十多年以前拉开序幕，有一批具有国际视野和全球胸怀的创业者投身其中，开展技术创新，进行市场开拓。

上世纪末和本世纪初，有曹仁贤、瞿晓华、施正荣、靳保芳、苗连生和我等创业者率先参与其中：1996 年，靳保芳成立宁晋晶隆半导体厂；1997 年，曹仁贤从合肥工业大学辞职创业，成立阳光电源生产光伏逆变器；1998 年，苗连生投资创办英利公司，率先生产铸锭多晶；2001 年，瞿晓华从法国光伏公司辞职，创办阿特斯生产光伏组件；2001 年，施正荣从澳大利亚新南威尔士回国创业，创办了无锡尚德太阳能电力有限公司，生产光伏电池和组件；我于 1997 年在《京都议定书》的启发下创办天合光能，研究开发光伏屋顶建材和光伏建筑系统……这些中国光伏行业的开创者共同开创了一个新的太阳能时代。

当然，还有很多的行业前辈和技术专家为行业技术发展殚精竭虑，为行业的人才培养呕心沥血，如王长贵、崔荣强、于培诺、廖显伯、向贤碧、杨金焕、陈正荣、李文滋、吴选之、陈哲艮、曾祖勤、余国光、冯良桓、余世杰、黎展荣、季秉厚、沈辉、王斯成、杨德仁、赵颖等，还有很多海外专家参与到我国的科技创新和人才培养中来。前辈和专家坚持不懈的努力为我国光伏行业科技创新和人才培养作出了重大的贡献。

后来还有很多的光伏创业者纷纷参与进来，很多的技术专家纷纷涌现出来，如千江万川汇流成为长江、黄河，波澜壮阔、奔腾不息，形成了中国光伏产业直奔大海大洋，走向世界的滚滚洪流。正可谓“投身入光伏，顺势创大业”，一大批中国光伏新能源的开创者、开拓者把青春年华和心血智慧都献给了一生为之奋斗的光伏事业。

我们遇到了国家西部光明工程的重大机遇，赶上了美国“百万光伏屋顶计划”、德国“十万光伏屋顶计划”的大好时机，在 2003 年欧盟启动长期的光伏上网电价支持政策的背景下，海外光伏市场出现了爆发式增长，我国光伏产业也取得了高速发展，从 2005 年到 2007 年三年间，无锡尚德、苏州阿特斯、天合光能、保定英利、河北晶澳等企业纷纷在美国纽交所和纳斯达克成功上市，成为全球瞩目的“中国光伏板块”。

波澜壮阔的中国光伏产业也经历了跌宕起伏的发展历程，我们经历了 2008 年的全球金融危机和 2011 年的欧债危机，我们经历了美国、欧盟、加拿大等 6 个国家对中国光伏产品的“双反”调查，我们经历了 2010 年的大规模产能扩张潮，我们经历了产能过剩和“双反”带来的“产业寒冬”，2009 年到 2014 年期间，海外和中国大量的光伏企业破产倒闭。

中国政府在光伏行业最困难的时候给予最大的支持和积极的引导，商务部积极指导中国光伏行业企业参与对欧盟、美国的“双反”谈判，2013 年国务院出台了《国务院关于促进光伏产业健康发展的若干意见（国发〔2013〕24 号）》，随之，中国光伏产业进入持续快速发展的快车道，我国光伏市场和光伏产业取得蓬勃发展。截止到 2021 年底，中国光伏新增装机量连续 9 年全球第一、累计装机量连续 7 年全球第一、组件生产量连续 15 年全球第一，成为全球光伏产业和市场的领导者。

现有中国光伏行业发展的亲历者曾义等创作的反映光伏行业创业和奋斗的小说《烈日洪荒》，从一些事件展现了光伏人不畏艰难、开拓创新、奋力拼搏的精神，很有特色；小说也有主人公的感情故事，把光伏人艰苦创业的故事展现得更加生动、更加精彩。光伏行业的发展史也是中国制造崛起的一个缩影，还有很多值得书写和记录的人和事，期待更多的行业作品记录和歌颂过去几十年光伏人开拓创新、砥砺奋进把中国光伏行业从“三头在外”做到“三个第一”奋斗历程和辉煌事业展现给大家。

中国光伏行业协会名誉理事长　高纪凡

2022 年 5 月

目　录

第一章　一路奔波

方志在公司守着方宁做上一季度财务报表。数字告诉他，如果甲方不按时付款，他西昌的项目只能维持十三天。

“妈的，为了转型，把自己套进去了。”方志拍着桌子骂娘，“做工程做成了孙子，千万不要再出什么状况！”

方宁有点阴阳怪气，接话说：“出什么状况你也得顶着，你的资金、资产都在山沟沟里放着呢。”方志被妹妹一怼，心头更堵了。他往桌上一坐，慢慢掏出烟来，斜眼看着毫无表情做报表的方宁。

这个人已经不会再跟他共苦了，来江州几年，她买了别墅，开着卡宴，背着几万元的包包，看起来与那个工人方宁已经是隔世的关系了……

电话响起来，打断了他的胡思乱想。看了一下时间，下午四点。这会儿侯晓强给他打电话，肯定不是什么好事儿，怕什么来什么。他接了电话，只听侯晓强火急火燎说：“方总，村民把路给堵上了！好说歹说根本不让过，两车组件眼看着拉不进来，货车司机也嫌耽搁他们时间了，要……”

现场吵闹声已经盖过了正常通话，方志脑海中马上浮现了货车被掀翻在地、组件被哄抢回村变成牛圈材料的画面。大凉山里的山民，纯朴，也是热血一根筋：看你顺眼，就可以是过命的交情；要是觉得你看不起他、冒犯了他，也可以马上翻脸。侯晓强肯定不清楚。方志一边写纸条给方宁让她火速订直飞机票，一边吼：“你只管道歉、递烟，别他妈讲道理。请他们吃饭，喝酒！记住：千万别讲道理。我马上来！”

飞机降落西昌已是深夜两点。方志用差不多是机票的价钱租了一辆出租车，连夜风尘仆仆开过去。路在山间悬崖上盘旋，真是拿命在拼。他一路电话指挥，九月的山中夜风凉骨，却烧得血热，汗不停。还好，总算没有肢体冲突，场面还可以控制。

方志似头脑清醒地数着星星，其实脑袋已经乱到不转了。凌晨五点半终于抵达施工现场附近的镇子，还有近三十公里山路才到工地，再继续向前走便是水泥铺的盘山路。出租车不愿走了，丢下他回城了。

镇子静得很，不见人影。

他好不容易等到一家面馆开门，这才想起来自己离上一次进食已经隔了十八个小时。他要了三两面、红烧牛杂，泡海椒的辣和青花椒的鲜，一下子让方志清醒过来。没客人，老板一家三口都乐呵呵地盯着这个皮面白净的外乡人。

他散了烟给年轻的老板和他父亲，攀关系，说：“兄弟，帮忙找个摩托送我去隆山寨子。”

“现在是采花椒、收苹果的季节，都上山去了，不好找人。你去那干吗？”

“二百走不走？”方志从钱包里掏出钱。

年轻人一转身看炉子上炖的汤去了。一直蹲在门口吧嗒吧嗒抽烟的老头却走过来，给他递了杯水：“年轻人，看你两眼血红，这么早就到这山沟里，啥行李也没有，肯定是遇到难事儿了，别到哪里都说钱，只看到钱，就看不到这个山沟沟了。”

方志是个汉子，最受不了软话。他把到了眼眶的眼泪赶紧憋回去，用四川话说道：“叔，我急到了。隆山寨子修的太阳能电站是我承包的，现在村里人不让过；如果拉货的师傅再回去，加上八月份大雨，山路滑坡堵了，我可误事了。”方志说得语无伦次，却把自己练就的江湖油皮样子给盖住了，有那么一些实诚的样了。

“我送你！鹏娃儿，拿钥匙给我，”老头突然说，“你等我上屋拿件衣服。伢，你带这哥去旁边二狗家杂货店买几百块烟酒。”方志一下懂了，心一热，赶紧照做，买了一麻袋的烟酒让老头捆在摩托上。

路上吼着话，知道老头姓杨，年轻时也开货车到处走。年轻人是他儿子，在这个与西昌不通高速公路的县里跑车运山货，前几年出车祸断了腿，现在同媳妇在镇上做餐馆营生。隆山寨子以前只有泥巴路，路在悬崖上没车能去，村里卖东西只能背到镇上来。山货还好，卖大牲口简直就是要命，甚至有人载了绑得不结实的羊，因为路太烂，连人带着闹腾的羊摔下崖，死了。

说着话，方志也仔细看了路。还算平整的水泥路很薄，确实被大车轧出了坑来；山崖像是被刀削去一块，直得根本不敢往下看。山上的土也薄得很，植被不厚，长着些灌木和草丛，崖间零零落落跑着山羊。翻上山梁，就远远看到了村庄，附近的田地极不规整，扬起的尘土糊在草叶、菜叶、树叶上，整个山顶都土里土气的，让方志产生了些陌生的不安感。

路上横着车，也横着木头、石头、羊群，围着的村民有的还在打瞌睡。老杨头的摩托惊醒了这胶着的尴尬，一潭静下去的死水又活了起来。

“来人了！来人了！”

人群改了围攻的对象，向方志拥过来。他坐在车后座上，看到一群黑红的脸庞中，有一张白净的脸，衣服也是今年新款的粉色 polo 衫。“侯晓强这小子也太油头粉面了，穿得这么粉嫩跑到山沟里，装给谁看。”方志边想边下车，刚要掏钱夹，被老杨头摁住了：“我等你，你先去，钱不忙说。”

从人群里挤出来的侯晓强使劲拽着方志的手，哽咽得说不出话来，方志拍拍他的肩示意他冷静下来，故作轻松大声问：“大家这么早，吃了没有喔？”

这话却成了滴进油锅的水，让山顶啪嗒嗒炸开了。“这里都吃两顿，你们这是耽搁着我们上早工的时间，耽搁久了，花椒开过了，你们要越赔越多！”“两天工钱，赔全村！”“不止哦，还要修路。”……

货车司机听到动静也哐当顶开了锁紧的车门，蹦出驾驶室凑到方志跟前来。看来两辆车、四个人有商量，脸上都上着冬瓜的白霜。年纪轻的副手憋不住先嚷起来：“方总是吧？如果顺利，我们现在已经回到半路了，给你们俩小时。到不了工地我们就在这儿交货。”“怎么能交货给他们，误工怎么说？”……

方志此时似乎被丢在火上烤着，头一阵阵紧，他开始有点晕了。侯晓强赶紧递烟给四位师傅，赔着脸说：“小钱，好说好说。”为首的国字脸却没有接他的烟：“这个路，二十米的货车爬上来，这是拿命在开车，小钱？这是卖命的钱！”

方志掏出打火机，赶紧贴到跟前打火点烟：“大兄弟，我知道你们难。你看，我昨天下午一接到电话，也是不眠不休地赶过来了，为的就是给你们有个交代。都不容易，我会记着你们的好，绝不亏待大家。”

只见方志他们只顾给司机点烟，又和他们压低声音说话，人群简直沸腾了：“商量要跑，不能让他们跑！”“赔钱！”“搜他们的身，一个都不能走！”“不行，要扣车卖。”……

人在一起就怕有人煽风点火，看样子这火不仅点起来了，还往上面泼了油。场面几乎失控了。方志哪里跟山里的老百姓打过交道啊，一时不知如何应对。这时突然觉得有人在捅他背。

他一扭头，看见老杨头正在给他使眼色。他看到了之前买的三条烟。“赶紧，男人一人一包。”方志感激得赶紧照做，边发烟边态度诚恳地道歉。果然，人群安静下来了。

“你把我们的路轧坏了怎么办？”“路坏了你得解决，不然谁也别想过！”“对，这条路是我们村的，你得赔我们！”“书记说了，谁轧坏的找谁解决！”

村民们围上来，又开始吵嚷不停。

侯晓强悄悄告诉方志，这些村民每天都到施工现场围堵，不是催工钱就是闹着要他们修路。

老杨头站出来让大家安静，大家认得他，声音渐渐小了。“乡亲们，都是自个人说，也要听听他们当官的咋个说嘛。”

方志赶紧用四川话说：“老乡，我是在前面做工程的，不是过路就走的，长期都在，工期耽搁不起了啊！麻烦大家让我把货拉过去，赔钱的事情后面好商量。”

“不行不行！货卸完你不认账怎么办？你人跑了谁给修路？”

“乡亲们，我工程都没完，我后面还有车，还得往村里拉货啊，我怎么可能跑啊？”

“你别说这个，我们不信！先把路修了再说！”

“对，别听他的，他车过完肯定就不管了。”

“哎呀，大哥们啊，我这项目一个多亿，我能为了不给你们修路就跑吗？”

“那不行，你们要卸货也可以，先给二十万。”

“我……”方志还没来得及开口就被另一个声音打断。

“二十万哪够，二十万修得好吗？”

众人听了也跟着起哄。

“对，二十万太少了，他说项目一个多亿，怎么也得先出五十万！”

“赶快给钱，不然来得走不得！”

老杨头摇摇头，悄悄扯了方志的袖子，把他拉到边上，指了下村头鸡丝树下抽旱烟袋的五十多岁的汉子。方志一看，此人气度不凡，明白了老杨头的用意，要和这个人谈。对了，这个人就是村支书阿鲁。

老杨头带方志走过去。阿鲁和老杨头是老相识了。老杨头心善，知道隆山寨穷，就帮衬寨里的山民卖蘑菇；村里的娃在镇上上学，他也帮忙照看。所以阿鲁看着老杨头帮方志张罗，自然脸色就缓和下来，给了方志谈的机会。

方志二话不说，马上道歉：“书记，做错了事情要敢当。我一路过来，杨叔让我要看得见山。我看见了，山高，路是你们的命，我修，坏了的我补好。只是能不能让我的车先下货，工期我耽搁不起了。”

听了这话，阿鲁停了抽烟，却不应答，只对人群说：“散了吧，该摘花椒摘花椒，该放羊子放羊子。前头的路用石头封死，上水泥。只留三轮车过得了的道。等这两辆车下山，把山下的路也封死，只留三轮车道。这两天的工就不赔了。但是，他们说每周要买我们一百斤苹果。”

方志有些蒙。事情像是解决了，但是封起路来是咋回事呢？

老杨头接过阿鲁的旱烟狠狠吸几嘴，然后笑了，指着阿鲁说：“你这个老狐狸啊。”

阿鲁说：“不站在村口说话了，难得你上山，让这几个外乡娃一起，去我家喝酒！”老杨头说还有事，得先走，于是，方志和侯晓强跟着阿鲁书记去他家。

阿鲁家的房在村里算是修得不错的，三开间的大堂屋，格局气派，不过看起来有些年头了。窗户不大，透些微光，堂屋里比较昏暗；厨房连着堂屋，能看到火盆上放着锅，噼啪地烧着；旁边的墙壁被熏得黑漆漆的，地上杂乱地堆着柴火、蜂窝煤，还有些炭块；阿鲁的妻子正蹲在地上准备早午饭。

一进门，只见地上摆着一张低矮的方桌和几个条凳，迎面靠墙摆着一张办公桌，左边摆着一台有些看不出底色的白色电话机，旁边立着几个文件袋，正中间杂乱摆着《四川日报》，右侧是一个小茶盘，放着几个茶杯，几只苍蝇没精打采地叮着些没味道的白水。

办公桌摆在彝族传统的堂屋里，看上去特别突兀，方志顿时感觉自己像是上了衙门的公堂。

“来，坐下说话。”

一行人刚坐下来，侯晓强就把麻袋里的两瓶酒、一箱牛奶还有剩下的两条烟全都提溜进屋了。

“汉人贵茶，彝人贵酒。”方志入乡随俗，知道彝人喝酒根本不需要菜，便马上开了一瓶剑南春，从办公桌上拿过几个茶杯，也不涮杯，就给屋里的人一一满上。方志仗着三两面垫底，一仰头就干了。路上，他本来准备要好好倒苦水，拉拉关系，可一路走过看到充满羊尿骚味的村子，看着一张张被风和日头吹得看不出年龄的脸，他什么都说不出来了。

其实人与人之间，并没有想象的那么遥远，地理、身份、钱财、之前认识不认识都不重要。如果把对方当作人来尊重，是可以把遥远迅速拉近的。方志吞下去的话，反而把商场那种取巧的心化解了。阿鲁他们读的书不多，在他们的世界里只有愿意帮忙和有情义的人。

方志虽然精神还不太好，但是他也判断出来这下子不用舍命喝酒了，但是他总得做点啥，一时间又不知道从哪里讲起。

阿鲁倒是单刀直入地问起他来了：“你们这个项目是国家的还是私人的？怕是赚头大哦。”

方志知道这些老江湖会掂量你话里头的水分：“书记啊，这个项目是国家的。现在外头的钱没有前些年好挣了。阿鲁书记，最近是真艰难。组件没有跟上来，货到不了，项目进度跟不上，我结不了款，就没有钱修路。你别看我做了一个多亿的项目，我可是把房子、公司都抵押出去了，还借了不少钱，我要是做不完我可真得倾家荡产。阿鲁书记你这次可一定要帮帮我。”

说罢，方志端起茶缸，狠狠闷了一口酒，满脸愁容，表情狰狞，阿鲁书记见他这副样子，语气上也缓和了许多。

“我也知道你们做生意的人不容易，但你这路轧坏了，我这也没办法。你把村里路轧坏了，我答应你了，村子里面的人也不答应啊。”

阿鲁书记的语气已经让了半分，方志看到希望。正在这时候，阿鲁书记的妻子端着满满一盆腊猪蹄走过来，放到桌上。

看着这盆飘着香气、油乎乎的猪蹄，方志顿时做出迫不及待的模样，伸手抓起一大块肉，狠狠地咬了一大口，蹭了满嘴的油。

“阿鲁书记，你们村子里面的肉真香啊！我就没吃过这么好的土猪肉！简直太香了，你们村真是人杰地灵！”

阿鲁书记听了很受用，得意地说：“我们这的土猪肉不像你们城里的都是饲料喂出来的。”

方志把嘴里的肉咽下去，给自己倒上酒，又闷了一大口，说：“真痛快，以后我从你们这里买点腊肉香肠去送客户。”

阿鲁书记听了立马来了兴致：“我们彝族人养的都是小黑猪，两年才长一百多斤，我们熏的腊肉都是松枝慢慢烤出来的，就是这山太深，不知道往哪里卖啊。”

“阿鲁书记，真不是奉承你们肉香。城里人哪能吃到这么好的腊肉，都不知道从哪里买呢。我回江州就给你们问问，你们做深加工，我在长三角给你们卖。”

“好好好，我也替村子里的人谢谢你了。”两人一时兴起，又是几杯酒下肚。从前一天晚上到现在，方志一直在路上奔波，人困马乏，几大杯酒下肚，只觉得胃里翻江倒海搅得厉害，猪蹄油腻的腥气伴着辛辣的酒气一阵阵从胃里往喉咙处涌，一口酒顶在嘴里只觉得想吐又不敢吐。

方志强憋一口气硬是咽了下去，然后撑起身子毕恭毕敬地站直说：“阿鲁书记你放心，我这个项目只要按期完工，修路的钱肯定没问题。我还是有利润的，肯定能给你补上。再说这项目没完工，也不急在这会儿修路对吧？何况我项目就在你的地盘上，我也不敢跑啊，你说对不对！”

说着，方志忙不迭给阿鲁书记鞠了一躬，刚咽下一口，又举起酒杯：“能不能过今天这个关口全看阿鲁书记了。”说完仰起头就干。

阿鲁书记见方志这狼狈样，心里掂量一下，觉得也是这么个道理，他喝了一大口酒，含混地回答着：“我觉得也是，你项目就用的是我们村的地，我还不信你们能跑了不成。”

听到书记这么说，方志觉得火候差不多了，趁热打铁，这件事就能成。但方志的肚子现在跟火烧一样难受，怕再喝下去真顶不住了，连忙拉起旁边的侯晓强，趁着酒劲说：“还不快谢谢阿鲁书记！”侯晓强这时也不含糊，眉头一皱，硬是一口闷下去一两。

接下来，方志半真半假地用兴致勃勃的调子跟书记扯东扯西，从村子百年的历史聊到村口的大树，等酒劲缓得差不多了，才对阿鲁书记说：“修路的事啊，我也不在行。到时候看看要多少钱，我就把钱交给你，你再送我个人情，组织村里面的壮劳力把这路补一补，你看行不行？”

这话看似是方志示弱求书记帮忙，其实是要把话递给书记，点到为止。

阿鲁书记听完愣了几秒，明白了方志的意思。阿鲁书记脸色顿时就变了，音调一下子也高起来，举杯对方志说：“只要能把路修好，不麻烦，不麻烦，来喝酒，喝酒！”

方志知道事情要成了，也连忙笑着举起杯迎上去，又喝了一大口。

想到事情还没聊完，方志憋住气，直着脖子狠狠地把酒咽了下去，马上又拿起酒瓶给自己添上酒，举起杯对阿鲁书记说：“书记，要不你和村里人打个电话，让我们把货卸了吧，大车司机待一天几千块钱，这钱这么浪费，还不如回头给村里的人多发点工钱，对吧？”

阿鲁书记拿起电话打出去，用当地土语吩咐对方：“让他们走吧！

你叫上人把石头搬开，先把货搬了。等项目完工，让方总再给我们把路修好。”

听到这话，方志终于松了一口气，彻底放下心来，他顾不得胃里翻涌的巨浪，又连敬好几杯，感谢书记高抬贵手。方志暗自庆幸：“我这点儿酒量竟然顶过了川西的酒局。”

天色已近黄昏，方志看看表，刚打算告辞，阿鲁书记突然发话了。

“走什么走，这刚喝开怎么就要走呢！酒，我们家有的是，上好的锅庄酒一年就酿好几百斤，管够喝！别走别走，来，老婆子，你帮我们打两杯酒来！”

阿鲁书记举着杯子喊来妻子，方志不好推脱，硬着头皮递上了自己的杯子。

满满的两大茶缸酒端回来，顿时浓烈的酒气扑鼻而来，辣度直接甩剑南春十八条街。

“这可是好酒，纯粮食酿的，你尝尝！我们家老婆子酿的酒在村里那是出了名的好！来，干杯！”

阿鲁书记微红的脸上满是得意，举起杯就大口闷，方志闭着眼睛硬是喝下一口老酒。那酒闻着不香，入口不甜，回味只有辣，纯正的酒气像火一样，从喉咙直接烧到胃里。

方志只觉得耳朵里嗡嗡作响，脑子像被人打了一砖头，全身都跟着发麻，阿鲁书记的说话声也变得模糊起来。

“这酒跟你们城里的不一样，纯粮食酒它不上头！”

方志配合地跟着点头，头一动，只觉得人都跟着飘了，阿鲁书记后面说了什么他也没听清，整个人直接栽到桌上睡了过去。

方志是被疼醒的，头疼，嗓子也生疼，他发现自己斜躺在办公桌旁的藤椅上。

侯晓强坐在角落，见方志醒了，连忙端着水杯走过去：“方总你醒了？你喝水？”

方志摆摆手，他觉得头沉得厉害，强打起精神看四周，发现阿鲁书记还坐在桌前喝酒。

“阿鲁书记，我得走了，我得赶回去。”方志挣扎着站起来。

“今天别走了，就住我这里吧！你小子酒量不行啊，才几杯就倒了。”阿鲁书记笑着说，又喝了一大口酒。

方志看着阿鲁书记喝酒，胃里一阵抽搐，但还是笑着说：“不好意思啊，让书记见笑了，我昨天一夜没睡，不过我现在真得走了，我明天早上得坐飞机赶回去。”

说完，方志转头问侯晓强：“货都卸好了吧？车还没走吧？你送我，我跟着大货车回镇里。”

临走时，方志问阿鲁书记：“书记，镇上有没有司机，能帮我把车开到机场去？”

“有，不过很贵，去机场要一千二。”

“一千二就一千二。那我把钱给你，你帮我找个司机吧。”

离开隆山寨子，方志跟着大货车回到镇上，阿鲁书记帮他联系好司机，载着他连夜出发。

车子上了高速，方志只觉得越发不舒服，他疲惫地闭上眼睛，忍着一阵阵的头疼，不知不觉间睡着了。

第二章　茫茫夜空

黑夜中高速行驶，风景不明，前路不清。所有的车，都在风驰电掣中交互而过，偶然碰面，可能再也不见。

已经深夜十一点多了，车依旧在西昌的公路上不停歇地奔向沉默广袤的黑，奔向视线无法追寻的远处。车里很暗，方志突然醒了，他感觉疲惫到极点，感觉到大脑里的神经累得疼，头脑深处却清醒得没有睡意。

夜空凝成静谧而深邃的墨蓝，弦月刺在一片空茫中，月光一晃一晃地打在方志脸上。

月亮一路追逼，方志鼻头一酸，白日奔忙的记忆变成了自怜的哀叹，好似有些拎不清为什么去做那些。方志疲倦的脸上生出空洞、迷惘的神态，他盯着黑蒙蒙的漫漫长路，思绪兀自乱飞。事情很多，不过在这样的黑夜里，方志想关注自己。

他说不清关注什么。

车子突然一震，方志的头也随着车子的减震惯性低下，却发现手机屏幕亮着，显示有十几个未接来电。他眉头一皱，直接滑走未接电话页面，他不是不敢面对，确实是筋疲力尽，他需要一个自己的空间，哪怕只能停留一小时。

方志指尖一停，目光落在通讯录上，不自觉拨通了安迪的电话。

“嘟——嘟——”

安迪回国以后就联系上了，但方志一直很克制，毕竟曾经是他自己放弃了，才有了各自的选择……

夜晚太安静，手机里传出的每一声都敲在方志的心上，哪怕他并没有将听筒送到耳边。他掐着手机陷入了沉思，并不忙着挂断，有所期待地看着手机界面，嘴里说着："打不通的，太晚了。"

方志等着通话自动挂断。

身上没有烟，他摸索了一会儿，愤恨地想：要是再来几瓶酒也好。

车子路过长鸣，方志也不知是触动还是什么，他忽然想起那个女人的爽利、决绝，手指无意识落到结束提示音的上空。

就在这时，一直显示"正在拨号"的画面突然闪出了通话时长计数。

方志精神一振，他机械地把手机举到耳边，一秒，两秒，三秒……该说些什么，又该怎么说呢？他脑中空白，一腔情绪也没个表达的由头；对方也没有声音，周遭只有一片方志刻意放慢的呼吸声，绵长而慌乱。

该说句什么呢？

"睡了吗？"方志终于憋出一句话。

"还没有。"熟悉的声音响起，老样子，美而温静，但安迪没有多应什么，更没有问什么，好似在等着他的长篇大论，她大概也是不知道怎么和这个半夜打电话的人说什么吧。

方志背立起来，嘴张合了几次，沉默了。

又过了许久，安迪问起："你在哪儿？"

安迪一句话将他拖回现实，方志猛地发蒙自己身在何地？他别过头看见逐渐远去的路景，再次颓唐，声音沙哑着答了安迪："在西昌。"

电话那头察觉到了什么，叹了声气，半天才说了句："都不容易。"

方志揉着太阳穴，靠在车窗上，盯着弦月发呆；又是一轮沉默，方志耳畔只有长长的风声，似乎淹没了一切音响。

月色仍是冷清的，方志甚至想象到安迪此时的神情，她会微蹙着眉，平静的神色可能有点怜惜的味道吧。

他没听电话那头在说什么，白日里那些杂七杂八的事，方志无从向安迪说起，也不想让安迪知道。他胡乱“嗯，好”了两声，等回过神来，安迪正在问他：“刚才我听到的一首歌，觉得挺不错，要不……我发给你听听？”

方志神色松了许多：“好。”话音刚落，安迪挂断电话。“叮咚”一声清响，方志的视线已经有些模糊，全凭感觉点开安迪发来的歌曲。

想把我唱给你听，
趁现在年少如花。
花儿尽情地开吧，
装点你的岁月，我的枝桠……

他半倚车窗，戴上耳机，歌声将方志的思绪抽离开，他仿佛回到了两年前和安迪面对面一起吃阳春面、一起散步的时候。他无从描述自己的情绪，只沉默而期盼着安迪做些什么。

方志叹了口气，迫不及待地摁了暂停键，目光投向窗外。

一辆重卡从对面驶来，猛烈的轰隆声让他又猛地想起什么，打开通讯录点开一个人的界面。“我干吗呢？”屏幕上，姜半枝的名字熄灭了，他又解开手机锁，几次想将电话拨出去。

路上的飞叶打在窗上，他终究划走了名字。

方志想起很早以前他以为的冷一冷、哄一哄，但现在那些日子早已消散在时间的洪流里，时过境迁，他再没有什么理由，也不知道该和她说什么……醉酒的难受、多日混杂的压力和疲惫又涌上心头，他心口闷得难受，拨通了他妈妈的电话。

“喂，怎么了？”电话那头的声音是被惊醒的，但语气里又隐隐有些担忧。

“妈，”方志犹豫了，过了会儿，他才岔开话头，“最近在外面跑，想吃家里的东坡肘子了。”

“以为怎么了，等你回来给你做。”那头停顿了一下，添问一句，“是最近很忙吗？还是公司有什么事？”

方志心里一下打起鼓来：“没有的事！公司好着呢。”

周兰芝追问了几遍，方志含糊着挂了电话，仰头盯着封闭的车顶，像是在回答什么，又好似自言自语：“公司没事的。”

第二天下午醒来，方志回了几秒神才觉得自己已在江州。

看着屏幕上几十个未接来电，方志不情不愿地打开手机：方宁在五点前断断续续打了三个电话，接着就是裘得凯、组件厂、施工方、验收方……不用问方志也能想象到见了他们的画面，他们一口一个方总叫着，都像催命的鬼一样撵着他。

哪个不是张口闭口地要钱。

他奋力一按额头，倒吸一口气而后化作粗粗的呼气，随意拦了一辆出租车，坐上去：“走走走。”之后，又拿出手机，盘算着当前最重要的事——要多搞点钱周转！

审批的工程款赶不上后续的组件和支架的进货款，要再赊账很难了。况且西昌这一个项目还不足以支撑恩太熬过行业寒冬，必须叫裘得凯抓紧时间再谈一个新项目，新项目的预付款刚好可以顶上这段时间现金流的亏空；再加上，修补路的钱最少也得三十万元。

方志刚到公司，就小声骂了一嘴：“狗屁玩意儿。”然后瞪着通红的眼睛死盯着电梯按钮，用力按下。趁电梯上升的时间，方志给裘得凯发了条微信，叫他赶紧四处找找最近有没有预付款多的新项目。

正要到目的地楼层，方志本就皱起来的脸一下垮下来——侯晓强打电话了。

这孙子这个时间打电话，准没好事！

果不其然又出乎意料，一个好消息、一个坏消息。好消息——上一批材料顺利装完；坏消息——采购出问题了，第二批材料没影儿了。且明天就是给民工付工钱的日子……

他走回办公室，坐到位置上，把桌上的资料一拂，给方宁打电话，连打四个方宁都不接。方志急躁得按太阳穴，拨通了财务副经理电话，对方说，没钱！方志更急了。

眼下最要紧的是工地那边的工钱，三十万元明天就得打过去。不然天知道那帮老小子见不着钱能干出什么事。三十万元，三十万元，税费不能动，还银行的利息不能动，员工工资不能动……

“他妈的！几千万的公司竟然挤不出来这三十万元。”方志不断翻着通讯录，打出一串号码顿了一会儿，删掉；再打出一串号码，又删掉。几次过后，他终于放下手机，无力地靠在椅子上，喝了一口咖啡，也许昨天酒喝大了，突然一阵胃疼。他走到落地窗前，看着窗外的街道，呆呆望着下边的人来人往：他看到一个穿牛仔裤，没化妆的女孩，嘴里正叼着什么吃，一边扭动电动车，一边笨拙地过斑马线。红绿灯一闪，一辆电动三轮载着满满一车戴黄帽的工地工人，呼啸而过……

方志忽然感觉有点累了。城市好大，手机里朋友很多，可是关键时刻能帮你的却几乎没有。

他知道此刻有无数的事情等着他去处理，可就是不愿意再动。他缓缓嘬了一口咖啡，暗骂自己为什么要加冰。他任由那堆东西堵在胸口，越堆越多，越来越沉。

回到家，没等周兰芝反应过来，方志先开口：“妈，晚饭我吃了，先睡会儿。”说完，他关上房门，衣服都懒得脱，倒头就睡。

“唉，你看这孩子，昨晚不是还说想吃肘子吗？给你做好了，你又在外面吃了。”门外周兰芝跟方意坤的抱怨声还很清晰。

躺在床上的方志眼睛困得睁不开，精神却一阵清醒、一阵迷糊。

以前跟姜半枝开店，挣钱不多，在江湖上没有地位，但是现在想想，那时却是在江州过得最惬意的日子。想想就快乐，想到姜半枝，依她稳扎稳打的性子，一个人也能过得很好，她不缺钱，只要开口，她一定，可是……方志将自己埋到枕头里，低声又长长的哀号从那个还守着男人自尊的心底传了出来。

晚上七八点，方志迷迷糊糊睁开眼。

爸妈刚吃完饭在收拾，一旁的君君跑来跑去闹个不停。

方志想出去走走。外面豆大的雨滴稀稀拉拉地下着，听天气预报说半夜会有暴雨。方志没有带伞，不过他也不在乎。方志漫无目的地走着，因为城市改造，一路上大大小小的商铺都大门紧闭，他走了很远才在街角找到一家小餐馆。

店里只剩老板娘，看样子清理完最后一桌就准备关门。方志远远就喊："老板，还有饭没？"

"就剩一点儿凉菜了，你自己挑吧。"

"有酒没？来瓶啤的。"

一瓶啤酒，一碟小菜，一碗白米饭，管够。

平时的大鱼大肉不是陪客户应酬就是跟朋友聚会，现在突然一个人，没有风风火火的大餐，不需要察言观色，就一碗白饭平平淡淡。方志突然想问自己：一直拼命追求的是什么？和姜半枝一起过洗手做羹汤的安宁生活，还是被安迪黏着的日子？

"呵。"他像是在嘲讽自己，又像在感叹曾经的某一刻这些他都拥有，但现在都没了。"我为什么要拿命去跑？为什么不能就此放弃？跟那些大老板一样，两手一撒，公司一卖，海外搞栋别墅，过神仙日子。真要这样的话，西昌那帮村民肯定气得把我的支架全拆了去垫他们的猪圈；那条破路不知道又会有多少连人带羊一块儿滚到山沟里去；还有一大群工人活不下去找侯晓强和裘得凯要工资……反正不管村民还是工人，都得指着'方志'这名骂上一辈子。当老板，最后的责任都得自己扛啊。"方志把剩下的酒一饮而尽，"呵，一帮蠢蛋。全他妈得靠我方志！"

第三章　十万火急

一句话把堵在胸口的东西全骂了出去，方志只觉得浑身轻松。他笑了笑："天天方总方总的当惯了，还真以为自己算个人物了。"

"老板娘，再来一瓶酒！"

这么大个城，谁敢说自己算个人物！

不知不觉，啤酒瓶子已经一堆，方志骂归骂，还是拿起电话做了自己一直拉不下脸的事情——向那帮子兄弟借钱。

茫茫黑夜，此时的方志似乎一穷二白，什么都没有；同时，也什么都不怕。他左手拎着酒瓶，右手翻动着手机，通讯录里但凡有点交情的都挨个问了一遍。

"喂，王总啊！"

"对，我！恩太方志！上次那项目做得怎么样了？"

"我也没啥事，在外面呢。这才刚走两天，工地那边就出事了，你看能先汇我三十万救个急不？"

王总也是个大气的人，三十万元肯定是小钱啊！不过人家在电话里说昨天才投了个上亿的项目，还是扶持贫困山区，这会儿也周转不过来。

不知是夜市开始还是怎么了，人流多了起来，店外的汽车在疯狂按着喇叭，像是跟着起哄一样刺激着方志，他酒也喝不下去了。方志忍住甩掉手机的冲动，把钱拍在桌上，转身闯入人群之中。"全他娘的是放屁！扶持山区？给老子装！”

方志走到河边，抬起一脚，踢了块石头到河里去。也是自己欠揍，真当自己是个人物，他一边骂着一边打下个电话，电话接通立马换上笑脸。

他打了一圈电话，气得牙根子痒。“我倒要看看这群老狐狸！混挺好啊！不是刚接了新项目就是前脚才借出去，还他妈拿小姨子小老婆跟我扯皮！”

钱！钱！钱！方志很窝火。

他又一次给方宁打电话，这一回打通了：“工程队报价问得怎么样了？”

“哥，我在陪君君补课呢。”方宁压低声音嘟嘟囔囔，责怪方志的打扰。

“这边都火烧眉毛了！你还天天跑这些事！”方志直接怒骂，气急败坏中又吩咐方宁去办小额贷。

方宁也被突如其来的火气吓到了：“我明天上班就去问，但小额贷恐怕悬，时间来不及，手续都没法儿办，我试试看！”

“明天就要！”

酒绿灯红，人群叽叽喳喳的，方志忙了大半天，酒气都散了。

偌大的公司，指望谁呢？

他沿着河，边走边想：公司的账上早就核算过，一分钱都不能动，方宁自己的钱……她有君君，妹夫肯定也不会同意。

方志又拨了一个号码。三十万元的工钱是火烧眉毛，后续的组件跟进也是刻不容缓。

“喂！韩厂长！我方志！”

“没啥事，施工进程好得很，顺利的话，提前两周就能完工！”

“我这两天在外头出差，西昌那个项目后续的支架快装完了，你再给我发点啊！”

韩厂长听了立马堆笑，方总长，方总短的："哎哟，方总啊，咱也不是第一次合作了，我们这边一直是先给钱后发货嘛。"那头噼里啪啦，一会儿一个"幺鸡"，一会儿一个"碰"！

方志嘴上油滑得很，提高了嗓门："嘿！合作这么多次了，你还不知道我方志是什么人？能诓你的钱？财务肯定会汇过去！"

"方大老板啊，我们这小厂子哪能跟您上亿的大公司比啊？您这边不批钱，我们连原材料都凑不齐啊。"韩厂长还是和和气气。以后还要继续合作，方志左右是要不出来的，只好草草挂了电话。

也不知道站了多久，昏黑的天早将一切吞噬，沉沉透着尘黄，看来是又要下雨了。

第二天方志回到公司，刚进门，裘得凯就拿着一叠资料急匆匆地找他跟进新项目。

昨天，裘得凯提出新项目中工程队报价的问题很大，还和方宁在公司吵了起来。下班前，方宁不耐烦地说："都跟你说五遍了！这就是工程队报过来的价格，我这边没问题！你还有别的事吗？没有我要下班了！"

方志看着报价单，确实有不少猫腻，让方宁去现场亲自核实，争吵才歇了下来。

方志迅速召集各部门的负责人开会，财务、设备、人事，一项一项，分工明确，安排下去。散会后，他又赶紧给方宁打电话问进度，但是打不通。

办公室人来人往，咖啡来来回回换了好几杯，方宁终于出现了。

"哥，那个工程我看了，"方宁不慌不忙，把包随手放在方志桌上，瞥了眼方志的脸色，急忙补上，"是土石方的问题，费用降下来三百多万。"

裘得凯正好在门口，如释重负："方总，我觉得这个价靠谱多了，像我们这个质量，降了三百万，价格还是不错的，那我们报一线组件？金总那边也参与了这次投标。”

方志神色明显缓下来不少，他将文件搁置到一旁：“他们估计还是代工的此类品，施工费用压下来了，你报价的时候把利润也去了，按成本价报。”看裘得凯呆住不走，他赶了赶，“奖金照样给你们提。”

放弃利润并不是一时之间的念头，这次竞标必须一击中的，这样，最多一周时间就能拿到预付款，解眼下的燃眉之急。

还有一事！方宁等裘得凯走了，咳嗽两声：“哥，小额贷我早说了啊，没法子。”

方志早知道自己这妹妹办事靠不住，立马赶走方宁，自己找号码约见了几个贷款负责人。

他黑着脸又飞快满脸堆笑和小额贷负责人扯皮：“你看我们恩太那么大个公司……”方志从天上吹到地下，给这枚烟雾弹造足了势，又称兄道弟端得好一副成大事的气势。

“救急三十万补个工钱，现在就要！利息在行内平均水平上再加一个点都成！”方志一手塞烟一手好兄弟架势地说着，“回扣拿点也成。”

这些全都是各家最油嘴滑舌的人精，见身家几千万的方总亲自来就为了这三十万元，互相对了对脸色，心照不宣：怕不是碰上大麻烦要破产了？就算是真的急用，那也得好好敲上一笔。利息要高，回扣要有，还有资产证明、抵押证明，连带担保都得要到。

“通融通融，手续后面再慢慢补嘛！……再说了，以后我们公司但凡有贷款需要就找你们了！我现在就是时间赶不急。”

任凭方志吹得天花乱坠，对方硬是方总大气之类的话一句接一句，咬死条件好话歹话要抵押，反正兜兜转转就是不肯直接掏钱。天色渐晚，再磨下去也没有结果，方志无奈只能另想办法。

回家的路上，阿鲁书记打来电话。

“喂，方志，这两天的工钱该结了啊。我知道你不容易，但大哥我都跟乡亲们拍了胸脯的！你可得给我个准信儿。”

“那肯定补上嘛！”方志忙说。

阿鲁书记听了却很不耐烦：“嘿，你这个小子别老肯定肯定的！还说修路呢，工钱再不齐，到时候乡亲们把你装上的板子全拆喽！”

方志立马严肃起来：“我这几亿的公司，以后还要吃饭呢！差了乡亲们的钱不是砸自己的饭碗？这两天的工钱加上修路的钱，一共三十万！今晚上我就给你汇过去！”

看方志这气势，阿鲁书记也没再说什么。

挂断电话，方志心里清楚，嘴上这么说着，可能想的办法都想遍了，还是解不了燃眉之急。

方志迷茫地望着街道，小汽车、三轮车、电动车、自行车来来往往；街对面的小孩吃炸串吃得一嘴油，他妈妈正扯了纸给他擦，旁边一个中介跟第二天就要饿死一样拉业务，拼命地给小孩妈妈递单子，讲房产。

房子？

对！老家还有一套房子，房产证就放在家里！父母搬来江州，那房子就一直空着，把老家那边的房子抵押或卖掉，就够了……不知道爸妈能不能同意？反正等缓过这阵还能再买回来嘛，只要跟他们说清楚……

他似抓住了救命稻草，心里盘算着就疾步往家里走。

这是方志第一次感觉家门好远。他机械地打开家门，君君已经睡了，听见爸妈还在房间里拌嘴。他小偷似的轻轻关上门，看向爸妈的房间愣了两秒，突然喉咙很干，便去客厅倒了杯水，又看沙发不顺眼，重新整理了一遍，最后实在找不到能做的事才磨磨蹭蹭地向爸妈的房门靠去。

“别看你那破报纸了，看方志那样子，公司肯定出事了，你给方宁打电话问问。”

“瞎操心，他那牛性子，甭管谁问都说没事。小时候人家小孩挨欺负就知道哭，他呢，管对方多少人，即使被打得青一块紫一块还不服，拉都拉不住！”方意坤摁灭烟头，“随我。”

周兰芝笑了：“随你才担心。昨儿还打电话说要吃肘子，给他做好，可看都没看一眼。”

“行了行了，生意做那么大，有事也不是咱俩管得了的。再说，实在不成，瘦死的骆驼比马大，咱回老家，饿不着就行了……”

方志都没注意自己的手在门把上放了多久，直到听见屋里有脚步声传来，才立马儿大步轻轻跨回自己的房间。等了一分钟确定没人出来，才又蹑手蹑脚跑回厨房，打开冰箱，为自己舀了碗冷饭，淋上萝卜汤，塞进微波炉。

忽然闻到一抹记忆中熟悉的味道，一转头，只见桌案上扣着碗菜。

记得自己以前格外喜欢吃东坡肘子，但父母只每逢过节才做上一次，那滋味，肥而不腻、炉而不烂、软香适口，尤其原汁原味时最香！

方志激动不过，一揭开倒扣的盘子，浓稠的酱汁便映入眼帘，果然是自己最爱的东坡肘子，甚至还带点余温。方志眼睛一酸，伸手就抓起了一块肘子肉来放嘴里。炖得极好，下手就破，入口即化，他狼狈地埋头吃起来，直到微波炉的嘀嘀声响起才回过神来。

他端着饭和肘子走到阳台，顺手把门一拉，确定不会吵到爸妈，才继续翻开通讯录：“赵哲成——这小子，打十几个电话都没通，估计又在飞机上。许攸宁——一个人还要照顾父母和阿紫。姜半枝——”方志立马摇头否定了这个想法。

顺着往下翻，方志的视线停在了赵娜的名字上，他顿了顿，点根烟定神，拨通了她的电话。

“喂，你咋想起给我打电话啊？”

方志掸掸烟灰，故作轻松：“你不是在南非嘛，那边如何，都乐不思蜀了。”

“哦？”赵娜轻松起来，“我早从南非回来了，行情不好，休休假。你如何啊？”

“唉，生意不好做哦！恨不得把我卖个三十万，我就谢天谢地了！”方志一边夹着肘子往嘴里送，一边诉苦，神色也缓和许多。

赵娜停了好一会儿没答话，似乎明白了其中深意，大家都是风雨里闯荡的，听方志这语气知道他是愁了很久。虽然两人以前没什么交集，但经常听赵哲成提起方志这么个兄弟。想到赵哲成，赵娜自嘲似的笑了笑，被那死脑筋当兄弟的人，肯定也不差！

“喂，方总，你真缺三十万？我可以帮你。”

不知是收到突如其来的惊喜还是终于听到期待已久的话，方志按捺不住激动：“真的吗，赵娜？没想到你这么仗义！”

赵娜平平淡淡的声音，像是万马奔腾，直接踏平了方志胸中久积的沟壑，一马平川！

“走江湖嘛，借你三十万拜个大哥，我可赚大了。”

茫茫夜色，灯火通明。方志终于长舒了一口气。街上，高楼林立中形形色色的人，在夜里匆匆奔忙，在灯火里纵情狂欢。没有人注意到，刚刚的一阵疾风掠过，撕开乌云，重见了久违的月光……

第四章　依稀空洞

从那晚空洞中走出来后，方志重抖精神，兵来将挡，水来土掩，有点重拾他刚开始倒卖硅料的劲头：没有什么狗屁计划、原则，碰到一件事，认认真真往死里磕，一件件小事儿踏踏实实做成了，大局也成了。堵成一团的死局，似乎也慢慢被盘活了……

这一天，刚送走一个谈生意的客户，忽然接到赵哲成的电话。

“你个老小子，打十几个电话都不接，是不是有美人在怀啊，这才想起我？”方志接到电话，忽然想起他们好久不见了，但还得数落他的不是。

“这几天一半时间都在飞机上。”赵哲成照旧一本正经。两个人互相寒暄了几句，问了近来的情况。

“我回来了，明天有空吗？出来喝酒。”

之前赵哲成和赵娜一起在国内和南非来回奔波，依靠广大的南非市场，“启亚”在寒潮中艰难求生。每次回国，赵哲成都会拉上方志一起喝酒，这次也不例外。

方志看了看桌上的订单，估摸了下时间：“好呀，地方我来选，把赵娜也叫上，前两天她帮了我个大忙，正好谢谢她。”

赵哲成一顿，似乎欲言又止，过了几秒才回了句：“好。”

地点选在曾经开的奶茶店旁边，一家不大不小、装修别致的火锅店。以前没钱的时候，方志请别人来这儿觉得特有面子。现在有钱了，不管多高档的酒楼都去得起，但方志还是经常来这儿，不是跟客户谈生意，而是和生意外的兄弟喝酒。没读过几本书的方志也说不清什么情怀、什么留恋，单是觉得一群熟悉的人在一个熟悉的地方，就好像这些年从没有变过。

傍晚，方志接了赵哲成，开着车，缓缓地在走过无数遍的小道上前行。

街边的店铺和小摊犬牙交错，像是历经沧桑的百岁老人，安详且安稳地坐在那里，任凭朝阳从右脸渐起，带着一丝生气；夕阳从左脸消逝，拽出一声叹息。方志忽然间有些恍惚，想跟赵哲成说上两句，张口又不知道说什么，就点了一根烟，也递给赵哲成一根。

当西山快要掐掉最后一丝光晕的时候，街上的路灯齐刷刷亮起，还有餐馆、理发店、KTV 花花绿绿的招牌灯，硬是摇身一变，把一副垂垂老矣的景象包装得青春活力。

放在以前，方志最喜欢这种都市繁华，可现在他一看到刺眼却没有丝毫温度的灯光，就觉得浑身疲惫。但这样的疲惫他只会放在心底的一角，因为这就是他选择的江湖。深吸一口气，又变成那个市井方志。

“哎，你前两天在南非飞，干什么呢？”方志吐出一个烟圈，淡淡地问。

赵哲成的语气有些发愁，犹豫不决，吐露着那份摇摆：“正准备跟你说这事呢，杜致程记得吧，他找我去道华做全球商务总监，我把原来生意上的事了一下。”

“嘿，这是好事啊！杜致程可是光伏的大人物啊，在他面前混个脸熟可少不了好处！”方志见赵哲成一脸愁容，猜到肯定还有后话，随口搭两句就又抽起了烟。

赵哲成猛吸一口烟，紧皱的眉头没有一点儿舒展。

方志清楚，赵哲成跟自己是一类人，认定了一件事无论如何都要做成，同样认定失败的事也不会多费心思，哪怕再深的情感。赵哲成还不至于为什么事发愁，肯定还有别的原因。

车子开到火锅店，赵娜已经站在店门口等他俩。方志和赵哲成相继下车。

如果说来来往往、青春洋溢的学生与这条十几年的老街格格不入，那赵娜就成了第三道不同的风景。乍一看，一身素色长裙，略施粉黛的脸庞和柔顺随风浮动的发丝，实则却无一不是精致而出奇的，既有楚楚动人的娇羞，又有成熟婉约的妩媚。

方志看得入迷，全然忘记那晚借钱时赵娜的豪爽。

赵娜被看得有些不自在，打岔说："你俩来得可真慢。"又晃了晃手中的五粮液。虽然口中说着"你俩"，目光却全然没有分给方志。一声娇嗔入耳，方志看着另外两人你躲我往的眼神，眼睛一转，像是一下没反应过来胡乱喊了句："给我兄弟这待遇不错啊，嫂子！"

赵娜愣了一下，刚想接话，赵哲成却立马扯回方志："快收收你那德行，这还没喝就说胡话。"一句玩笑，可一板一眼没一个字是肯定。赵娜一下子僵住身体。

方志看两人的面色，赶紧道歉："对不起对不起，娜姐你今天穿得实在太漂亮了！"

赵娜瞥了一眼赵哲成，笑了笑："没事，说说而已，咱进去吃饭吧。"

方志走前面，赵哲成和赵娜并排，赵娜稍稍靠后。方志见了老板熟悉地打招呼，老板直接给他指了指角落的一个包间。

没有山珍海味，没有高档星级，一顿简简单单的火锅，围坐在一起就图个热闹。

赵娜一边点菜一边笑着问赵哲成："你们要吃什么？"赵哲成推着让方志来。方志不嫌麻烦，仿佛回到学生年代，扯着嗓子就喊："老板，毛肚、鸭肠、脑花，然后搞盘腰花补起来！再来个肥肠！"

你来我往，数杯美酒下肚，气氛渐渐活跃起来。

不时还有方志在那里喊火锅不够辣，非让老板加辣的声音：“老板，要特辣！加海椒！”

火锅咕咚起泡，烟雾缭绕，方志一杯举完又举起一杯，杯子相碰的声音此起彼伏。方志的话越来越多，就赵娜上次借三十万元的事，他天上地下吹了个遍，把赵娜吹成了活菩萨。赵娜也笑着，一再整理裙摆，听到方志吹嘘学生时代又掩嘴笑着看向赵哲成。

赵娜又一轮惊讶地说：“是吗？赵哲成原来还有这样的时候？”方志抓住了现行。他看看赵娜，又看看赵哲成，好像喝得有点多，有一句没一句地咋咋呼呼起来。

“哎，娜娜，美女我见多了！你不一样，漂亮没得说，敢冲敢打，仗义更是不在话下！赵哲成你可得把握住了！”

“方志，别拿人家赵娜开玩笑。”赵哲成喝得也不少，但还是规规矩矩的。

赵娜一下子兴致冲冲，张口想说什么，又打住了话头。

“怕什么！许攸宁可是放你自由了！单身可以好好把握嘛！”

赵哲成没搭话，只是给自己又倒了一杯酒。

气氛冷了下去。大家都喝了一杯酒。赵娜借口去卫生间，暂时离开了。

赵哲成给方志满上酒，慢吞吞地说：“你小子不要在那里瞎起哄！我哪有那心思，我家里还有阿紫呢……”说到阿紫，赵哲成的眼神柔和起来，话也多起来。

“以前老人们说，想要天上的星星都要给娃戳下来，我没有感觉，现在离婚了，就懂了这个意思。真想把全世界最好的给她。”说到这里，赵哲成想到了什么似的，一脸幸福地从包里拿出一串小项链，递给方志，他的神情颇有几分炫耀的意思。项链外框中间嵌着一块紫色宝石，外框背面刻着阿紫的名字。

赵娜远远地看着，默不作声。

也不知道喝了多少，人有些晕乎，所有的嘈杂变得昏黄起来，人影模糊，连带那条项链也化作模模糊糊的图形。

赵娜想起南非的那晚。当她对赵哲成表露真情，他的眼里明明是掩不住的痴迷，可手上还是慌慌忙忙地拒绝。在商场奔波这么多年，赵娜见惯了、看腻了一群花言巧语、见异思迁的男人，唯独赵哲成不一样，理性、正直、专一，像是……像是铁板一块！

她有些恨赵哲成，但如果他要是同意了，也便不是她心里的那个赵哲成了。

她只想骂人，痛痛快快地骂一场！她没再管方志和赵哲成的话头。她喝醉了，又或者说她想醉一场，把心里的不快全都说出来，哪怕只是小声说给自己听。

赵娜回到座位，赵哲成突然鼓起勇气，小心地说出了让赵娜更加震惊的话："昨天杜致程打电话说想收购启亚，叫我去道华工作。你也知道，最近全是靠南非市场，启亚才撑到现在，但眼下'双反'一打击，欧洲市场走不通了，所有人的目光都转向南非，启亚本身在技术上就没什么优势……"赵哲成连绵的话里尽是无奈。

没等他说完，赵娜已经忍不住心中的悲愤："我没有孩子，可我辛辛苦苦和你一起救活启亚。那是我的孩子！什么技术迭代，大势所趋，我不懂吗？我就不信你不知道启亚对我来说意味着什么。"

"还有……那晚，你真是铁石心肠，冷冰冰地没有一点儿温度！你对我……我们的合作一点儿没上过心！"

启亚并到道华不会差，但启亚是赵哲成和赵娜一起从濒临破产救活的，东奔西跑一年多了，要突然换一个身份……方志在一旁听着若有所思，直说"难怪"。

这几年，南非能源市场扩张，启亚算是中国最早的进入南非市场的一批公司，几年的苦心经营也算在大浪淘沙里找到一片世外桃源，特别是赵娜，一直全心全意忙着南非市场。可是放眼国际环境，组件产能淘汰已经开始，凭借生产线加工的时代即将过去，中国光伏如果不想被淘汰，就必须控制好研发和品牌两大关口。可一旦深入研发，新型材料、顶级科学家，还有遥遥无期的试错实验，这些都需要大量的资金投入，绝对不是小规模企业承受得住的，未来某一天，启亚终会被淘汰。

赵娜骂完就飘飘悠悠看向赵哲成，可赵哲成躲开了。方志看着两人的疏离与犹豫，心里早七七八八有了数。赵娜猛干了几杯，方志连忙抢过酒杯，打趣道："难得娜娜不胜酒力啊！我方志的表现机会来了！"

赵哲成和方志找来个代驾，把赵娜送回了家，赵哲成则干脆睡在方志家。清晨六点钟，方志的酒劲下去，觉得无比清醒又无比烦闷，走到阳台，点起一根烟。

城市还一片漆黑，但远处的山头已经亮起了微光。

方志盯着那微光出神，忽然旁边伸过来一根烟，随后是赵哲成平静的声音："想什么呢？"

方志拿出打火机给赵哲成点上烟，轻笑着问他："起这么早，不再睡会儿？年老失眠了啊？"

赵哲成叹口气："睡什么睡，事情还多着呢。"

早上六点钟，离天亮还有一会儿，睡又睡不了多久，两个老朋友、好兄弟索性就你一句我一句地聊了起来。

"昨晚看赵娜的样子，是对你有意思啊。"

"你别岔开话题，一个人跑阳台上抽烟，八成是又想谁了吧。"

一句话戳到了方志的软肋，但方志才不会承认："哪有？我在想西昌项目的事呢。组件厂那边非要见钱才发货，三十万元我都求爷爷告奶奶借了一圈，上千万的组件上哪偷去？"

"你要不问问姜半枝？她最近做那个 App 不是搞得挺好么。"

方志苦笑，怎么绕了一圈还是说到她，便换过话题：“那说说你，到底打不打算把启亚交给杜致程？”

赵哲成摊摊手，说：“交吧，必须交啊。交了有闲钱先给你垫上。”

“你昨天吃饭前是怕赵娜不答应吧？”

“我早和赵娜聊过现在的情况，她也就是现在反应大。她不是爱闹情绪的人，利害看得出来，给她一点儿时间，过几天我再去看看她。”

站在深渊面前，生命的目标、生活的方向、拼搏的意义，等等，虽然直插心口，每个人都会不寒而栗，纵使性情最粗俗的人也免不了惊恐、错愕。然而每个人都必须一次次跌入深渊，只有熬过自己的寒冬，撕破黑夜，才能获得锐利透彻的眼和坚韧不拔的心。

凤凰涅槃，浴火重生。这正是所谓的成长。

这正是他们现在所需要的。

正如天边的破晓，一点点挣开黑暗，迎来光明。

第五章　出征前夕

二十层高的道华大厦，在江州新区并不突出。规规矩矩的长方体建筑，从低到高，整面巨大的落地窗，不露声色地包裹着内在，光光亮亮地映照着天地，天地为心，便不显出一丝丝岁月斑驳的痕迹。

崭新的陌生，说不清楚有什么力量，推动着赵哲成加快脚步。

远远看到楼入口拉着“光伏‘双反’反击战研讨会”横幅，来往签到的人平平常常，同所有的会议一样，并没有什么特别。会议室在八楼，离开始还有些时间，赵哲成看了看大厅的地图，就进电梯按下了三楼的按钮。

三楼是财务部门，可以说是一个企业的心脏。年轻的职员抱着材料分发，喝咖啡的员工眼睛也盯着电脑，对账的、交代事情的，轻声细语、井然有序。赵哲成自己去茶水间取了一杯咖啡，远远地看着，整理自己说不清楚的小心思。

他先前一直担心启亚被收购后的命运，赵娜把启亚视为她的孩子，赵哲成又何尝不是？不，准确地说，是启亚开启了他的人生，又锻造出了现在的他。出于对行业发展的理性判断，他将企业送到更大的舞台，让它生长，这才是最理性的选择。

他在一个高速运转的心脏之处，观察、揣测、评判马上要见面的老板，以及收购启亚，招揽自己的真实意图。进入内部感受，便于让自己的直觉于理性之处思考，踏踏实实地生出根来。

道华公司是1998年国内光伏行业最早的一批企业，虽然起步比欧美要晚，但受益于国内外的巨大市场，发展迅猛。2001年无锡太阳能公司，2003年南京光伏、镇江硅业、常州万晶、江苏顺通等一大批企业大胆决策、果断投入，在龙头骨干企业的引领下，中国光伏产业进入快速发展阶段，仅江苏全省就有光伏企业近千家，到2010年全国电池产量已接近全球电池产量的20%。

光伏作为新兴产业利润巨大，众多地方政府、企业投资者一哄而上，产能扩张过快，一时间，“光伏基地”遍地开花，因此埋下了隐患。

突如其来的一纸裁决给中国光伏扣上了“恶意倾销”的帽子，国外市场需求急剧降低，光伏组件价格跌幅超50%，风光一时的产业猝不及防地进入了寒冬。

大企业依靠雄厚的资金苦苦支撑，小企业直接破产、并购，整个行业一副陷入万劫不复的深渊的仓皇状。当时光伏业的两位风云人物也人间蒸发了，不知所终。有人说他们是一早得到消息卷钱跑路了。反正当时多的是身家过亿的老板破产、跳楼，也没人在意流言是真是假。

杜致程虽然也是身陷泥潭，但却是为数不多的带头大哥，站出来主持大局，带头成立了“光伏‘双反’基金会”。光伏行业像溃散的败军突然稳了阵脚，开始收拢兵马，准备杀出一条突围的路。

最近几个月，市场看上去虽然没有好转，但暗流涌动，大家各有期待和打算。行业整合加剧，有收缩规模的，有转行变卖的，也有大企业负责人联名向政府写信汇报情况、请求支援的……

都说这是资本对于金钱不死的欲望，赵哲成相信现在还在苦撑的企业家，应该是有着远大于追求金钱的动力。而这种暗夜浓云中突然出现的北极星，应该是有更大的动力。具体是什么，他现在还说不清楚。

记得两个月前，基金会成立那天，就连方志的恩太、赵哲成的启亚这样微乎其微的小企业也被邀请参加。两人坐在角落，台上的杜老板身材略瘦，面容干净，戴一副无边眼镜，文质彬彬，看上去刚过不惑之年，但他确实无惑，讲话语速极慢，但无比地坚定和自信，每点分析直指要害，或多或少都告诉了大家，除了背水一战、冲出欧美堵截外，无路可走！

赵哲成怎么也想不到，并无深交的一个人竟然会亲自联系他这么一个小公司的老板，而且临危受命，托付给他一个关乎整个行业存亡的重任——前往欧洲，参加“双反”质询会！他不知道杜老板的这种信任来自何处。短短的路，他忐忑、担忧，不过后来想起，或许还有些易水诀别似的决绝和兴奋吧……

终于推开了会议室的门，椭圆形的大会议桌边坐满了人，连后面的位置也几乎满了。此时离会议开始还有差不多半个小时。赵哲成不动声色环视一周，参会的几乎都是光伏行业大公司的负责人，他们脸上神情各异，有的一脸愁容，有的踌躇满志，更多的是面无表情的严肃。

赵哲成正要找个角落的位子坐下，却注意到自己的名牌，竟然正在杜致程名牌的左手边。

而他右手边，坐着一个看起来年轻得很的姑娘，服饰、妆容都简洁得品位不俗。看惯了赵娜大波浪和红唇的美，突然之间看到修剪利落的短发和淡妆，仿佛见了春天的新柳，整个会议室都有了清新气。她一脸悠闲地看着手上的指甲，不经意露出左手梵克雅宝的手表。就在赵哲成抽凳子的那一瞬，姑娘抬起眼盯着他，眼神过于有神，甚至有点侵略性了。

赵哲成还没来得及送出尴尬的微笑，门口传来一个熟悉的声音：“大家都到齐了吧，那咱们就开始吧。”即使只有过一面之缘，赵哲成也能一下分辨出来声音的来源——他就是杜致程。他急匆匆交代了秘书几句，秘书关了灯，打开了投影，播放了制作详细的PPT，杜致程先分析形势，再制定战略，半小时的发言没有半分含糊，句句都说到了所有光伏人的心坎上，指出了破局的关键："这些年大家都辛苦了。原本蒸蒸日上的行业遭受晴天霹雳，多少高楼轰然倒塌，团队分崩离析，正是大家同心协力、共渡难关才没有倒在风雪里。虽然暂时稳住了局面，可走出困境的根本问题还没有解决。

"贸易战是全球化经济常态。为了进入世界市场，中国光伏行业在过去几年的摸爬滚打中算是推开了世界的大门，但我们的发展也给对手带来了危机。况且能源是战略行业，不论是从战略安全还是商业利益的角度考虑，长期的贸易战都不可避免。现在欧洲企业看到中国光伏十年来积蓄的规模和研究能力，不惜花费上千万欧元进行贸易诉讼，企图打压。我们只有迎难而上，打赢这场贸易战，打开国际市场，这样，淤积多年的死水才能再次焕发生机。既然竞争格局是这样，我们就只能勇敢面对。"

话锋一转，杜致程淡淡一笑，侧向两边看了看赵哲成和李珣，说："这次时间紧迫，我就直接推荐我身边的两位代表我们中国光伏行业参加'双反'质询会。"

会议室里的行业大佬面面相觑，有的干脆小声讨论起来："这两个怎么看都还是年轻人，你们认识吗？"

"是政府指定的吧。"

"谁家厉害的新人还藏这么严，以前行业聚会从来没见过啊？"

杜致程继续不紧不慢地介绍："我左边这位曾是启亚公司的总经理赵哲成。右边这位是法学博士李珣，博士论文主攻国际贸易中的垄断裁定依据。"

话音刚落，所有人都努力回忆："启亚……赵哲成……没听过呀。"

"唑……我有点印象，好像是家资产不过几千万的小公司。"

会议室里的讨论声逐渐变大，对从未出过错的杜老板众说纷纭，忽然一个尖利的声音打断了讨论："杜总，您安排这两个年轻人代表整个中国光伏去参加国际会议，合适吗？"

发问的是一个光头，虽脸上微微扬起笑容，却看上去有几分刻薄。

杜致程依然从容："我知道这一战的重要性，关乎整个行业的存亡。也正因如此，我才选择了赵哲成。在行业的劫难刚来临时，大家都措手不及。人之常情，灭顶之灾来临，逃跑的逃跑，负债的负债，甚至失去希望放弃生命的都不在少数。赵哲成的启亚虽然是小公司，但面临寒冬他没有退却，而是迎难而上，从国内到南非一年多，硬是把启亚从悬崖边上拖了回来，现在启亚还是盈利状态。另外，他是海归，英语谈判流畅，营销实战经验丰富，除了他，你们还有什么更合适的人选吗？"

会议室里又有小声的议论："确实，要不是杜总成立了基金会，我也打算赶紧脱身了。"

杜致程继续说："越是危亡之际，越需要意志坚定的人，赵哲成正是拥有这种精神的人。能力方面大家也不用担心，我会在国内指挥，时刻保持联系。倒是收集材料方面需要大家积极配合，共同努力。至于李珣，我聘请了一个专业的国际法律团队，需要她帮忙交接。"

杜致程这样说完，才算勉强打消众人的疑虑。确定了人员，紧接着就开始商讨各个公司在国内需要做的准备，并成立协同小组，选出了几家大公司的老总做了协同小组的主要成员。表态，宣誓，一切都像在梦中。赵哲成算是把程序走完了，越走越忐忑。

会议结束，杜致程单独留下了赵哲成和李珣。此时的杜致程语气依然随和，面上还多了几分暖意："来，你们俩相互认识一下。"赵哲成礼貌性地伸出手，李珣却心不在焉地翻着手上的材料，随口回了句："李珣。"

杜致程见状，将文件递给赵哲成，说："国外的事情就看你们的了，明天出发！有什么问题随时联系我。好好合作。"

李珣看起来总算听清一句话了，她掸掸衣袖，不急不缓站起来，带着年轻人独有的傲气，草草回了话："没问题。"

赵哲成没想到事情来得这么突然。启亚的收购程序并未走完。而且，最关键是赵娜，根本没有放下心结。他还是有点心虚，像是一个背叛者，又担心赵娜没有更好的归宿。

他不知道，赵娜也来参会了。她坐在后面，远远地边看赵哲成，边听着杜致程的演讲。她也不是年轻的小女孩了，冷静下来，分析了行业，自然也信了赵哲成的判断。她比赵哲成想象的更了解他，甚至强于许攸宁。在她毫不犹豫帮助方志，借方志再表立场失败后，她就慢慢在思考自己的退路。

赵娜站在楼下，一身浅灰色的羊毛套装，搭佩墨绿色的爱马仕丝巾，低调却也明艳。看到杜致程、赵哲成、李珣三人走出电梯，她迎面走上去，淡淡招呼后，就对赵哲成说："我没开车，等赵总送我回家。"李珣眼神复杂起来，看得赵哲成一阵尴尬。

车默默穿过这座熟悉的城市，音乐柔和，风景淡然。

"哲成，你我都不是年轻人了。我会很认真地走未来的路，不管是情感还是事业，我都珍惜。生意上的事情我尊重你的选择。感情的事情，我不怪你，因为我相信你也是认真的。不管怎么样，起码我相信你是君子，也可以一直做朋友……"

赵娜的语气虽然平淡，但是要表达的东西实在太多太杂了。所以，赵哲成又紧张起来。他把车停在路边，很认真地说："赵娜，在启亚的利益分配上，我绝对不会辜负你。我很快就要去布鲁塞尔，我会写好委托书，让你全权处理后续收购事宜。"

赵哲成真是无趣得很，赵娜突然不想再表达什么，她伸出手，微微一笑，同意了赵哲成的决断。午饭也没一起吃，各自奔忙去了。

第六章　反击之争

像是做了一场梦，等赵哲成醒来就已经在欧洲了。

实际上，赵哲成确实只睡了一晚后，就匆匆随团来到了比利时。

塞纳河畔的布鲁塞尔，被森林包裹着。九月已经稍微有些凉了，秋意袭人。哥特式的建筑群构成了这座城市的美学特质。层层叠叠的教堂尖顶上，偶尔飞过鸽群，也尚还符合中国人对于欧洲的浪漫想象。其实，它的街道间距很窄，行走其间，居民世俗生活的内容透过玻璃窗便能现出一二来，也是烟火人间罢了。城里博物馆很多，现代的、古代的、音乐的、绘画的……有人说这就是文化厚重，可是赵哲成走在其中，却感觉到一种压抑，一种沉重。他觉得空气很老，老得有些消化不了现代的速度……

教堂闷重的钟声敲响，惊起广场一群鸽子，哗的一声，成群飞向湛蓝的天空。寻到热可可的李珣正好经过，鸽翅扇动的风撩起她的短发，阳光在鸽子羽毛的间隙之中忽明忽暗，映在李珣脸上。她微微眯眼，啧的一声，抬手挡了挡“妖艳”的阳光。赵哲成半眯起眼，不经意间欣赏起眼前的美来。

穿出公园走过环岛，一座巨大的横弧形建筑映入眼帘，明亮的镜面玻璃覆盖着整个大楼，映出一面面旗帜。这就是欧盟总部大楼，“十”字形，从一侧仰望，只能看到它的弧形墙体。他们的第一站就在它旁边的一座精致的大楼里的律师所。

赵哲成深吸一口气，整理了一下衣服。李珣快速吸完她的热可可，说："这下子能量满满了！看过《浓情巧克力》吗？这是魔力水。走吧，别怕他们。"赵哲成来不及反驳，李珣已经大步超过了他。赵哲成心里笑笑："这就是年轻人的仪式了，不管有没用，毕竟可爱。"

电梯在十六层停稳，赵哲成和李珣走出来就看到 W. Crayton 律所的正门。前台坐着一位打扮讲究的中年女子，用地道的英语向他们打招呼。

"你是 Jason Zhao 对吗？你可以叫我 Maggie，请随我到会议室。"

会议室整洁简约，迎面是整墙的落地窗，不远处的欧盟总部大厦和纪念公园尽收眼底，风光绝佳。椭圆形的会议桌上摆放着整齐的文件夹，五名西装笔挺的男人坐在桌旁正在聊着什么。此时，他们都抬头看着赵哲成和李珣的团队。

一位看似最年轻的起身，说："欢迎到来，我是 David。"又把手朝向坐在最中间的一位老者，介绍道，"这是我们的首席律师 Vincent Martin。"

这位首席律师满头银发，脸上皱纹很深，目光却沉着锐利，他没有说话，只是点了点头。

在座的另外三位已过中年，有的发量稀少，有的明显发福，还有一人稍显年轻，但神情自信、轻松。赵哲成从接到任务的那天起，就觉得自己肩挑未来，设想过无数次工作的场景，但是这么轻松的氛围是他没想到的。或许，是 W. Crayton 身经百战，有足够的信心吧！

李珣带着团队坐到了对面，身体的轮廓好似变成了迎战的坚硬，下巴微扬，像一只上战场的小狮子。赵哲成缓缓入席，静而观之。对面众人眼神关注着团队里的李珣，说不出什么滋味。

"斯坦福毕业，李博士？" Vincent Martin 漫不经心地翻着团队的介绍，"之前在哪个律所就职？"

李珣觉察出对方的轻视，除了头脑里的案例，还真没实战的经历，她刚要开口，负责接待的Maggie觉察出了尴尬的火药味，赶忙将话题岔开："请问要喝什么咖啡？"

"咖啡？"赵哲成一愣，"哦，一杯美式就好。"说完从包里拿出资料来。

李珣随口一说："我就要一份Espresso。"

Maggie点点头，一边说着"OK"，一边转头问另外几人："你们要喝点什么？"

首席律师思考了一会儿才回答："我要一杯摩卡，双倍糖，奶油减半。"

胖胖的中年律师没有犹豫地说："当然是老样子，一杯Cappuccino！哦，Maggie，你今天的这套浅灰色西装真的是太漂亮了！"

"真的吗？哦，太感谢你了，你总能让我心情愉快！"Maggie笑着回答，接着转向年轻一些的律师，"David，你看起来脸色不太好。"

"哦……哦……"David伸手扶住额头，"我昨晚看了尤文图斯的比赛，太惨了。"

"尤文图斯那场？那是今天凌晨的比赛。"

"都一样，我现在感觉很累，我就要Espresso吧，双倍的。"

"没问题。"Maggie说着正要转向下一个人，David又摆手。

"不不不，我刚刚想到，我最近胃不太好，帮我多加一些温水，要温水。"

"哦，对了，Maggie，我的Cappuccino不加糖，我在减重，我上周掉了一镑。"胖胖的中年律师说。

赵哲成做了一个深呼吸，强忍住焦虑，将手中的文件放下。他意识到自己身处欧洲，欧洲人的节奏一向如此。曾经在意大利，一顿午餐光是等所有人点完菜就花费了一个小时。

后面还有两个人没点咖啡，赵哲成瞥了一眼挂在墙上的时钟，在心里默默计算着。五名律师，每人都是按小时收费的，价格不菲。五个人一人点一杯，再加上闲聊，这段时间要不要计费？

时间过去五六分钟，所有人才把咖啡点完。

中年律师看看表说："OK，我们开始吧，现在是十点二十五分，我们十一点五十准时下班。"

年轻一些的 David 负责讲解。

"针对你们的诉讼，我们进行了认真系统的研究，情况我们已经非常清楚，为此我们研究了以前很多相似的案例，比如墨西哥的树莓出口反倾销案，马来西亚的橡胶出口反倾销案，等等。总体来说，在有倾销事实和补贴的情况之下，我们可以采取如下方式：第一，可以去游说，光伏行业是清洁能源，我们可以从能源发展的角度去争取，向法官申请时特别强调光伏发电对环境保护的重要性；第二……"

赵哲成听到这里脑子嗡的一声，连忙摆手打断对方的话："No，no，no，抱歉我打断一下，先生们，我们是不是重新考虑讨论一下我们的出发点，不是去为倾销和补贴找理由，我们没有低价倾销……"

李珣早就忍不了了，她无法忍受赵哲成不急不火的语速，还没等他说完，就大声反问："什么？我们还没上法庭，就被自己雇用的律师首先判为有罪！有反倾销事实！"

李珣压抑住怒火，尽量平静下来用专业口吻继续说："根据《国际反垄断法》定义，政府为本国利益有目的地通过垄断协议变相补贴，滥用市场支配地位集中经营或滥用行政权力实现排挤全球竞争的目的……"

对面几名律师愣了一下，他们当然对《国际反垄断法》烂熟于胸。他们之前确定了谈判方案，但没想到中方雇主有如此大的不满。在他们眼里，中方只要能减少惩罚不就完成初衷了吗？

Vincent Martin 稍微挑高了眉，轻轻地耸耸肩，说："小姐，我想如何正确看待利益得失才是我们今天坐在这里的理由，年轻人的自尊心是无益于这场谈判的。名实之辩毫无意义，我十分理解您的情绪，但我们不得不面对现实。”

此时，李珣心潮起伏，义愤填膺。在此之前，她觉得这个案子充满挑战，与欧洲知名律所合作一定会让她学习到很多，她抱着学习、合作的态度来认真聆听，结果发现所学的法的精神在这群国际精英律师面前形同虚设。

她九岁就出国了。本来她完全认为自己是一个理性的法务工作者，对真理和人道主义倾注了信念。可当有赤裸裸的歧视出现时，她简直忍不住自己的愤怒：“先生，您或许忘记了律师的原则、法的原则——在证据之上，寻求法律的公正。这一小时的见面，您和您的团队完全没有让我感受到专业。”

情绪上头地喊完这些话，李珣也意识到自己有些失态，但她倔强地不肯坐下，气到眼圈发红，依旧瞪着坐在对面的首席律师。

“李小姐啊，这个，你也不要这么激动，你先坐下，先坐下，我们再好好沟通一下，毕竟现在我们所说的话还没有你们讲的多。”那名要减重的中年律师劝说道。

赵哲成也拍拍李珣的手臂，轻声说：“先坐下听听。”

李珣愤愤不平地坐下。赵哲成心想：带个愣头青出门也好，起码可以打乱别人的思路，展现爪牙之利。

David 的语气变得和气了些：“李小姐，我们都非常理解你的心情，但我们的确做了大量的调查，也拿到了对方出具的证据，这些都足以让我们不需要再为是否存在倾销事实这个问题而纠结。我们认为你们是完全清楚的。所以我们只需要寻找出对策即可。”

David 把整理得很好的资料从文件夹里一一拿出来：“这是相关的复印件，两位可以看一看。”David 边说边递给赵哲成和李珣。

复印文件清楚地展示出国内多家光伏公司收到的政府补贴信息，详细到了款项金额和时间。赵哲成和李珣面面相觑，两人一脸茫然，不知这是国内哪家公司提供的。

那名稍显年轻的中年律师补充："这是对方提供的，当然我们也通过我们自己的渠道进行了核算。按照这上面的信息，中国的企业的确存在很多政府补贴行为。就以你们道华公司为例，你们确实收到了政府补贴，你看资料上也有你们公司的记录，是吧？而且最关键的是中国的产品售价比同一时期发展起来的印度光伏低太多，不得不让法官相信你们的产品销售是通过政府补贴实现的，目的是想战略性地垄断这个新兴行业。"

赵哲成和李珣忙不迭惊愕紧张地搜索着资料上的每一个字。李珣之前没有拿到相关的补贴文件，没人告诉她这点，这让她脸上有点挂不住。

这时稍显年轻的中年律师突然变得无比包容和耐心，身子往后一仰说："其实你们不需要过多担心，我们在墨西哥和马来西亚的案件上处理得非常好，比如马来西亚的那个案子，当地西部是个非常贫困的地区，欧盟法官会考量经济发展的具体情况。在这一点上，中国作为发展中国家是有很大优势的，新能源行业对环境的影响也是很有利的筹码。"

首席律师 Vincent 也开口说："我们经过多方面考虑才做出了这样的方案，虽然倾销和补贴是事实存在，但我们受中方委托，自然一切从你们的利益出发。根据现有证据，这是我们所能提供的最佳方案，如果你们觉得无法接受，我建议大家可以先冷静一下，你们可以再考虑考虑。"

说完后，几名律师一齐看向赵哲成和李珣。

赵哲成转头看看李珣，只见李珣咬着嘴唇对他轻轻摇头，赵哲成微微点头，语气客气但态度坚决地说："很遗憾，但我坚持认为，我们这次需要的是无罪辩护，而不是想办法推卸责任，想办法为倾销行为寻找道理和苦衷，我们不存在倾销行为。"

"对，我们无法接受罪轻辩护的方案。"李珣语气坚定，不容置疑。

听了这话，David 直接合上文件夹，稍显年轻的中年律师耸耸肩，另外两人也纷纷摇头。

首席律师也合上文件夹：“那我建议暂时休会，也会申请给你们更长的应诉时间，希望你们能再好好考虑、消化一下，包括我的团队给你们提的问题。”

再次传来远处的钟声，Vincent Martin 带头离席。他走到李珦面前，很平静地看着她：“年轻人，你让我想起了三十多年前的自己，如果是我，我会考虑他们判定倾销的参照对象，比如印度光伏。”

李珦和赵哲成相视而沉默。或许首站之行并不是一无所获。布鲁塞尔的中午安静极了，仿佛只听得到小于廉铜像下喷泉不断，正提醒着从全世界来这座城市的人们有虎口还生的奇迹。

第七章 远行印度

天空依旧晴朗，树叶多彩，街景明丽，秋后的阳光也还有些温度，路上没什么行人。

路过街角的小餐馆，一群年轻男孩对李珣举起杯子："嘿！漂亮的东方姑娘！"李珣冷冷瞟了一眼，立马回敬了一句优美的中国话，头也不回地继续往前走。

回到酒店，两人都无心回去休息，在餐厅找了个角落坐下，随意点了些三明治糊弄吃午饭。

这里的人不多，角落更是僻静。李珣拿出电脑飞快地敲打着键盘，自言自语，不管赵哲成有没有听到："老头临走时让我们关注印度光伏，这应该是对方的重要参考依据。印度，谁想得到？我还用了德国标准……"

赵哲成总觉得跟印度的光伏很熟似的，他拼命搜寻自己头脑里的有关信息。

"只有一家公司，而且没有上市，查不到财务报表。为什么成本能比中国公司高？真荒唐。"李珣嘟囔着，愤愤不平地喝了口咖啡。

连喝两杯咖啡的赵哲成越来越心烦意乱，抬手叫服务员想换成红茶，却被吧台旁的拉小提琴的美女看到了，以为他要专门为对面的小姐点一首曲子，便拿着小提琴款款而来。赵哲成刚想拒绝，倏然想起，要是方志那家伙在，肯定要有一番风花雪月的调侃。"方志……

印度……”对了！方志以前不就是在印度淘废硅料嘛！

他想着就立马拨通方志电话。李珣却愣在这莫名其妙的浪漫音乐中，乐手还拉着《费加罗的婚礼》。

此时国内已是晚上七点多，方志独自留在办公室查看资料，双眼发胀，正打算眯一会儿觉，手机忽然振动。寂静的办公室里响起的突如其来的声音吓了他一跳，方志骂骂咧咧拿起手机看是哪个孙子这么会挑时候，一看是赵哲成，怨气立马烟消云散了。

“不是才约过酒吗？怎么刚出国就要预约下一场？”

赵哲成也没应他，看着表问：“下班了吧？现在忙吗？”

“嗨！自己的公司哪有下班一说。倒是你有什么事，赶紧说。”见赵哲成没心情接茬，方志也认真起来。

“你以前在印度淘过废硅料，对那边公司印象怎么样？”

“印度啊，”方志一下来了兴致，“印度那边就一家厂，那个老板叫夏什么来着，什么都不懂，光想着各捞各的油水，下面那群人更是给瓶风油精就能打听消息，给个手机就让你多拉料！嘿，你别说，那边的废片率高，废料也多得很嘞！”

“废片率……”赵哲成猛然间意识到什么。

“你等等，方志，你等一下，我把免提打开，”赵哲成说着打开免提，把手机放在小桌子上，对李珣摆手示意，“你把情况再说一遍。”

李珣看了一眼赵哲成，不明所以，但还是停下了敲在键盘上的手。

“你对废片率感兴趣？那我可得慢慢说。”方志喝了口水，“我原来在那收废硅片，他们一共五百兆瓦的产线，我一个月就能收两三百公斤的废硅片，那帮高管雇人打杂不说，进口的产品，尤其是从中国进口的原材料，层层吃肥油，那成本，高得离谱！”

赵哲成只觉茅塞顿开：“明白了，明白了。”

方志那边觉得奇怪，为什么让他详细讲印度工厂的情况，才刚讲又说明白了。明白什么了？方志索性直接问赵哲成：“你问这些干吗？”

“我们要对标印度，要弄明白为什么印度成本这么虚高。”

“你去印度看看不就行了。”方志轻飘飘的一句话，隔着七个小时时差的距离传给了赵哲成。醍醐灌顶。赵哲成猛地从椅子上跳起来，一口干了自己杯里的咖啡。

“走！订机票去印度！”

李珣被赵哲成的转折给惊到了。这个大叔，闷头闷脑的一副正经的样子，没想到啊，思维还挺活跃，很有行动力啊。李珣这才认真打量起赵哲成，干净笔挺，清淡的香水味，眼神纯粹，起码不油腻。想不到第一个陪她说走就走的人居然是他，只不过不是旅行。想到这里，她自嘲地摇头笑了。

飞机降落在清晨的加尔各答国际机场，此时，灯火半灭，依然安静。绕过半个地球，完全不知道后面行程的李珣，有点蒙了。这个大叔是疯了吗？说对标印度，居然还真跑到印度了。考察从哪里入手？

她在欧洲长大，这是第一次来想象中被贫穷定义的国家。印度好像也没有她想象中的那么糟：同世界上大部分城市的航站楼一样，明亮整洁，设施齐全。整面的落地窗外，朝阳初起，朝霞漫天。一座大城市正在醒来。然而，赵哲成并没有给她一丁点行程计划，她把疑惑的眼光投给领取两人行李后走来的赵哲成，但他也并未察觉。

于是她掩饰不住茫然地问：“赵总，谁来接我们？下面……怎么走？”

赵哲成笑笑：“女士，对不起，我们属于不请自来。没有接待，没有行程。走一步算一步吧。”他径直出了机场，“这边没有地铁、高铁，乘大巴吧。”赵哲成抬手指了指机场的指示牌，上面画着一个明显的巴士标志，看起来不错，和上海体育馆旅游中心的也没什么两样。

巴士站人不多，但是乱七八糟的各类包裹散落各处，等车的印度人有座位也不坐，就铺块毯子坐在地上，有的一家人围成一圈，手里拿着形状不一的饼，地毯中间透明塑料袋里装着颜色奇怪的配料，红的、黄的、绿的，一样蘸一点儿，就大口往嘴里送。李珣往机场方向看了眼，又瞧瞧那个饼，胃中翻腾。

恰好双层巴士从远处驶来，两人连忙上去。

李珣找了个靠窗的位置，用纸巾使劲擦了几下，落了座。赵哲成没说话，默默坐在旁边。巴士慢吞吞驶上公路，车上虽然开着空调，李珣还是觉得有些闷热。没走多远，巴士就停了下来。前面停了很多汽车，有的司机甚至走下车，悠闲地站在路边看热闹。李珣起先还安静地等着，但很快她就开始用手扇风，焦躁不堪。

这会儿本来一言不发的赵哲成看了看手表："方志这小子……"电话打了一遍、两遍、三遍、四遍，那头刚提起电话，赵哲成劈头盖脸地问："给我联系好人没？什么？自己去找夏尔玛……行吧……好，你把所有这边的联系人给我啊！"

李珣斜眼看了下旁边这个比平常说话节奏快上半分的伙伴：呵，敢情这会儿才回过神来？好像不对，其实这边的事情他早就在安排了吧。不知不觉，她对赵哲成的印象又加分了。

时间一分一秒过去，巴士里热成蒸笼，各种味道在空气中涌动着，让人难受。赵哲成在焦躁吵闹声中继续打电话。

"怎么还不走？"李珣终于忍不住打开车窗，向外看，"这是高速路吧？路上都放牛？"牛群过路，一头半大的公牛被卡在栏杆处，可能有擦伤，有点暴躁。没人敢接近，赶牛人去管这头牛，没想到牛群返回高速，啃食起了绿化带上的植物，堵住了路。

李珣的这番高音，引来了很多眼光。巴士上几乎没有女性，很多人不断回头盯着李珣看，看得她浑身不自在。她索性转过头对着外面。余光中，她似乎看到赵哲成挺起身侧坐着打电话，给她挡住了大部分目光。那有点滑稽的姿势让李珣忍不住翘起嘴角，笑了。

堵车期间，赵哲成按方志安排的行程逐一落实，先去当地的唐人街准备公关大礼盒，然后把酒店定好，确定工厂位置。还和公司内部的支持团队交流接下来的日程安排，电话那头轻飘飘的传回一个声音：“四天。四天不管有没有搜集到证据都必须到布鲁塞尔跟律师团会合。”

巴士一路走走停停，临近中午才抵达卫星城的车站。赵哲成无奈地摇摇头，苦笑着又拨了一通电话。李珣听到全是道歉。

眼前是一个小广场，街道狭窄，房子破旧，上面除了污渍，还有烟熏后的焦黑；路边的台阶上，男人三三两两席地而坐，有的蹲在一起吸烟，也有在那边拍打飞虫的；几个衣着暗淡的女人提着东西走在路上，和汽车、摩托、Tuk-Tuk 车混行。

李珣有些恍惚，嘴角一颤：莫非自己经历了时空穿越？难道是在机场出口，走进了时空传送门？

“不行，我得先找个阴凉地方站一会儿，快热融化了。”说着她就快步向一处阴影走去，没走几步却又捂着鼻子掉头回来。

“你在这里别乱走，我先去找个公厕。”说着赵哲成已经朝街对面走去。

“千万别乱走啊。”过了街，赵哲成又叮嘱一次。

坐在地上的几个男人语言不通，赵哲成边说边比画，最后对方给他指了一个方向。赵哲成顺着找过去，却没看到公厕，路上也没有标识，只能继续问路。来回折腾几次，绕了好几圈，才找见一个极其简易的露天公共厕所。

李珣一个人等在街角，几个当地小孩围过来，用不太标准的中文对她叫“中国中国”。小孩的脸红红的，眼也水灵，很是可爱，但手掌黑乎乎的，李珣实在不想浅色的西装被抓得黝黑，就从包里掏出零食，想要赶紧打发走这几个孩子。

但这一次几个小孩更加热情了，直接挤在一起伸手，嚷着闹着，“Money，Money！”李珣哪里对付过这种场面，冷峻的脸上多了几分异样的痛苦，似乎就差祷告了。她连连后退了好几步，然后随手掏出零钱给他们。可一转眼，不知道从哪里又冒出十几个孩子，他们拥上来，争先恐后地嚷着“Money”。

李珣吓了一跳，被这群孩子逼着向后退去，连声说着“No no”。

赵哲成从厕所出来，松了口气，却听到背后有吵嚷声，转头一看，李珣就站在他身后。原来绕了那么久，公厕就在车站的斜对面。赵哲成顾不得尴尬，连忙大喊“stop”，手忙脚乱地整理了一下就冲上去，一把抓过行李箱，一把拉起李珣，跑到路边，直接就跳上一辆 Tuk-Tuk 车。

那群孩子也追着围过来，赵哲成胡乱将行李抱在怀里，拍司机的椅背，连说“go go”，车子发动，孩子们又跟着车跑了几米才停下来，远远望着他们离开。

驶出一段路，李珣依然惊魂未定，赵哲成把行李放到脚边，对司机报了去处，这才松了口气。

李珣将被赵哲成拽得通红的手腕解救出来，两人各自往后看了一眼，耳边有人声、牛声、喇叭声，空气中带着挥发不去的汗味。赵哲成本想开口骂人，但立刻克制住了，两人互扫了一眼对方的凌乱，禁不住相视一笑。李珣娇羞地指指赵哲成的裤裆，赵哲成低头一看自己裤子的拉链没拉，立马转过身去。李珣也别过眼，看向远方。

Tuk-Tuk 车驶过一片颠簸的道路，从一群踢球的孩子中间穿过，最后停在迦梨女神庙前。这条街风情十足——英式建筑与社庙交错，穿梭着印度女人艳丽的纱丽，近四十摄氏度的地表吐着燥热，这就是众多人想象的印度。

不远的一条巷子，是杂货的天堂，雨伞、纱丽、衬衫、内衣、勺子、铁锅、瓷器，还有很多东亚面孔。赵哲成扯着嗓子打电话，跟着电话指示走到了这条街最大的一个铺子面前，正是方志介绍的老周的摊位。一个五十来岁的男子，把满满一大包东西交给赵哲成，用带着广东腔的普通话说：“方老板点的攻关利器啦，熟客打折完 1200 块人民币，你也可以付美元。”

赵哲成付了钱、道过谢，又问了些问题。李珣好奇包里的东西，拉开一看，不过是花露水、风油精、丝巾、迷你风扇什么的小杂货。她完全不懂赵哲成顶着高温、饿着肚子跑这唐人街来买这些杂货干啥。

一路的面饼、手抓饭，太多苍蝇，李珣都不想吃。她是在别墅里被精心养大的好孩子，哪里见过这些阵仗。想到这里，李珣觉得自己被杜致程丢进了一团乱麻里，又被这团乱麻绕进了黑洞，不知身在何处。想到这里，她又有点懊恼。

一路无话，继续坐黄绿相间的 Tuk-Tuk 到了酒店。这也是当地唯一的五星级酒店。

办好入住，李珣在大堂灌了点牛奶，吃了一小块蛋糕，赵哲成居然要了手抓饼。匆匆休息之后，已经是午后三点了。两人赶紧前往下一个目的地。

走过一排传统建筑的台阶和门廊，一扇格格不入的大门出现在赵哲成和李珣眼前。现代化的道闸杆在阳光的照耀下异常醒目，里面有一栋灰白色墙面的高大建筑，干净气派，正是“印度光伏”公司的办公楼。

门卫室里值班的门卫隔着窗户看着他们，见赵哲成和李珣走进来，热情地和他们打招呼：“嗨，你们从哪里来的？”

听到熟练的英文，赵哲成连忙回答：“我们来自中国。”

“啊，我知道中国，那里有丝绸，还有瓷器。”门卫笑得很灿烂，“我们村安布叔叔家的孩子读了大学，在大城市工作，他去过上海，还给我妈妈带回了很漂亮的丝巾，我妻子也很喜欢。”

“你说的是这种吗？”

赵哲成一边问，一边埋头在背包里翻找，很快抽出一条用简易塑料袋装着的苏杭特产小方巾，他递到门卫面前，故作遗憾：“原本是有礼品盒的，在海关处被拆掉了，不过包装还在，送给你妻子吧。”

门卫大喜过望，立刻从抽屉里掏出个脏兮兮的小纸盒，说要让赵哲成和李珣尝尝他家乡的红茶。

李珣一愣，刚想说什么，门卫已经将两只灰突突、带着若隐若现咖喱酱的玻璃杯搁在两人中间，李珣差点儿没控制住跳开。门卫一点儿也没看见两人犹如被喂虫子一样的表情："你们尝尝，这是全世界最好的红茶，来自大吉岭的红茶。"

最后，两人只好礼貌性地接过杯子，但都没喝。赵哲成也马上抢过门卫劝喝的话："我们来找你们公司 CEO 夏尔玛谈些事，我们约过的，能帮忙联系一下吗？"

门卫抬头看看表答道："哦，你们等一等，我看看时间，别急，先坐下来喝茶吧。"然后开始拉着赵哲成聊天，很开心地从中国菜问到故宫、长城，又问赵哲成家住哪里，不放过一点儿延伸话题和称赞中国商品的机会。

李珣坐立不安，她越来越觉得这趟旅程荒谬、冲动、没用。赵哲成又送出了一瓶风油精。

她冷漠的脸色又一次增添了罕见的表情，她不知道中国光伏的未来同这个门卫有多大关系，在听到门卫说一头母猪下了十几只猪仔时，她嘴角略微一抽，和赵哲成用中文说："很好，有耐心啊，赵总，院外的牛车已经第五次经过了……"

赵哲成客气了半天终于忍不住，打断了门卫的话："还要等多久呢？已经一两个小时了。"

"等换班啊，我马上就要下班了，你们再等等，我怕夏尔玛先生要你们等的话，我没办法跟交班的人说清楚，等交班的同事来了，你们跟他说吧。"

赵哲成一下气得跳了起来："什么？你没给我们约？"

"我说了啊，让你们等一等的。"门卫一脸理所当然。

门卫室陷入了死一般的沉寂。

熬到门卫交班，赵哲成再次贡献了一条促销丝巾，门卫连声说着

“好”，伸手就要拿丝巾，赵哲成直接一把拍在桌子上，指着电话从牙缝里挤出稍微有点恶狠狠的话：“赶时间！”

门卫这才慢吞吞拨动电话，几分钟后竟然抛出一句：“今天不行，夏尔玛先生下班了，明天两点来吧。”

赵哲成憋了一肚子火，板正地说完谢谢，刚想叫李珣，却发现她早已气鼓鼓地径直走出了门卫室，正在横穿马路。路上尘土飞扬，恰如两人心中的愤懑。赵哲成和李珣看到第一个门卫正蹲在路边的小摊旁吃东西。门卫见到两人，站了起来，主动打招呼。

“为了感谢你们的丝巾，我请你们吃咖喱吧！我们公司门口这家咖喱是全印度最好的。”

李珣的气本来也没消下去，闻言更是不可思议，机械地转过头。破旧的推车、简陋的炉子、泛着油光的小桌、一口熬着咖喱汤汁的锅……全印度最好？

店主顺着招呼声向两位来自外国的人儿望去，顿时也来了兴致，一手拿起锅盖一手用勺子搅着浓稠的咖喱，吆喝声更大了：“美味咖喱、美味咖喱啊，全印度最好吃的咖喱，人们都来我这儿吃，能排上队都不容易啊……”

不等赵哲成和李珣拒绝，门卫已经把他俩拉到座位上，盛好米饭，在上面浇满咖喱，亲手将咖喱饭抓匀，递给李珣，还绅士地说了一句：“女士优先。”李珣喉头一紧，盯着送到眼前的咖喱饭，又看看门卫满是汤汁的手，匆匆向后躲。

赵哲成见状直接伸手抢过咖喱饭：“我最爱吃咖喱了。”

说着，他屏住呼吸，用手抓起一口饭塞进嘴里：“非常美味！不过我们还有急事，谢谢，再见。”他边说着边将盘子放下，拽着李珣就走。

李珣从头到尾望着赵哲成，眼睛瞪得老大，被惊得一句话也没憋出来。

夜色渐起，充满希望的印度行，第一天就这样莫名其妙地过去了。

第八章　略施手段

毕竟是五星级酒店，稍微平息了李珣心中的荒诞、无意义感。然而平静的夜晚可能谁都没法睡好。

李珣研究了光伏组件的成本指标。赵哲成又给方志打了很久的电话。深夜，错过了给女儿通话的赵哲成，又被愧疚和奇怪的空洞感折磨得难以入睡。

次日，两人都起得晚，早晨在各自沉默的忙碌中就过去了。

下午两点，赵哲成和李珣顶着烈阳准时踏入印度光伏公司。一进门就遇上昨天的门卫，他热情地跟他们打招呼："我尊敬的中国客人，我昨天把丝巾给了我的太太，可把周围的邻居羡慕死了。我的女儿也喜欢啊，我这个女儿下个月就要订婚了。我这半辈子的积蓄，都在给她准备嫁妆。虽说女儿是赔钱货，可做父亲的总还是要满足她吧。唉，中国商品总是很紧俏啊……对了，待会儿谈完，留下来再尝尝我们的咖喱饭吧……"

赵哲成一听到"咖喱"两个字就感觉胃里一阵翻滚，连忙拒绝："不了不了，我们还有正事要办，麻烦通知下总经理夏尔玛先生，说我们到了。"他说着，又递上一条丝巾。

门卫把丝巾揣进怀里，笑嘻嘻地拨通了电话。

办公室里弥漫着极为浓重的香水味，李珣毫无防备地被呛了，忍不住咳嗽几声。CEO 夏尔玛先生四十多岁，皮肤浅棕，高鼻大眼，须发茂密。夏尔玛上下打量了来人，随后眉头一皱，别开眼去，用极为标准的美式英语问："昨天到今天你们都在找我？我们之前在哪里见过吗？还是我忘记了与你们有什么合作？"话好像没错，但是眉眼间却又是难以掩饰的傲慢。

赵哲成也不生气，连忙说："夏尔玛先生，我是中国的同行。我朋友方志跟贵公司有过合作，他知道这两天我们到印度出差，特地托我给你带了点礼物。"赵哲成说着把茶叶和茶具给夏尔玛递过去。

夏尔玛神色稍有缓和，眉头皱得更紧了："方志？"

赵哲成提醒他："那个回收硅料的，还有……"赵哲成比了喝酒的一个动作。夏尔玛一下子笑起来了："哦哦，那个三十二杯茅台酒，哈哈哈！方志，他还好吧？他是个收垃圾的，不过做生意倒挺公道。"

赵哲成听到"收垃圾"三个字，顿时感到一种让人厌恶的歧视。

虽然之前编了很多开头，但被夏尔玛这么一说，一下子乱了方寸。李珣却出奇地冷静，用很有派头的英语说："我们也是中国最好的光伏企业，这次是带着诚意来跟你们合作。"

听到"中国"两个字，夏尔玛压下去的傲气又抬头了。"哈哈，中国最好？合作？"他慢腾腾地点上一支万宝路，"合作？凭什么？买你们的原材料吗？"他深吸一口，"我们已经有非常完善的供应链。如果是推销产品的话，可以跟我们的采购部门联系。"

夏尔玛起身，做出了送客的姿态。

李珣气得身躯微微抖动，赵哲成却更淡定了。他定了定神，吐字铿锵道："我们不是来推销产品的，是来谈合作的，我们可以帮助贵公司毫无阻碍地进军中国市场，我们是欧美加起来也比不过的大市场。"讲到这里，赵哲成反客为主，坐下来，眼神笃定。

李珣也顺着赵哲成"骗人"的假话，极自信地介绍起道华光伏来。

夏尔玛根本听不下去，摆摆手，傲慢地说道："不要自夸你们中国光伏，你们就是凭低价打天下。而我们公司，对标欧洲。最先进的技术，我们的CTO，包括我本人，都是从美国半导体顶级公司过来的，我们的设备也是世界一流的，印刷设备是意大利的，扩散炉是德国的，检测设备来自瑞士，实验室是和Annel合作建立的。中国这样的低端市场，我们没有兴趣。”说到这儿，夏尔玛的目光把赵哲成从头到脚看了一遍，若有所思地盯着他的脸，更高高在上地说，“不过万事皆有可能，要看你们的合作条件了。”

赵哲成暗自得意，抛出中国这个巨大的市场终于吸引了夏尔玛的注意。不过他们也没有什么合作预案，这么突然有点转不过来。

李珣受过严格的思维训练，她跟得上英语思维，又兼备法律冷静的思辨，连忙插话说：“先生，中国有句话：耳听为虚，眼见为实。不妨请夏尔玛先生带我们参观一下贵公司，加深了解，也有助于我们开出更好的条件。”

夏尔玛鼻腔里哼哼了两声：“难道你们万水千山地飞过来，不是因为了解我们，慕名而来吗？”

赵哲成忙递上一支烟，说：“哪里，全世界都知道你们不仅有最先进的欧美技术，还有廉价的劳动力。比起德国啊、意大利啊这些公司一点儿都不差，甚至还有更优秀的地方。”夏尔玛被夸得高兴了，主动拿起桌上的打火机给赵哲成点上。赵哲成趁机提出：“带我们全面参观下贵公司，深入了解生产线、产品销售，或许能有更大的利益。”

夏尔玛脸色突变，很不客气地打断了赵哲成：“不对，你们两个自始至终都只想进我们的公司参观，这是为什么？”

“不！不！”赵哲成连忙否定。

夏尔玛却走进了自己建起来的阴谋论里：“我知道你们中国人要干什么了。我们的德国工程师现在正在用最新的技术调试设备，我知道你们是来做什么的——别想盗窃我们的技术。你们中国人，我知道的。”

李珣被看得心里发毛，回敬似的看着夏尔玛杂乱无章的桌面：“夏尔玛先生，如果有机会我们非常欢迎您来我们公司看看，我们会真诚地邀请您到车间参观。”

夏尔玛的脸色顿时沉下来，一脸厌烦：“我知道你们中国的企业，除了满车间的 Made in China，有什么好看的，你们一定是想窥探我们的技术！”

赵哲成将李珣往身后一拉，还想挽回几句：“夏尔玛先生……”

刚开口就被几声非常坚决的“no”打断，夏尔玛根本不想听，对着门傲慢地扬起手连说：“Please，please.”

两人几乎是被推搡着出了门。李珣既尴尬又有点生气，赵哲成照样以不温不火的语气道歉：“先生，我们确实来得冒失了些。明天我们可以安排一个时间，具体看看双方的合作条件和合作空间。”随后，两人一同离开。

被赶出门的赵哲成并不沮丧，他捕捉到了夏尔玛的信息，对李珣说：“不是有德国工程师吗？我的直觉告诉我，会有收获。”

李珣也调皮地附和：“对，我们就在这栋豪华的大楼里蹭蹭冷气吧。逛逛去！”

整个办公大楼静悄悄的。两人商量着让公司战略部打个配合战，明天拟个真实度较高的合作意向书再碰碰运气。他们边走边看。在电梯口看到个很漂亮的印度女孩推着茶水车，赵哲成一看有几个用过的咖啡杯，直觉告诉他：这有别于印度人的生活习惯，向前走会有收获。

临近走廊尽头左侧，看到墙上的会议安排日程表，参会人员都有一个名字：沃索尔。李珣下意识地回过头，点点“沃索尔”的名字说：“这就是德国工程师！看我的。”

她推门进去，窗户前一个看晚霞的高大身影突然转身了，他穿着深灰色 polo 衫、浅色牛仔裤，头发梳理得一丝不苟，一转身便看到李珣清淡的东方面孔，甚是惊艳。李珣用熟练的德语，略带调皮地问好。沃索尔故作夸张：“哪里来的小仙女，可能上帝听到了我的祈祷，把你送来我身边吧？”赵哲成恰好走进来，德国人幽默地说：“哦哦，怎么上帝搞错了，这么快又送了位男士过来。”

不错的开场。赵哲成也顺着他的话说：“沃索尔先生，送我来到你身边的可不是上帝，是夏尔玛先生。我们是中国道华光伏公司的，过来谈合作。我朋友推荐你们公司，所以慕名前来拜访。”

李珣瞟了赵哲成一眼，嘴角撇起一丝不易察觉的笑意，心里嘀咕道：“呵呵，表面忠厚的老赵，原来还是个老狐狸啊，是得好好全方位评价他，什么老实人赵哲成啊。”

沃索尔听了夏尔玛的名字，毫不客气地说：“那粉红夏啊，唉。”他又摇摇头，拉着一把椅子坐下了。李珣想起夏尔玛那粉色的衬衫、深粉紫的领带也扑哧地笑了起来：“怎么了，先生，是遇到什么问题了吗？”

沃索尔耸耸肩：“不不，这也不是什么问题。只是不理解印度为什么一定要进口我们的设备。我觉得他们完全可以用一百年前的设备。”

赵哲成听出了自己感兴趣的信息，不过并不接着话头说下去：“先生，我们也挺想引进贵公司的设备。你们新设备的产量高了不少，但高良品率怎么保证呢？可不可以给我们展示下印度使用前后的产能对比。”

沃索尔一摊手，眉毛一挑：“哎，这会是极不成功的推销，他们至今还未把该有的产能发挥出来！”

李珣刚要接话，被赵哲成示意压下去了。

赵哲成故意岔开话题：“沃索尔先生可真谦虚。在印度，能与您认识，让我们这趟无趣的出差变得让人难忘。”

沃索尔很认同地附和道：“对，无趣的印度！可我已经一个人在希尔顿住了三个月。再干三个星期才可以结束。”

赵哲成递上名片：“快下班了，不打扰了。我们也住在希尔顿酒店，如果沃索尔先生有空，今晚来酒店酒吧喝一杯吧，咱们再聊聊。”

沃索尔高兴地答应了。

李珣专门走近沃索尔，意味深长地说道：“先生，你真是一个真实的德国人，真实是你们德国人的符号。”说完，翩然离去。

走出公司，已经是傍晚了。光线暗淡，华灯渐起。暮色中的电线上停着体型过于庞大的乌鸦，空气中夹杂着不友好的香料味道，顿时有些异乡的漂泊感。

疲倦感包裹着二人，李珣打破沉默，说：“赵总，看不出来你是老狐狸啊，明修栈道，暗度陈仓啊。”

赵哲成淡然一笑：“我哪里是什么老狐狸，只是刚在夏尔玛那里上了一课，不想再被人赶出办公室罢了。对了，有没有晚礼服，晚上穿上啊！”

李珣倒也没推辞：“呵，还不是老狐狸，连美人计都用上了。”说到这里，她又不好意思地莞尔一笑。

之后，两人回酒店吃晚餐。留出足够的时间，晚上再战！

大厅里放着热闹的印度歌曲，穿着各色纱丽的太太们坐在一起喝着茶，黄金首饰在灯下耀眼闪光，另一边是高谈阔论的男人们，眼神滴溜溜地在女士们身上游走。

赵哲成穿了立领的细羊毛衬衫，刮了胡子，理了头发，散发着东方男人温润的魅力，坐在华灯下若有所思地喝着酒。李珣远远看见他，心里有一种自己都没有察觉的依靠升起来。李珣穿着孔雀蓝的单肩礼服，锁骨与天鹅颈相得益彰，金属肩带与长长的流苏耳饰勾勒出冷静的诱惑。她从入口穿梭而来，吸引了不少男士的眼光。赵哲成闻到一阵蜡梅清香，一抬头，被美艳清冷的李珣惊住了，浅浅失神了三分神。

李珣要了杯龙舌兰，赵哲成阻拦着：“换鸡尾酒吧，太烈。”李珣说：“不行，小女子平生从未用过此计，得喝点儿酒，酒壮怂人胆嘛。”

酒这样慢慢喝着，声音太大，不适合说话，气氛有点古怪的暧昧。赵哲成突然把嘴巴凑到了李珣的耳边：“小姐，你的华服装扮派上用场了，三点钟方向，去吧。”

一个高大魁梧的欧洲人，浅金色头发，鼻梁高挺，换了另外一件 polo 衫穿着，刮了胡子，正从入口处走进来。那人正是德国工程师——沃索尔。

李珣打开手机对着屏幕照了照，补了口红，把每一根头发都打理妥帖，又整理了衣服，连一丝褶皱都不放过。随后拿起酒杯走了过去。

对方也看到了李珣，微笑着举起了手。李珣把他带到了稍微安静的地方，也替他点了一杯烈酒。

沃索尔端着酒杯："美丽的小姐，我们似乎在哪里见过。好像很久之前，又好像才分别不久。"

李珣半低眼睑，青涩一笑："没想到先生还是诗人，说话很有我们中国诗歌的味道。这样的夜晚，很是动人。但我知道，这个人不是我啊。不知道这个很久之前见过，又时时在你心里的女孩子是谁啊？"

沃索尔喝了一大口酒，把嬉皮笑脸的神情收回来，顷刻之间有点谈心的真诚了："是啊，你们中国人还说，一日不见，如隔三天啊！"

李珣举起酒杯："不，不。相思难挨，中国人说，一日不见，如隔三秋。"

沃索尔开心地掰起指头："哈哈哈，我来这已经三个多月了，原来同雷妮奥已经三千年不见啦！怪不得，她吵着分手，还让我娶个印度女人做老婆。不怪她啊！哈哈哈哈。不过，她要是能同你一样温柔就好了。"说着，眼神有点黯淡，收回的目光投在李珣身上，让她有点脊背发麻。

她一边举起酒杯，一边向赵哲成挥手求救。

赵哲成赶紧端着之前点好的德国香肠和薯条过来，很温和地说："沃索尔先生，我看见你来了，就去酒店厨房订了你家乡的食物。"

虽然被赵哲成打断了暧昧的谈话，但是沃索尔把这一切解释为男人的吃醋，而且自信地认为自己对李珣更有吸引力。毕竟李珣特地把凳子往他的方向挪动了一把。

有酒有美人，喝酒姑且看作骑士争取芳心的比拼吧。二人连连举杯，沃索尔喝得勇猛刚直。

赵哲成漫不经心地环顾四周，打趣沃索尔：“印度女人真是风情万种啊，这就是老兄你流连忘返的原因吧，真是羡慕。”

沃索尔冤枉地皱眉头，赶紧对李珣说：“我早就想回去了，都怪这帮印度人，哦，天哪，我简直不想说。我们那么好的设备，一点儿不爱惜就算了，教他们怎么修也学不会，更气人的是质检不合格的零件，我提出来更换，他们一口答应，我转身一走，他们又偷偷塞回去，每次都如此。第二天出的问题更大，都想从废品里赚钱！哎，我恐怕一辈子都见不到我亲爱的女朋友了。”

赵哲成想再试试去生产车间的事，结果沃索尔喝完一杯酒干脆地说：“算了算了，休息时间谈什么工作，不谈了，喝酒！”

桌上的酒一杯一杯下肚，一高兴，沃索尔又加了十几大杯。

李珣早就料到这会是一场“苦战”，但还是超出了预期——没想到德国佬这么能喝！胃里渐渐有些难受

“认识你真是太好了！我们干杯！”

看到李珣面露难色，沃索尔又举起酒杯，赵哲成也急忙举杯：“我也一起！”在桌子下微微碰了李珣一下。李珣心领神会，在赵哲成的掩护下只抿了一小口。赵哲成喝完一杯，将空杯举起，向沃索尔嚷着“干杯”。沃索尔也哈哈大笑，豪爽地喝完，回应赵哲成。

赵哲成乘机问：“夏尔玛是我的老朋友，他原来在美国干得不错啊。”

沃索尔瞪着眼睛说：“夏尔玛不过是英特尔产线上的一个经理，回国后做了 CEO 就以为自己是管理天才了，每天在公司里不是谈企业文化就是画饼，车间都不多待，只会听那群人拍马屁。”

赵哲成又接着问：“他们的 CTO 呢？我倒是没见过，听说非常厉害。”

沃索尔一脸沮丧地说；“他们 CTO 确实有点水平，不过都不沾公

司，成天飞来飞去参加国际论坛，对买设备很感兴趣，不过是为了拿点回扣。”

就这样一边喝酒，赵哲成一边见缝插针，把印度光伏里里外外打听了个遍。

终于，喝完桌上的酒，三个人同乘电梯上楼。

赵哲成和李珣先将沃索尔送回六层的房间。沃索尔一边与赵哲成和李珣握手拥抱，一边意犹未尽："认识你们实在太开心了，这是我来印度之后最开心的一天！"

看着沃索尔关上门，赵哲成这才松一口气，转身就是几声干呕，连忙摇晃着向电梯走去。

"赵总你没事吧？"李珣倒没之前那么冷漠，主动上前扶住了赵哲成，心想：毕竟，该醉倒的人是我。

进了电梯，赵哲成脸色发白地靠在厢壁上，一阵头晕恶心，等到了他们住的八层，赵哲成脚下已经开始打晃，双眼迷蒙中转过脸看着李珣，醉醺醺地说："你一个女孩子，在外面少喝点酒。"

李珣突然一愣，似乎是触碰到什么回忆，眼眶涌上一股温热，模糊了视线，然而还未来得及深想，就被赵哲成踉跄的身体压靠在了走廊墙上。

在墙上一撞，赵哲成有片刻的清醒，恍惚地睁开眼，只见李珣的脸近在咫尺，她的额头和脸颊笼罩着一层柔光，此刻正微张着嘴，惊慌失措。温热的吐息和着淡淡的花果香气扑鼻而来，头顶的发丝擦着赵哲成的脸，让他觉得有些痒。

赵哲成竟有一时的恍惚，脑海里闪过许攸宁年轻的面容，还有被他逼到墙边时羞涩的模样，那微垂的睫毛和娇红的唇色……赵哲成不禁闭上眼睛。

李珣半扶半扛地把赵哲成弄到房间门口，刚打开门，赵哲成扶着门一脚栽进去，马上靠在墙上转身往外推李珣："早点休息，早点休息，我要去吐了。”话没说完，赵哲成已经砰地关上房门，也许因为醉酒控制不好力道，关门的声音很大。

李珣看着自己的手，冷冰冰的模样显得愣愣的。

第二天一早，两人很早就到酒店餐厅“守株待兔”，坐下一边吃饭一边看向大厅方向。赵哲成因为前一夜喝多，胃口很差，只拿了很少的食物。李珣两只眼睛盯着外面，脑子里却回想着昨晚的事。

坐了不一会儿，就看见沃索尔走进餐厅，他看见赵哲成和李珣，径直走过来，像老朋友一样同桌吃饭，随意聊天。看沃索尔吃得差不多，聊得也正欢，李珣试探性开口：“沃索尔，我们这次出来就是为了调研，这家印度公司真的有那么差吗？”

“我还会骗你们不成？这里的管理人员只想着自己怎么捞钱，根本不管集体荣誉。工人更是一个比一个懒散，没有一点儿职业素养和追求！”沃索尔说完气得一口干了一大杯咖啡。

李珣继续小心翼翼试探：“那你能不能带我们去车间看看，印度光伏的管理不行，但你们的设备是一流的啊。”

赵哲成怕沃索尔犹豫，就连忙说道：“我们这次出来考察设备特别在意出片率和破片率这两个指标，听说你们这方面做得特别好。”

沃索尔一听到技术指标好像一下子变了个人似的，作为一个工程师的严谨一下子写到了他脸上：“你们这算是问到点上了，这两个指标本来是矛盾的，但我们这个专利产品另辟蹊径地解决了这个问题，全球只有我们有这个专利技术，我一会儿就带你们去看。”

李珣这时在桌下轻轻踢了赵哲成一脚，脸上露出了一丝不易察觉的“奸诈”微笑。就这样，两人乘沃索尔的车直达公司。

换好防尘服，带上护目镜，在沃索尔的带领下，他们大摇大摆地进了电池生产车间。沃索尔兴致勃勃地把他们带到电池线上，赵哲成看向设备，挑剔地说：“看起来没什么变化啊？”

沃索尔立马不服气地说：“你再仔细看看，以前的设备都是单线，我们的专利设备可是双线，三项桥架设计，不仅出片率比以前提高了30%，破片率甚至降低到原来的一半！”

赵哲成假装惊讶道：“哦！这么精妙，我说夏尔玛怎么一直给我推荐你们的设备，太厉害了！”

沃索尔刚要得意地回应时，一个小个子印度人拿着一叠报表走了过来：“我就说这个时间点肯定能见到你，你每次都是第一个到车间的老板。”说着，他把报表递给了沃索尔。

“我刚来的路上还给夏尔玛先生打了电话，他听到我说过去一周我们电池的转换效率又提高了0.1%，非常开心！沃索尔先生，您就像阳光一样，每天给我们公司带来灿烂。”

沃索尔毫无耐心地拿过报表，直接翻到最后一页：“你怎么不跟夏尔玛先生说破片率的事。达不到合同标准，你想让我一辈子都回不了家吗？”沃索尔生气地把报表狠狠地摔在身后的检测台上。

小个子印度人虽然看不到脸，但语气一点儿也不生气：“沃索尔先生，请再给我们一点儿时间，夏尔玛先生说您是德国最优秀的工程师，有您在，我们一定能战胜任何困难。”

沃索尔没好气地说：“A线按照我昨天规定的作业规范进行，B线必须停下来，检修以后才能生产。”然后回过头来对赵哲成说，“不好意思，我每天都是这么工作的。先到我办公室坐坐吧，我给你们好好讲讲新设备的特点。”

三人刚进办公室，李珣就故意嘟着个小嘴对赵哲成说：“看来新线还是不太成熟啊！”一旁的沃索尔听了，着急地说：“No，No，No！不是，不是，破片率真是他们这帮印度人的管理问题，我们的三项桥架设计……”赵哲成看到李珣的表情就已经明白她的套路，故意打断道：“沃索尔先生，你们的桥架设计确实是别出心裁，我一看就觉得这是德国天才工程师的杰作，但是你也知道，批量生产需要的是稳定性，我们看到的结果却是这样的……”这段话一说，沃索尔一种要捍卫德国工程师尊严的使命感都被激发出来了，激动地说：“我是负责设备调试的工程师，现场生产的情况没人比我更清楚了，整个研发我都参与过，我们是充分考虑到批量生产的实际情况的，我把这几个月的生产情况打印出来，详细给你们讲讲，你们就明白问题所在了。”

不等赵哲成说话，沃索尔拉过电脑，打开 PMS 生产管理系统，调出这几个月的资料，一键打印，顿时激光打印机像刷屏一样疯狂地向外喷着文件。

这一系列的操作，看得李珣心脏狂跳，满脸通红，双手不知所措，跃跃欲试地想一手给抢过来。一旁的赵哲成看了连忙对李珣摇了摇头，不动声色地说：“这个能看出什么吗？”

沃索尔焦虑地拉出一张报表，激动地说：“周二，41% 的破片在烧结；周三，你看 39%；周四，你看看分选又出问题了，破片提高了 32%……这是桥架的问题吗？今天整改这个问题，那个工序就有问题。还有你看这周，硅片的质量问题导致破片提升 22%。”说话间，沃索尔指着一个异常数字说道，“印度的硅片都从中国进口，正常的硅片是 220 微米。这批呢，210 微米，还是正负 3% 的标准，能用吗？这家公司的 CTO 就热衷于买设备，CEO 就热衷于跑采购。你们懂了吧？”

赵哲成极力地控制住内心的狂喜，不失时机地装糊涂道：“压低成本确实很重要，工业品的竞争就是质量和成本的竞争嘛，有的时候就是成本和质量的博弈，或许他们印度人觉得艺高人胆大呢？可以理解。”

沃索尔一听又激动了，拉开一个抽屉拿出另一张报表，拍到办公桌上，大声地说道：“这是他们落到这里的财务分析报表，你看硅片和辅材这两项，比市场价格高了多少。我不是干采购的，这价格连我都糊弄不过去，就算是印度的原材料都需要进口，价格要贵点，但也不能这么离谱吧？”

李珣这个时候已经压抑不住内心的激动了，一只手颤抖着就要伸过去抢过来，赵哲成连忙拉住，手势一变，握住李珣的手，狠狠地握了一下，说道：“李珣，看来我们选择沃索尔公司的生产线是对的，三项桥架的设计真是天才的、跨时代的。”

沃索尔一听，一下子如释重负，高兴地说道：“我不是销售，讨价还价是你们和总部的事情，但我们产品的特性，我有责任给你们介绍清楚。”

赵哲成又回过头对李珣说道：“看来我们要好好消化一下这些材料，看看怎么给内部汇报。”沃索尔在旁一听，把身前的文件一推，说道：“你们好好看，不明白的问我……”

沃索尔话音未落，小个子印度人推门闯了进来：“尊敬的沃索尔先生，虽然我们也知道 B 线怎么调试，但是如果您能给大家再讲解一下的话，我们可以学到更多东西。现在方便的话，能不能再给我们讲讲调试的过程。”

沃索尔生气地对着小个子印度人嚷嚷道：“我向上帝发誓，这绝对是最后一次。”

小个子印度人装出一副卑微的样子说道：“每一次你的讲述都是我们难得的学习机会，我现在就去把人集合起来。”

沃索尔回过头沮丧地对赵哲成和李珣说：“我在这里就是个工段长，看来是没时间陪你们了，你们拿回去研究吧。晚上我请客，大堂的酒吧，有啥问题你们准备好，我们慢慢聊！”

李珣此刻再也压抑不住内心的狂喜，伸手就把报表拿过来，忙不迭往包里拢。赵哲成最后一刻还是全力压制住自己，平静地说；“好啊，我晚上让厨师给你做一道我们家乡的辣子鸡。”

两人告别沃索尔，默默走出车间，脱下防尘服的一瞬间，终于忍不住心中的惊喜，李珣跳起来一下子抱住赵哲成，双手还狠狠地掐了一下，她抬眼望着赵哲成，突然感觉彼此的眼是那么亲切，似乎眼中有星辰。

终于圆满了，印度，再见！

第九章　“双反”胜利

中秋过后，江州的天渐渐凉了下来，天地间显出清清爽爽的样子。

可是道华大楼的一帮人已经快七天七夜没有回家了。布鲁塞尔是战场，可反击“双反”的心脏却在道华这层会议楼。商务部的外联组进驻道华，各企业抽调的精兵良将也在。

赵哲成他们在印度拿到的报告传回来后，资料组和策略组已经连续分析、加工、问答演练了四十八个小时。在这之前，这两个组也没闲着，针对政府补贴恶意倾销的指控，收集到了庞大的数据，把数据分组、重组、分析，当杜致程看到的报告时，已经非常具有说服力了。

此外，杜致程的智囊团正在与荷兰、西班牙、法国等欧洲十几个国家的经销商密谈。杜致程此时则身在北京，穿梭于外交部和商务部。光伏行业的生存之战早已不再只是这个行业的战斗，它得到的支持、肩负的未来远远比现实可见的多得多。

再踏上去布鲁塞尔的飞机，一路上赵哲成又变得异常沉默。他能够感觉到山雨欲来的压迫感。向北而行，秋意越加浓烈。天高而空，人愈加渺小而没有依托。人生的意义和责任感是被强加上的，不过正是这种强加让天地间的微尘有了存在的分量。曾经，赵哲成回国后一路稳当赚钱，他对物质需求少得很，老婆孩子小家庭就是他全部的背负，离婚之后他又把拯救启亚作为自己的背负。而此刻，这种背负是杜致程给他的，他觉得比自己之前选择的任何一种背负都要重，有点士为知己而拼尽全力的感觉。

想到这里，他微微侧头看了看在飞机上一路整理资料的李珣。她说要在质询会上用数据和事实证明把印度与中国对标绝对是欧洲人最愚蠢的自以为是！她正从自己在国内拍的照片同印度的照片里筛选，准备用来做 PPT，图文并茂。她干劲十足，信心满满。想起这个年轻女孩子的热情、机灵、勇敢，赵哲成又多了几分自信。

到达布鲁塞尔，他们就立刻拿到了国内团队的分析报告。李珣稍作整理，就迫不及待地约了律所。

穿过还有些安静的城，他们前往 W. Crayton 律所。他们的律师已经在会议室等候了。李珣自信且得体，赵哲成看她就像是一只蓄势待发的小猎豹。她打开电脑，摊开资料，扬起眉毛盯着正在发言的 David，会场瞬间有一种不可名状的紧迫感。轮到李珣发言了。

“那么，我展示一下中国光伏无恶意倾销的证据链条。

“这次我们去了对标国印度的光伏企业，在印度只有这一家光伏企业，从我们获得的实际资料来看，可以从三个方面说明无倾销事实。

“第一，印度企业的供应链上游在中国，成本相对高。”说到这里，李珣顺势将打印好的几份文件逐一递到他们面前，“印度企业的费用明细中，从物流到原材料采购以及贸易环节的其他费用，比中国企业高出 10% 左右，具体细项如文件所示，请大家看看下面的具体数据。

“第二，主要受印度工厂的管理能力和印度工人的素质影响，其成品率和良品率远远低于中国。”她递出了第二批文件，并继续解释，“这是来自他们一线生产车间的原始数据，平均比中国制造业低了 6.72 个百分点，折算成成本价值，平均每瓦高 0.126 美分。大家可以看一下在这两个国家的车间拍摄的视频及图片来分析车间管理水平的差距。”

律师们听得很认真，也读得很仔细，当看到两国对比照片和视频时，时不时发出惊叹声。

李珣越说越自信：“第三，印度在流程控制过程中缺乏在线工程师，长期依赖设备供应商提供的第三方服务，效率低而运营费用高。我们跟踪测算了他们新进的生产线，在三个月的时间里，正常工作的时间不足四分之一，本土技术人员储备长期不足，依赖于国外派驻，支付不菲的报酬。实际上，现今的国外先进生产线反而成为他们的成本负担。”

她将手中剩下的几份文件一一递出，做了总结：“印度光伏业并不像大家所想象的那样。所引进的高级技术不仅没有转化成优势，反而成了累赘。”

几位律师没说一句话，李珣得出了最后的结论：“综上所述，并不是中国恶意低价倾销竞争，而是印度事实上综合成本本就远远高于中国制造业。”

律师团拿着手中的资料，难以置信地翻看着上面的各个细节，都露出惊讶的神情，抬起头，正对上李珣坚毅的眼神，他们的目光充满了赞赏。这次首席律师 Vincent 总算率先开口：“没想到你们能在这么短的时间里，从供应链和管理上收集到这些细节资料，我们对你们的工作能力和敬业精神非常钦佩。”

李珣却扭过头冷冷地说：“那贵律师团先前的方案……”

Vincent 哪能不明白话里的意思：“我们之前听取的是欧洲同行的建议。我们认为作为发展中国家的中国，产业起步远远晚于欧洲，是不可能做到如此低廉的成本价格的，所以在工作方法上轻率地选取了过错认同。而你们的图片、视频和数据中呈现的中国是我们认知以外的中国。我们承认采取了错误的对策，没有考虑供应链优势、工程师的技术优势和管理水平等所带来的成本优势。”

李珣心里涌起了自豪感。她涉世不深，情绪都明明白白写在脸上。此刻，她微微扬起头，眼角上浮笑意，被越窗而过的阳光映衬的脸上，光彩流动。

Vincent 被感染得有些失神，他微微顿神，更真诚地说道：“好吧，我们一直小看了中国。现在代表律师团向你们道歉。我们在取证方面确有欠缺。接下来，我们将加紧工作，修改出应对质询的最佳方案！”

李珣与赵哲成相视而笑，争取到律师团出新方案，这场战争应该更有把握了。赵哲成知道，这下子他们所请的律师才算得上是“同舟共济”的战友了！

Vincent 拿起杯子呷了一口咖啡，清清嗓子，严肃地说：“我们刚才重新研究了这个问题。在成本方面，有信心进行抗辩。但是在补贴方面，你们的问题还是客观存在的，希望你们能有更多准备。”

赵哲成连忙回答：“请再给我们几天时间，我们会给你们一个客观的反馈。”

会议结束，两人正准备离开时，Vincent 又加了一句：“贸易争端绝对没有看上去的平静和清晰，底下有无数的暗潮汹涌，极其复杂。你们还有很多的工作需要去做。”

接下来的几天，赵哲成格外精力充沛。他综合杜致程发来的信息，做多种可能突发情况推演，在头脑里一遍遍设计短兵相接的情景，与李珣探讨难点问答。

时间很快就到了质询会前夜。赵哲成躺在床上辗转难眠，索性起床，给自己点了根烟。借着月亮的微光，黑暗变得没那么可怕，他所熟悉的一切都逐渐模糊，包括生与死等所有的意义，都变成黑乎乎的一团，时近时远，时而扎手，时而柔软。

他想到许攸宁，现在在过怎样的生活？想到阿紫，以后长大会是什么脾气的女孩？想到方志，肯定不是在借钱就是在喝酒。但他最想的是太阳赶快升起。因为只有天亮了，模糊才能逐渐清晰，他才能真实地去拥抱这一切……

餐厅里，赵哲成涌起了出征的勇气，结束早餐时，他举起咖啡杯说：“为了接下来的质询会！”李珣也轻轻举起自己的杯，回应了一个无比明媚的笑。

秋雨绵长，落叶缤纷。城很平静，似乎紧张只是在欧盟总部大厦。这是中国代表团出席的第一次质询会，内容是讨论“中国成本远低于对标国印度”的问题。

会议室被深棕色的橡木板包围，即使灯光大开，也丝毫没有缓解这巨大的压迫感。欧洲律师团早早就在会场落座，看到赵哲成和李珣，有的如临大敌、面色严肃，有的连忙再检查一遍材料，但更多的是不屑的目光和鄙夷的笑容。

会议一开始，欧洲代表率先发言：“请问中国代表，印度公司引进的是世界最新最先进的技术设备，原材料的利用率和产品功率转化率都在世界前沿，而印度的土地成本、人工成本又远远低于中国，中国的太阳能组件出口价格却比印度的平均低了八九个点！中国起步晚，光伏行业制造水平至少落后世界最新技术二十年，请问你们是如何让牛车跑赢火车的？”

话音刚落，场下就传来激烈的议论，发言者得意十足，带有挑衅地盯着赵哲成，等着看他惊慌失措。

赵哲成不卑不亢，打开了 PPT，首先播放视频，里面出现了中国一个又一个的工厂车间，秩序井然。随之，赵哲成不急不缓的男中音响起，极具穿透力：“中国光伏虽然比国外晚起步二十年，但我们的生产水平是建立在中国这个大国完善的制造生产链基础上，建立在中国培养出来的优秀的行业人才基础上。我们每个企业都有很多年轻的工程师，他们有技术创新和解决问题的卓越能力。在座各位可以看一下，这是我们 2004 年的生产线，这是我们上周在中国江州光能动力产业园拍摄的生产线。在座有不少行业专家，应该明白这其中生产力所代表的产能。除此以外，大家可以看看中国上海的货运码头，这些图片和数据都说明了在重要的物流领域我们是如何优化和控制成本的。当然，如果大家看新闻，会知道中国目前电力生产的能力、钢材生产能力、内部物流调配的能力……”

短短几分钟，屏幕上勾勒出一个微缩的中国制造业体系，议论声慢慢小了。李珣心里升起一股扬眉吐气的自豪感，为她的生气、为她的委屈、为她彻夜不眠的工作。虽然长在国外，但是这种家国情怀却根植在她的血液里了，淡不下来。

赵哲成微微停顿，等会场安静下来，说道："你们所指的老牛车，我认同。中国有位诗人舒婷写道：'祖国啊，我亲爱的祖国，我是你河边上破旧的老水车，数百年来纺着疲惫的歌……'但诗的结尾是这样的'你以伤痕累累的乳房喂养了迷惘的我、深思的我、沸腾的我；那就从我的血肉之躯上去取得你的富饶、你的荣光、你的自由；——祖国啊，我亲爱的祖国！'"赵哲成的眼泪不知怎么就在眼眶边上了，"先生们所谈论的老牛车可能是五十年前的中国，今天我们的高铁已经通到了世界屋脊，有了位居世界前列的航空网络。今天的中国制造业肌体强健，造血功能强大。牛车就这样跑赢了火车。"

欧洲代表淡淡一笑，继续挑衅："恐怕你们掩盖了最重要的本质，光伏组件产品的价格不是因为这些，真正跑赢我们的怕是贵国的财政补贴和政府干预吧？"

赵哲成丝毫不理睬他们的挑衅，缓缓打开档案袋，庄重且严肃地抽出一份材料，说道："这是印度光伏企业与中国光伏企业道华上季度的费用明细和生产报告，对比可以看出，印度在人员和设备的使用维护等方面都远远落后于中国。"

对方律师团震惊地夺过材料。

会场上，李珣有条不紊地做着数据分析，印度之行的照片也成了很有力的说服证据。会场鸦雀无声。赵哲成不动声色地观察着对手。他们时而抬头听听，时而翻翻刚拿到的材料，时而又难以置信地看看之前的材料。首席律师的手指在刚拿到的资料上指指点点。

李珣情绪饱满，英语标准，声如泉水叮咚，流淌在过于严肃的会场。整整半小时的发言，流畅轻松，张弛有度。与会者的态度很多都发生了轻微的改变，只有原告席上的诸位铁青着脸，无言以对。对方申请休庭。

赵哲成向李珣竖起拇指，二人初战告捷。

欧洲开会的同时国内小组全体待命，远程智囊团连吃住都在道华总部了，会议录像及时传回，以做分析应对。杜致程看了之后，调侃赵哲成有情有理，煽情得体。但是，大家都清醒地知道，第一回合赢在对方不知道中方有准备，有运气成分。第二轮将是一场恶战。杜致程特别表扬了赵哲成把光伏产业放置在中国制造业的全局视野下，也提醒他这次对中国光伏的制裁，并不只是商业行为这么简单。

在国外的这段时间，赵哲成已经隐隐有种感觉，这场战斗并不简单。越是深入，越像身处茫茫黑雾当中，他总感觉被朦朦胧胧的东西笼罩着。欧洲有些国家明明是受益者，为什么也要闹着制裁中国？为什么国内企业的数据会被欧洲掌握？中国光伏业宛若在大海中飘扬的小舟，莫名其妙的风雨也可以让它百孔千疮。让你做被告，你就得以犯错的姿态被人随意质询，而他们拿着本应是秘密的数据，彰昭世界。他不是在寻找法律真理，而是在和看不见的大手斗争，他们绝不只是欧美的组件制造企业。

杜致程的交代像是印证，语焉不详更让他确认了反诉背后的斗争无比激烈。

第二场质询会前的晚上，赵哲成只睡了几个小时，却醒得很早，精神很足。

秋意更浓了，赵哲成穿了深宝蓝的正装，一点儿都不沉闷。这是他特地为阿紫百日宴订做的，选这套衣服，稍显得张扬了点，但他自己觉得可靠。昨日理了发，早晨新刮了胡子，他对着镜子给了自己一个肯定的眼神，意气风发地出门了。

“砰”，正好结结实实地与前来敲门的李珣撞了个满怀。与儒雅又时尚的赵哲成如此近距离的肢体接触，李珣一阵脸红。短暂的沉默中，李珣垂下眼帘，理了理耳后的头发，再抬起头时，眼神已如往常般冷峻，仿佛刚才的反应是一场幻觉。赵哲成欲言又止，看着面前“逞强”样的小姑娘，想到了当初许攸宁的倔强劲，心渐柔和。“走吧。新的一轮战斗。”

质询会会场布置如故，赵哲成和李珣走进来，一蓝一白，在深棕色的大厅里清爽若五月海风。对方人来得很早，穿正装的人增多了，看来欧洲光伏行业的企业专业人士增多了。对方律师的神态依然带着首场开局的自信，尤其是助理律师，年轻压不住眼底的傲气。赵哲成行过会场，他能感觉到平静气氛后的暗潮汹涌，众人目光如炬、如刀，还好他可以做到视而不见。他瞟了一眼旁边的李珣，她浑然不觉，像一头蓄势待发的小母狮，仿佛这会场就是她的猎场。

没有任何拖泥带水，一开始，欧洲申诉企业律师团便出示了一份文件影印件，显示去年底，道华公司获得了一笔高达两亿三千六百万元人民币的政府补贴。

“针对这份证据，中国方面做何解释？”

赵哲成不卑不亢地回答：“中国企业的确存在收取政府补贴现象。以我们道华为例，去年底收到的两亿三千六百万元的补贴被用于建立国家实验室。用于企业研发方面的补贴，并不足以构成倾销行为。我这里还有两份来自公开渠道的文件，一份是德国欧宝公司曾获得巴伐利亚州政府八千四百万欧元的补贴报告，一份是一家新加坡企业位于中国江州的分公司获得中国政府一亿两千万元人民币补贴的报告。无论欧洲还是中国，政府为了支持特定行业发展，对于企业进行补贴的行为都是普遍存在的。”

看完这两份文件，欧洲代表团的律师轻蔑地笑起来，他放下文件大声说：“我提醒大家看清楚，中方代表出示的这两份文件中，两笔资金明确规定是用于研发和专利申请的补贴，那么请问中方代表，你们中国企业有研发吗？如果不能证明这一点，你们就是纯粹的财务补贴。”

此言一出，在座的欧洲行业代表们纷纷点头，所有人的目光都投向赵哲成和李珣。

原本面色严肃的赵哲成，脸上突然慢慢浮现起微笑，他平静地伸出手，旁边的李珣一脸郑重地将一直握在手中的文件袋递上去。

抽出文件，赵哲成朗声道："2011 年，道华投资两亿八千万元人民币建立国家实验室，短短一年时间里，我们在工艺优化方面创下了 26 项专利。虽然中国的大部分设备是来源于美国和欧洲，但是在这个基础上，中国企业在工艺优化以及设备升级和改造上，单是道华一家就已经有 137 项发明专利，还有七十几项应用型专利，比如在工艺革新上，每瓦电池单耗降低 16%，电池的银浆用量比欧洲设备企业提供的应用参数降低了 9%。"

听着这些数据，欧洲申诉代表团成员纷纷变了脸色，低声议论。

代理律师更是直接抱怨起来："各位先生，这和你们之前提供的信息不一样，为什么不告诉我们，我觉得我们之间缺乏信任和交流！"

赵哲成抬头看看众人，停顿一下，等到众人安静下来之后才继续说："刚才读到的这些，只是道华公司一家企业，现在我手上还有其他十三家企业的研发投入和项目进展情况。"

之后，赵哲成和李珣还列举了中国几家行业领先企业的财务报表，这些由知名国际会计师事务所提供的数据清晰地显示出，中国光伏产品的价格虽然比欧洲价格更低，但中国企业依旧处于盈利状态，并不存在政府补贴下的倾销行为。

最后，对方代理律师的脸色已经非常难看，欧盟法官宣布暂时休会，众人纷纷离开，之前看向赵哲成和李珣时趾高气扬的模样已经荡然无存，不过强行想要反驳、又无话可说、只能翻着白眼离场的，不在少数。

走出会场，所有人都在讨论中国的工艺优化，讨论中国光伏的专利申请。其中，突然听到一个声音说："这不可能！他们不可能做到！一定是哪里弄错了。"

赵哲成和李珣抬头看去，正是来自德国 QE 公司的 CTO，也是这次的申诉团负责人 Pirro 博士，他显得愤怒又难以置信，很是滑稽。

母狮子猎场全胜，她眼神上扬，背起手来，走到 Pirro 面前，俏皮地用德语说道："一切都有可能，错在你们首先发难啊！"

"的确，一切皆有可能，希望接下来的投票，可以让这头小狮子继续得意到趾高气扬。"赵哲成心里依然担忧，质询结束，只能干等结果。

事实上，投票哪里是听天由命呢，在赵哲成出征前，外围的战场早就打得热闹了。"双反"基金会组织国内几大光伏企业的 CTO 也与驻欧洲销售人员一起拜访各自的欧洲客户，一边强调一直可靠的产品质量，一边画着未来成本路线图，描绘出更大的商业利益空间。制裁其实让欧洲买家凭空增加企业成本，很多欧洲客户出于自己的利益，纷纷反对制裁，并通过各种途径，开始向本国政府施加压力。国家也极为重视，商务部和外交部积极开展各种外交斡旋，从各种贸易中找到互惠的可能性。中国光伏产业并不是在单兵作战。

意料之外的是欧洲以及全球的环保协会联盟。质询会期间，几百人的队伍，也不知道是从哪里来的，在欧盟大楼外拉着各类涂鸦标语，涂着油彩，喊着"减少碳排放，支持清洁能源发展"口号游行。这期间，全球气候峰会也正在筹备召开，可能也会多少对欧洲各国政府产生了一些影响。

质询会结束，走出大楼，赵哲成眯起眼睛，只觉得阳光刺眼，整个人脱了水一般，走路像是踩着棉花，一切都显得那么不真实。他松了一口气，这场会议，极为艰难，又极为轻松。

众人散去后，李珣把喜上眉梢演绎得活灵活现。她似乎不担心结果，拉着赵哲成去寻访老字号的巧克力店，布鲁塞尔的糖果可是馋了她很久了。枫叶很红了，红在这秋深暮色里，也包裹着好不容易轻松起来的两人。

不久后，欧盟委员会通过分析各项证据，针对中国“双反”申诉给出了最终裁决。

中国光伏确实在规模化生产和工艺革新上面有巨大的实力，但也存在着政府补贴的事实，以及在补贴之下个别企业的低价竞争。总体上，中国光伏企业通过产业规模化、全产业链和精细化管理，以及大量工艺革新和创新，实现了低成本，因此，中国光伏产品在价格上的竞争力并非恶意，最终决定撤销对中国光伏的关税制裁。

那天，金秋的街上凉风阵阵，赵哲成和李珦意气风发，脚下生风，身后落叶翩然舞动，碰撞在一起又分别飘落，随着风相互致敬，像是为赵哲成和李珦献上无声的喝彩与欢呼。

胜利消息传到国内，还是清晨六点，道华大楼里的反制小组已经工作快二十天了，这些天没有人睡过囫囵觉。大楼被欢呼声唤醒，大家拥抱，祝贺，喜极而泣。破晓时，阳光从缝里慢慢漏了出来，太阳还未升起，而绚丽的晨光已经足以预见今天会有一个好天气。

第十章　逆转死局

赵哲成出征的这段时间，方志也在火上烤着呢！

他手里稳拿下来的项目，眼下只有在四川西昌那个。在完成了订单、付款、发货这些流程之后，成车的配件拉往西昌当地，施工进展顺利，在行业的寒冬，方志仿佛看到希望的火苗正在燃烧，寒冬终将过去，春天终会来临。

只是单单一个在建项目根本不足以维持公司运转，半个月之前，方志就让裘得凯出去联系新项目，但进展并不顺利。只因为坚持选用质量过硬的设备和产品，恩太公司的项目报价也略高于行业平均值，这在竞争激烈的招投标市场中成为明显的短板，让几次投标和接洽全部失败。

偌大一个公司，仿佛只有他方志一个人撑着。

方志盘算过，西昌的项目刚刚开工，只要资金上别出大问题，还能坚持一段时间。但千算万算，方志忘了这世上还有“墨菲定律”的存在，只要事情有变坏的可能，不管可能性有多小，它总会发生……

问题出现在施工进度款上，他东拼西凑，现金还是短缺。一个西昌项目就已经压了上千万元！资金流水可是王道，没钱转要人怎么活？

凡涉及钱的事，流程大多烦琐，至于国有企业更不用说其严谨了。任何一个部门的态度都很好，办事效率也不差，可是流程一层又一层，手续一道又一道。为了核验进度，尽快获得审批，方志整个八月下旬都泡在机关楼里。

质检部门说材料不全需要补材料，方志马上去弄；确认通过之后再去找各个领导签字。这个领导今天去开会了，那个领导休假了，方志只能记好时间，像集邮一样凑齐领导签字。

一番折腾没有白费，方志偷偷算了一下，亲自跑流程，比正常提交还是缩短了几天时间。可就在他兴致勃勃把材料递交给财务部门时，财务科宋科长告诉他："这个月的拨款计划审批结束了，下个月吧。"

"宋科长，我等不到下个月了，工地那边已经欠了好几天钱了。"

宋科长看看方志："来的人都急，急也没办法啊，只能按正常流程走，等下月吧。"

离开宋科长的办公室时，方志脸上的表情顿时垮掉，他实在走投无路，没找到一点儿法子"救"恩太。不过，坐以待毙不是方志的作风，回公司的路上，方志就催促裘得凯，让他必须抓紧时间尽快敲定一个新项目，越快越好。

裘得凯做事一向麻利，话也不多，方志让做什么就全力做什么。

裘得凯东跑西跑终于斩获了一个机会，这个项目是之前合作的朋友介绍的，甲方中还有熟人关系，是之前和恩太合作过的老客户，因此中标希望非常大，有九成把握。

更让人心动的是，项目可以先付 30% 的款项。

转眼到了九月初。这天，风极大，树叶被吹得逆过身去，摇摇晃晃，似乎不想扎根树枝，此时，天色翻黄，沙土卷起，大概是要下雨了。

方志从落地窗前撤回到办公桌旁，西昌工程救急是暂时解决了，后续组件款可以先用竞标新项目预付款来支付。裘得凯的方案，他看了又看，只报了成本价，毕竟图项目预付款。按理说十拿九稳，但他实在没想到，居然还是失败了——有人比他的价还低 10%。

他再次抽起了烟，正思索哪里杀出来个“程咬金”，还想把标书弄来看看，成本在哪里控制下来了。突然，裘得凯推门而入，把拿到的材料丢在他桌子上，一点儿都不意外地愤愤说道：“果然，半路跑出来的不是别人，是金总，他确实啥成本都可以控制，组件都可以买小厂的，自己贴标嘛！”

方志咬牙切齿，将烟摁灭在烟灰缸，拿起桌上的标书翻了起来：“这老王八蛋，能不能做点好事，果然，组件、支架这些价根本就是出厂价都不够，他娘的！”他愤愤地丢开文件，又烦躁不已地给自己点根烟。

窗外隐隐有闪电划过，只见欲暗尚明的天空破碎开去，免不了几秒后的惊雷警示雨夜来临。

裘得凯也慢慢给自己点一根，靠着办公桌，若有所思地吸着烟：“方总，金总这样做是要砸大家伙儿的饭碗啊！现在投标只看低价，也没有人去验质量。你呢，一副生意人的精明样，可做的都是老实人的事儿，咱们用的材料、用的工，哪个不是质量杠杠的。想想被这些王八蛋给欺负了就生气。咱可不能坐以待毙！”

裘得凯突然眼睛亮起来，走到更靠近方志的地方，放低声音嘀咕说：“要不咱们去戳戳老王八质量这块软骨！姜姐她最近不是在做那个——那个什么质量万里行活动吗？明天下午他们有个交流会，负责这项目的周总也要参加，我们是不是也去做点工作什么的？”

窗外的风叫得有些猛，暑气消逝，声若行兵。呼啸的风，带走衰败的叶。玩味一会儿窗外的景，方志定了心，眼神如鹰隼，那是猎杀前的冷峻。“行，我知道了，我来办，你准备拿到项目以后的开工方案吧。”

他思考了一会儿，听着大楼里人声渐稀，拿出手机，搜出姜半枝的聊天框，他缓缓地送出一口气，斟酌了一下用词，很快输入几行字发送出去，算是找到了说话的由头：“媒体爆料：近期国内光伏竞标出现组件以次充好现象，存在巨大的质量风险，该行为恐将影响行业对光伏发展的长期信心。”

雷鸣声隐隐约约，夹带着一闪而过的白光。

姜半枝已经回家，正将衣服往屋里收，瞥见方志发的消息，于是将衣服从衣架上取下，然后一边缓缓叠着，一边坐靠在沙发上点开对话框：“有爆料？正好我现在就在弄这个稿子，明天下午有个交流会，你到时候可以现身说法呀！”

看到信息，方志先是一愣，大概是没做好一句话就到位的准备，又可能是姜半枝一如既往的爽直让他抓到某点回忆，然而都不重要……方志笑了笑，似乎又陷入了沉思。

方志把瓶子里剩下的水倒出来，刚好满满一杯，他颇有兴致地举杯。

他以水代酒向对面空空的座位虚敬一下，大口喝完，长出一口气。伴随着雷声的轰鸣，这场大雨总算是落下来了，空气清新之中夹杂着泥土的味道，方志把钥匙一收，准备回家了。

项目经理侯晓强的电话来了，方志一看就头大，接通电话，果然是设备、材料需要补货了。

“钱钱钱，命相连！”方志心里怒骂着，这些天算下来，真是一事无成!

雨下得正大，夜还很长。

方志觉得有些喘不过气，回到家中和衣躺在落地窗边的沙发上，瞪着眼盯着不成形的乌云看，翻来覆去地熬着，猛然起身，给能打电话的打电话诉苦。他可不是乐意憋着的人。赵哲成让他不着急，有需要鼎力相助，甚至说让许攸宁帮忙把房子作为抵押，这些让方志感到很温暖，可再温暖也不能解决他眼下面临的实际问题。

挂了赵哲成的电话，方志很自然地拨通了赵娜的，没想过一定要借钱，就想找人说说话。上次赵娜借的那三十万元不只是解了他的困，更是暖了他的心。人到中年，还有朋友，就没有过不去的坎了。打通赵娜的电话，有一搭没一搭，聊了道华购买启亚后赵娜的打算，居然说了二十来分钟。末了，赵娜开玩笑说：“要不等钱到账，我带着白花花的现大洋，到您那里捐个老总当当。”方志觉得赵娜太对他的胃口了，能聊天，能解忧，善解人意，还无比幽默。一阵哈哈，便挂了电话。

看窗外雨势渐收，淅沥声渐小，天空从浓黑转成铅灰、瓷白，云层渐厚、渐薄、渐散，之后，第一缕晨光无精打采地出现，驱散了残留的一丝鱼肚白。

这注定又是清冷的一天。

手机铃声准时响起，方志翻了个身，手搭在额头，狠狠闭紧双眼，随即起身去卫生间将凉水泼到脸上，洗完他又抹了几把脸，抬头看着镜子里的自己，满眼血丝，胡子拉碴。方志深吸一口气，刮去胡子便带上文件，早早去了公司。

原本胜券在握的项目预付款，偏偏杀出比成本还低 10% 的价格。这报价方志拼不起，但他需要钱，需要大笔的工程款。

晌午时分，姜半枝发来交流会的时间和地点。方志看看表，扣好衬衫的最后一颗扣子；回到房间打开衣柜，又找出一套藏青色西装穿上；抽出一条黄色暗纹领带，又放了进去，选了一条银蓝色领带。他也要像赵哲成一样，尽量显得儒雅沉稳些。昨夜打的腹稿，已经反复地思忖过了。不能失误。

坐进车里，方志先给姜半枝打了电话：“半枝，我现在就过去。那个，我最近正在投天宇能公司周总手里的一个标，你看看能不能帮我安排一下，把我的座位放他旁边。”

“可以呀！我现在就在会场呢，这就给你安排。”

“我带得凯一起去，两个人。”

“好，我知道了。”

方志来到会场，裘得凯已经在大厦门口等他了。入口旁边立着海报板，还摆着巨大的充气拱门，拱门上拉着条幅，鲜亮地写着“光伏人‘质量万里行’活动高峰论坛暨秋季行业交流大会”。

到了大厦三层，方志走出电梯。地上铺着红毯，迎面是光伏人传媒公司的签到台，旁边立着签名背板，还搭了个合影台。

听到电梯抵达的声音，守在签到台的两个年轻女孩抬头看见方志，马上笑脸迎上来，甜甜地叫着：“姐夫来啦！”

旁边的员工也跟着起哄，跑过来喊着：“姐夫好。”

方志笑着打哈哈：“你们姜总呢？”

“姜总下去接尚荣的老板了，马上就回来。姐夫要不要进去？姜总交代过了，姐夫的座位在第一排。”几个年轻女孩簇拥着方志和裘得凯进了会场。方志坐下来，看看旁边座位上贴的字条，中间部分是天宇能公司的。

过了一会儿，姜半枝匆匆走进来，眼神穿过人群，直接落在方志身上，没分给别人一分一毫。

她脚下生风，妆容并不浓，深灰色的职业装上别着银色胸针，犹如黑暗之中的一抹光华，锦上添花。再看耳饰，是简单的流苏样式，柔柔地轻摇在她的耳下，显得别致、干练。耳饰之后则是精心护理过的头发，散在肩上很是得体，栗色的发卷随着脚步微微晃动，轻飘得竟有些动人。等方志反应过来时，她已然径直走到方志旁边，坐到天宇能公司的位置上。

“这位置安排得还满意吧？”

“太满意了，你真是帮了大忙了。”方志故作轻松，但脸上的憔悴出卖了他，只见他脸色煞白煞白，眼下乌青，隐隐发红。

姜半枝不禁问：“你脸色怎么这么差？项目进展怎么样了？”

“还好还好。今天你们这个活动好，我们最近在竞标周总的一个项目，现在市场特别乱，就应该多搞这种活动……”

方志的话还没说完，裘得凯就从旁边探出半个身子，直接抢过了话头，向姜半枝“汇报”道：“姜姐，现在项目有点问题，钱款也没下来，工程都快要停工了，方总最近可特上火呢。”

姜半枝一时没有说话，很是心疼地看着方志，张了张嘴，却欲言又止。

方志连忙说：“你别听他瞎说，哪有那么严重，就是收款问题，这两天就能下来了。”

姜半枝看着方志的“逞强”，没有戳穿他，只是认真地说：“我这边这几个月效益还不错，不然我找银行看看能周转多少现金出来，想想办法，一二百万我还是能帮你凑出来的。”

方志迟疑一下，触动也好，感激也罢，他始终不愿意，最后摆摆手：“真没事儿，你别跟着瞎操心，你帮我安排和周总见面就行，看看今天有什么机会没有。”

姜半枝想了想，推出一个可行的建议：“等一下周总来了，你可以和他好好聊聊，周总对质量非常重视，对这次活动也特别关注。我想办法给你单独安排一下？”

“没事儿，我坐这里跟他汇报就成。”

“今天周总也要发言，等我安排你上去发言，讲讲电站施工的质量问题。”

方志刚点头说“行”，那边已经有人在叫姜半枝了。姜半枝想再为方志找点法子，方志只是摆着手，连连让她先去忙。

人来人往中，方志还看到了许攸宁，她正姿态优雅地站在走道上陪几位领导聊天。看到方志，许攸宁轻轻点头，算是打过了招呼。

会议即将开始，周总也匆匆赶来，简单的寒暄过后，方志趁着开始前的空隙试探性地问：“周总，这次你们的标，我们做的技术方案还满意吗？”周总笑着点头回应：“不错不错，我看中你们的技术选型，还有各方面做得都很细，技术部门也跟我汇报过，这次争取报一个好价钱，我们继续合作啊。”

方志笑着点头，心里却暗暗叫苦，骂着“狗屁好价钱，按照现在这个游戏规则——谁低谁拿，他都不赚钱了，还能怎么争取？”但是国企的流程都摆在那里，遇到金总这种偷梁换柱、以次充好的竞争对手，他再怎么压价也跟不上，只能在心里干着急。

方志面上什么事也没有，谈天说地，但心里越来越憋得难受。

会议开始后，方志也没有心思认真听，看着周总在台上发言，方志思索着等下自己上台要讲什么。听着发言里不断提到质量问题，方志忽然灵机一动，抓到了！想起赵哲成之前说过的随机抽检办法，他顿时坐直身子，开始饶有兴趣地听着与会者依次的发言，心中则打着腹稿。

在特别增设的光伏电站质量问题议程中，突然听到姜半枝说：“有请恩太光伏工程公司董事长方志。”他立即起身，大步向前，胸有成竹地上台。

方志先从施工质量对于电站运行的重要性讲起，就工程质量、组件质量和电器质量几个方面，包括产品质量、成本控制、风险管理、材料和成本可靠性差异等内容进行阐述，数据翔实、案例充分，与会者听了纷纷点头。

众人反响不错，是时候了！

方志话锋一转，直击眼下光伏行业招投标流程上的弊端。

“现在行业内招投标流程公开透明，充分考虑技术方案和成本，但是其中也存在问题，如缺乏过程监督等。施工单位选用的组件，在投标的时候技术响应都很充分，大家都能做到响应技术要求。但是在供货的时候，组件的质量是不是过关、选取的原材料是不是合格，特别是光伏组件这部分，还是一个黑盒子。我认为，在招标流程上面应该‘事前绑定’。各家施工单位选择的组件，有些是一线，有些是二线甚至三线，质量参差不齐。事前应该采取随机抽检的办法，检查 EPC 施工单位选取的核心设备，是不是能够满足投标时的技术要求。只有加强招投标实施过程中的科学管理，才能真正保证我们业主能够选取到质优价廉的供应商！”

说完，方志将目光投向坐在第一排的周总，只见他正下意识点头，满意之色洋溢而出。见状，方志心里的大石总算搁下一半儿。姜半枝在另一旁与他眼神交汇了一秒，很是肯定。

方志下台回到座位上，刚坐下，周总就对他说：“你提的这个办法很好，就像我们这次招投标，组件品牌五花八门，各个都能达到要求，但我看不是那么回事！我这次就按你说的，搞一个随机抽检，你们报上来用哪家组件，我就派人去现场，随机拿两款送到第三方实验室检测。你这个提议好啊，能够保障我们选到认真负责的供应商，找到货真价实的产品。”

听了这话，方志精神一振，几乎心花怒放。周总的这个决定，绝对能让金旭生失去竞争力，让机会的天平重新向方志他这边倾斜。

这一局死棋开始活了起来。

会议剩下的时间里，方志一扫之前的消沉，仿佛又找回当年创业时百折不挠的干劲。短短几天之内发生了太多事，有焦灼，有绝望，但也有温暖和感动，想到赵哲成在电话里让他去找许攸宁要房产证抵押，又想到姜半枝不遗余力地帮他，甚至为他提供发言的机会，心中难免感慨：我方志的这些朋友哪……

于是，他决定再争取一下，想办法把工程进度款催下来。会议结束后，方志推掉了姜半枝聚餐的邀请。看着时间还来得及，方志赶回公司，从办公室的柜子里翻出两瓶茅台和一盒茶叶，开车径直去找宋科长。

车行过半城，天色大好，湖水波光粼粼，几只白鸭嘎嘎甩着翅膀，在水中穿上穿下。方志觉得今天下午的好运能延续到晚上。

第十一章　旧物归处

下午将尽，风吹得更大了些，这几日天气很是反复无常，如若说是所谓的“雷公打喷嚏”，也是胡扯得过去的，反正，想来今晚免不了一场大雨。

但方志的兴致是不错的，眉头舒展不少，一路风驰电掣赶到宋科长办公室，时间刚好五点。

不过，就和天公不作美一样，时雨时晴谁预料得准？方志也有些失策，宋科长已经下班了。正好西昌又来催钱：“方总，组件三天后必须到，要不就要停工了！”

“知道了！钱钱钱。我不知道吗？！我方志什么人你不知道吗？拨款这就下来了，组件跟着就到位。”

方志挂完电话，又拨了宋科长电话，没人接。想起宋科长的家在碧桂园，他索性直接开车去找人。

因为不知道宋科长住在哪栋，方志就把车停在小区门口的文化广场旁边，然后拎着东西走过去。他继续给宋科长打电话，接连几次都没人接，莫非今天见不到了？方志不信邪，发了一条短信后，就在小区门口的长椅坐下来，守株待兔！方志看着各家窗口透出的温暖灯火，只觉得风越来越凉，他不禁耸起肩膀，把西装的两襟又向前拉了一下。低头看看表，已经是晚上八点多，方志深吸一口气，自我鼓励地想着：天遂人愿，等到九点钟。

中午时忙着换衣服，方志只是随便吃了点东西，到现在已经是饥肠辘辘。

到了九点钟，宋科长还是没有回复。方志起身到便利店买了桶装方便面和一根火腿肠，找店员要了热水泡好面后，回到长椅上坐着吃。

结果刚吃上两口，抬头就看到宋科长牵着狗，正和妻子一起出来散步。方志端着手中的方便面就迎了上去，热情地打招呼："宋科长宋科长，刚才你可能没听到我电话，我就想来等等，看能不能碰到你。"

宋科长见到方志有些惊讶，又看到他手里的方便面，也觉得有些过意不去，于是连忙介绍道："这位是方总，这是我太太汪婷。"

方志连忙放下方便面，站起来，在裤子上擦擦手，把手伸到一半又缩回来，只是点点头："你好你好，我是方志，正在做宋科长手下项目的施工。"汪婷莞尔一笑，迅速打量了方志：一身材质讲究的西服，眉宇间也算有些英气。

宋科长问："方总这是冒雨深夜来访，还蹲上点儿了，是有什么急事吗？"

方志一把拽住宋科长的手，急火火地说："哎呀宋科长，您可说得太对了。没有急事，我能这样！真的是没办法了，款结不下来，我那四川凉山项目的工人都要开始闹事了，这是要我的命啊！"

方志越说越激动，差点儿就声泪俱下了，将成年人普遍的无声崩溃吐露得淋漓尽致，演绎得惟妙惟肖。

"我新的货也拿不到，支架款没进来，下一期进度又要赶不上，我现在都借高利贷了，还不上我那一家老小可怎么活啊？能不能想想办法把钱批下来？要是实在没法子，我方志就只能撂挑子不干了，谁爱干谁干吧！我就这一条贱命，凌迟处死还是怎么着，给个痛快话。"

汪婷看他也是大老板，却端着一碗泡面守在路上苦等自己的丈夫，不免有些同情，一边抱起旁边不安分的吉娃娃小狗，一边用娇嗔的口吻对丈夫说："你们就是官僚，这都把人逼成什么样子了！"说完又哄哄怀里乱叫的吉娃娃。

宋科长抽出一只手，拍拍方志的肩，无奈地说：“方总啊，放款的事儿，上回我也和你解释过，一是书记还没回来，二是真过了这个月的结账时间。”

“那能不能跟书记打个电话说说，特事特办，钱先出，账目入下月的账。人是活的，规定是死的嘛。”

正说到这儿，吉娃娃挣脱了，跳了下去，刚好打翻了方志的方便面。场面瞬间有点混乱。汪婷赶紧道歉，拿出纸巾去擦椅子上泼洒的面。方志赶紧抢着去擦，正这时踩了一脚面汤的吉娃娃要跑，方志又赶紧一把抱住。吉娃娃的爪子在方志的衣服上留下了清晰可见的油迹。方志撩起衣服擦了擦狗的脚，然后又很自然地递给了宋科长，之后又抢着收拾椅子。

汪婷对方志的好感倍增，接着帮腔：“老宋，我知道你这个人就是守规矩，一板一眼的。你跟书记说说？你不说书记怎么知道呢？再说拖延了工期怕是对你们也不好哦。”

方志感激地向汪婷作了个揖，连忙接过话茬：“是啊宋科长，你一定有办法跟书记说一下我这个事，真的。要不我写个材料，我一会儿编一条微信，帮我跟书记说说。”

“行吧，我回头帮你说说。”

“别回头啊，现在打过去，还算工作积极呢！”汪婷继续帮腔。她这个老公就是不会卖人情，情商太低了。

宋科长觉得老婆说得有道理，打电话汇报也不会亏什么，于是掏出手机走开一小段路开始打电话。好一会儿，人就折回来了：“书记也正关注工程进展呢，说是我们的人去验收过你那边了，非常满意。书记指示了，特事特办，钱批给你，不过再急也要等到我明天上班去给你处理啊。”

“哎呀太感谢了，真是太感谢了。”

方志说着折回去，从车后座拿出酒和茶叶，连声说着“拜托拜托”，赶紧将两瓶茅台和一盒茶叶递到汪婷手中。汪婷一边看着宋科长，一边半推半就地提到了手里。

宋科长不由得挺直了腰板，连声说：“哎呀，都是应该办的事，你怎么这么客气啊。”

方志看着宋科长的反应，心里也稍微踏实了一些，又一脸真诚地说：“这话不能这么说，要不是宋科长成全我，这关我真的过不了，真的特别感谢。当然，更要感谢人美心善的嫂子，嫂子真是活菩萨，以后我们就是朋友啦。”

汪婷看看放在长椅上的面，热情地邀请道：“还吃什么方便面啊，要不然到我们家坐一会儿，孩子也不在家，你要是不嫌弃就到我们家吃一口。”

“不不，太麻烦了。宋科长在公司里面那可是一言九鼎，他能答应帮我，可算是帮了我大忙了，我三天三夜不吃饭都行。”方志笑着说。

宋科长脸上是藏不住的得意，嘴上还是说着：“方总太客气了，本来就是该我办的事情。”

“那我就先告辞了。”

这时候的吉娃娃也安静下来，开心地绕着女主人的腿打转，看着方志要走，居然还“客气”地汪汪两声作为回应。方志顿时觉得宋科长家的狗都这么有礼貌。

方志与宋科长夫妻道别，直到重新坐回车里，他才彻底松了一口气。如果说尽人事听天命，那么他尽力了，剩下的就是等消息。月色皎洁，薄云浮动。看了一眼时间，刚好八点二十分，安迪也恰好给他发了消息：“还在忙？”方志人逢喜事精神爽，因为太晚，他直接约安迪在附近的西餐店吃夜宵。

抄近路拐进一条巷子，老旧、拥挤的居民屋、新式楼房……一一闪过，竟有些恍如隔世之感。方志忽然想起第一次和安迪见面，想起来，兜兜转转，不仅方志变了，身边的人也都沉浮于世，物是人非，谁也不再是当初的模样，总让人感到莫名悲凉。

走进西餐厅，时间才八点四十多，店里人不多，见安迪还没来，方志找了个安静的位置坐下，随意点了两杯花茶，把桌号发了过去。

看着眼前干净的桌面，方志却想起安迪无数次用纸巾反复擦拭桌面的模样，仿佛没有一处是干净的，于是拿起纸巾将桌子擦了擦，之后拿起手机看有没有消息，赶巧宋科长打来电话，他几乎是下意识地马上接起来："喂，宋科长，什么事？"

"方总，书记刚来电话，说他明天就能回来签字，你那笔钱明天批下来直接就到公司账上了。"

也该轮到方志大喜了，可不是吗？运势如黄河之水天上来，奔腾无阻，气势恢宏。他连连道谢，没注意身后的动静。安迪已经缓步到他身旁，她娇俏笑着，等在一边，直到方志挂断电话，她才探出半个头轻声问："这位是方大老板吗？"

方志呼吸一滞，转过头正对上安迪的眼睛，媚眼如丝，如盈盈秋水，近在咫尺，扑面而来的是爱马仕大地香水清爽的葡萄柚香气，好不动人。

安迪顺势直起身子，往后退半步，随即坐到方志对面，看似简单的动作，在方志眼中则不同。方志还保留着那份心动，将安迪的模样尽收眼中。她优雅地脱下柔灰色的外衣，浅卡其色长裤剪裁得体，把安迪的双腿衬得极为修长；奶白色半袖针织上衣在灯下格外温暖，领口处露出的锁骨和修长白皙的颈部似乎也染了一层柔光，使安迪整个人如同沐浴在月光之下，清池淡荷。

温香软玉，佳人耳语，这些天累积的疲惫算是消散不少，方志此刻也是眼神温柔。他往后靠了靠，放松下来，直接把菜单递给安迪，任由安排。

安迪总是那么善解人意："一个海鲜沙拉、一份三百克西冷牛排全熟，一份七分熟法式小羊排，配两份蘑菇浓汤。对了，加一瓶阿根廷安第斯之箭科尔特干红。”她合上菜单，人往前倾，吐气若春风撩人，“这款酒单宁高，化你那三百克肉的油腻。我知道你是肉食动物，吃得土，非要全熟，你看把小妹妹都惊讶到了，人家心里肯定想哪个山里来的土包子啊。”

方志非常受用安迪的安排。她真好，拿捏得合适，又能遂了方志的性子。在这个江州最高档的会所可以按照方志的意志来，完全不顾别人的脸色，把方志蹲守街边的委屈化了点。

方志本来是油嘴滑舌的人，可在安迪面前却老实得只想讲真心：“咳，我这个人披啥子皮都甩不脱四川山里人的纯朴，这点非红颜知己看不透啊。老子就想这样，管他啥子装疯迷窍的规矩哦，还不能让人活得安逸点啊。”

安迪掩嘴而笑，眉梢间风情万种：“依我看，方总的这张皮就不错。精神、干练，走出去就是江州企业界的形象代表啊。”餐厅钢琴手适时奏乐，浪漫旖旎。这一刻的方志特别地享受，在安迪面前他才能享受到一个成功者的快乐，或许安迪就是他人生舞台下的观众，他的精彩都来源于她的喝彩。

方志暧昧地端起杯子，举杯相邀：“嗯，要是我早点儿这么能代表江州形象，肯定早就能抱得佳人归吧。”

安迪眼波流动，并不正面答话：“士别三日啊，不过，方总，你当时真是又土又浑，哪里有点大老板范儿啊！你记得第一次搭讪守在我家楼下的样子吗？”

“我倒不记得我，我记得你啊……”

红酒在杯中轻晃，推杯换盏，说的是往事，换的是都市人的情。不明不灭，不浓不淡，佐着酒和夜色，生出游离的第三种情感。

待到城市灯火阑珊，安迪叫了一辆车，方志也叫了代驾，两人走出去，晕晕乎乎有些微醺感。方志几乎是无意识地回头，看见了桌上几乎没动的牛排，犹豫了一下，最后还是随着安迪走了出去。

他默然回忆起上次和姜半枝单独吃饭的情状。什么时候的事？方志早就忘得差不多了，只记得当时姜半枝坐在他对面，认真地把剩菜装进打包盒，念叨着可以第二天热热再吃。

那时候他们早就到了谈婚论嫁的程度，就差那一纸证书，转眼就差之千里。

他甩甩头，那是友情、亲情，还是习惯？总之不是爱情吧？不一样的……

街道上的车已经稀稀拉拉没几辆了，夜晚陷入了静穆的美，一阵晚风拂过，闷闷雷响，微雨洒下，渐而瓢泼，洗浴着整个城市。

两人在屋檐下等着，安迪顺势靠在方志肩上，头顶的发丝从他衣领钻入脖颈，方志些些觉得有点痒，但还是挺直胸膛保持不动，静静享受着淡淡的香水味。安迪微眯眼睛，颇是意味深长："两年多了，我们还是第一次在一起吃饭，还和以前一样，真好……"

方志情不自禁想要揽过安迪的肩头，在她额头上落下一个吻，安迪却倏然离开："方大老板，车到了，下次见喽。"

安迪就那样淡淡然来，施施然去。方志还未来得及抚过她的发丝，就这样看着她在车中挥手，慢慢消失在雨幕之中。方志觉得自己好像又回到了几年前，那时与安迪之间有些暧昧，却谁也没有戳破，那种浅浅的喜欢，让人重返少年般轻快。

久久的疲惫感总算是遣散不少，方志长舒一口气坐回车里，他很享受安迪的赞扬，或许这就是年轻时难有的爱情吧？

方志任由耳侧雷声轰鸣、车辆飞驰……抛开所有情绪，他缓缓闭上双眼，等待起程。

黑云乌压压笼罩着城市，直到方志到家，幽幽的月光才破开乌云，洒往大地。

第二天早上，方志刚进公司电梯，就接到裘得凯的电话。

“方总！天宇能那边发了通知，这个周末要随机抽检申报的组件。”

方志拿着电话，露出胜券在握的笑容。

“我马上就到，你到办公室等我！”

方志昂首阔步地走进公司，迎接他的是“方总好”“方总早上好”的问候声，还有拿着资料等在办公室门口的裘得凯。

方志神采焕发，也给了恩太人信心，属于他的机会来了，恩太胜券在握。方志这会儿很享受命运带来的忽上忽下的颠簸感，这种颠簸感给了方志越来越自信的自我认识，做事也愈加果敢起来。

连续几日，方志很是放松，格外有精神，有空闲时还约安迪一起吃饭。安迪也不拒绝，次次精致出席，说着方志为人灵活、精明能干种种赏心悦“耳”的话，方志很受用，倦怠感消失不少。

坐在办公室里，他再一次拿出天宇能公司的随机抽检通知。

“每家 EPC 公司在投标中上报的组件厂商，于投票前自产线上随机挑选两块组件送到指定测试实验室，实验室地址见下方详情。”

检验的可操作性太强了，方志也是做制造出身，心里跟明镜一样。周总是重视质量，但如果下面人做手脚，只会吃哑巴亏，所以他得做好万全准备，这个项目必须拿下。手中的通知薄薄一张，心中的思虑可不止。他走到落地窗前，思忖良久，最后还是把裘得凯叫了进来。他得亲自去一趟。

指定检测的实验室外，各家送样品的人三三两两站在外面，排队送检。

方志和裘得凯带人将组件搬进去，赶巧看见金旭生，他西装笔挺，头发丝毫不乱。他如金孔雀一样摇着手中的扇子，一身米黄的“贵气”，金链子闪闪发光，从容不迫得像是度假来了，却又是从一辆和他毫不搭调的金杯面包车上下来。

方志心里犯着嘀咕，这人很奇怪：“哦呦，这点事金总亲自出面啊？”

金旭生一点儿不客气地回话，笑哈哈的："商场如战场，连方总做事都这么仔细，我能不跑得勤一点儿？"

众人逐一登记，不少公司的人登记后就直接离开了，唯独方志站在那里看组件：都摆在实验室的门口，稳妥吗？方志揣着担忧，犹豫着从楼梯间通道路过，余光瞥见金旭生手下业务员正和实验室的工作人员在小声嘀咕。

方志顿时警觉，快步走开了，想起"金孔雀"怪异的行为，心中有了猜想。

他加快脚步走出实验室走廊，把裘得凯喊到身边低声安排："你不是跟实验室主任打过交道吗？去和主任说一下，这些组件，每一个都得做好记号，最好让他亲自去做，以防有人偷梁换柱，狸猫换太子。"方志的眼神扫向了不远处的面包车。

裘得凯一下领悟，快步走开了，同时小声自言自语："难怪没开大奔呢……真是鬼精鬼精的……"

"商场如战场"，金旭生说得不错，兵不厌诈，兵者，诡道也。

方志点起一根烟，远远瞧着那辆金杯面包车，心说：一山还比一山高，邪不胜正呢。他缓缓送出一口闷烟。

"可惜了。"

第十二章　货与所思

技术评标结果次日一早就出来了，方志亲自开车过去，坐在会议室第一排等待宣布结果，除了期待胜利，还饶有兴致地等着看好戏呢。

金旭生依然金链加身，带着手下的业务员大摇大摆，志在必得走了进来。他紧挨着方志，露着一口烟牙，一脸扬扬得意："唉，方总，可能今天兄弟我又要得罪你了。"方志看了看金旭生火红的领带，笑了笑，没扫"金孔雀"的兴致："我们都是正经生意人嘛，各凭实力。那兄弟我就祝金总今天红运当头。"

"金孔雀"哈哈大笑："我就喜欢方总的大度，红运当头，可爱可爱啊！"

发布会简洁明快，说完标准就开始宣布结果，全场鸦雀无声。"技术评分第一名，恩太光伏工程有限公司；第二名，耀诚光伏工程有限公司；第三名……"

离奇的是，全部念完都没有出现金旭生公司的名字。

金旭生脸都黑了，估计已经有了猜想。偏偏他旁边的那个业务员是个不会看脸色的。宣读完结果的实验室主任刚走下台就被他拦住："主任，我们公司的评分是不是漏了？"

主任瞟了一眼那名业务员，冷冷回话："你们做了什么自己还不知道吗？对于你们的处理，会后我们会单独宣布的。"说完就拂袖而去。众人也跟着纷纷起身，只有金旭生还坐在座位上，脸上青一阵白一阵。

方志很是得意。昨日，向来高调的老金居然是坐着金杯去的，一看就觉得哪里让人起疑。再看他鬼鬼祟祟、啰里啰嗦赖皮不走，方志就懂了。他也是街头混大的，偷鸡摸狗的事情虽然不做，但爬墙砸窗的事他也干得得心应手。金旭生干的勾当，用行话讲就是AB组件，产线上随机挑选的组件先送进实验室，再将准备好的组件在检测前悄悄换过来。“金孔雀”开个面包车来，方志大概就看明白了，车里一定还放了精挑细选的好组件。于是，他让裘得凯一路跟着，拍下了老金公司贿赂工作人员更换组件的证据，马上又联系了负责人重新换了回来。这不，才有了今早的好戏。

这次的标，方志势在必得，他心情大好，转过头装得一脸疑惑地看着金旭生。金旭生也是多年狐狸，心下了然，狠狠地瞪了方志一眼，起身就向外走。

直到金旭生快走到大门口，方志才收回目光，不咸不淡地补上一句：“以金总的形象，开大奔挺合适。”金旭生像是听到那么一句，又像是愤愤不平，回头扫了一眼会场，摔门而出。

喜报也是一个接一个。方志刚出门，姜半枝的电话就来了。

“方志，好消息。之前那家支架厂，我答应给他免费做一年的广告，让他们先给你发一周的货，那边同意了。不过，我也只能给你争取到这么多。”

姜半枝笑着。这可是天大的帮忙啊，方志非常感激，身子一下就坐直了，有一周先顶上，这边款就能跟上了！这可是救急。他连忙说得好好感谢姜半枝救命，说着就打算今晚请姜半枝吃饭。

“那你确实应该感谢我。”姜半枝笑着打趣，接着又问，“你那个标是不是也中了呀？”

方志心里舒畅，朗然：“多亏你那天帮忙安排，今天宣布中标了。”

也许是习惯，姜半枝在方志遇难时，总是不遗余力想要帮方志，倒不是求什么回报，有可能是那么多年“亲情”的培养，像自己家里的大哥。事情要顺利，她总为他由衷高兴，仿佛只要他好了，她就万事无忧一般。

姜半枝还是收回了自己的念头，添上一句："那除了请我吃饭，你还得给我准备一份厚礼！还有，之后那个广告费也得给我。"

方志兴致很高，连说回头双倍打广告，又说自己订一个地方，晚会儿叫姜半枝。

也算是闯过了一道难关，方志稍微放松了些，将数据一推，开始翻开手机找餐厅。那时姜半枝虽然节约，爱在家里做饭，但耐不住方志软磨硬泡，这座城市许多店都被他们打卡过了，看着曾经一起吃过的那些熟悉的店，方志不由想起姜半枝的各种好，如今姜半枝还在全力帮他……

方志开奶茶店那会儿，他们还很年轻，日子很慢，眼前人顾家。当时只觉得两个人在一起就是好的，一起吃碗面也值得开心，路边的串店和火锅也能吃出人间美味，谁都以为，绵长的一生，大概就是这样云淡风轻过了。

后来方志在老家和东南亚忙着倒硅料，在他背后帮着出售店铺、四处找资金的人，是姜半枝；父母从老家过来，替他承担起家庭忙碌、生活琐碎的，也是姜半枝。

忽然看见一家老海鲜酒楼，那是方志年轻那会儿觉得吃一顿倍有面儿的地方。

那会儿，两人去那里请客吃饭都是很少的，姜半枝总为两人省钱，甚至开玩笑说是为方志省老婆本儿。方志那时想：等发达了，一定常带上半枝毫无顾忌地去最贵的餐厅吃最贵的美食。可如今，他能吃遍全江州最豪华的餐厅，但和他一起吃饭、一同举杯的人，却没有姜半枝的身影。

方志心里慢了一拍，这些年，姜半枝一直关心他。哪怕他不开口，姜半枝也会不遗余力悄悄为他铺路，从生活起居到划清界限后的事业助力。

这些都让这段时间心力交瘁的方志倍感温暖——他们是亲人。

不知是好还是坏的回忆占据了方志的思绪，突然手机一振，方志瞬间惊醒，是了，那些日子早已消散在时间的洪流中。他愣了一下，在手机就快振下手时，他才连忙接听，是安迪的电话。

“今天情况怎么样呀？问题解决了吧？”

安迪的声音温温和和的，透着几分悠闲，一如老友。方志正是问题七七八八解决了的时候，心里痛快，很是意气风发：“还好，嗯，好多了，可以松一口气了。”

安迪还是笑着说自己帮不上忙、方大老板真是精明能干的话。方志很开心，他自己可以，哪需要安迪帮忙！

“那不错呢，晚上有空吗？给你庆祝一下呀？”

方志张张嘴，正想答应，转念想到自己已经约了姜半枝，犹豫了一下，说自己还有事情，等下再联系。

“好啊，我等你电话哦。”

挂断安迪的电话，方志飘在半空的意识才勉强落回来，手机屏幕又退回那家老海鲜楼的界面，他盯着饭店详情发呆。

方志总会想起姜半枝的好，每当这时，总不免带着点遗憾。但安迪的电话让他犹豫了，之前关于姜半枝的那些温暖回忆，此刻反而在他心中凝成沉重的负担，他不知道与姜半枝单独吃饭时该如何面对她，到底要将她当作一个老朋友，还是与她顺水推舟重燃旧情。他承认自己充满感激。但同时，这份感激也让他怀有很深的愧疚，这让他不知道如何去面对。他的心情跌入谷底。

灼灼的阳光炙烤街面，方志站在落地窗前，站了很久，似乎看着办公楼下的车来车往。安迪温柔的言语还在他耳侧响起，无非一些动听的话，听久了在清醒时是有些累的，他常喜欢去想：这不一样。确实，这和姜半枝、赵娜不同，她们几乎不说什么好听的话，但帮助是实打实落在他身上的。

最后，方志还是打开微信，找到和安迪的对话框，答应了安迪的邀请，又和姜半枝推说自己有个应酬，之后才沉沉放下了手机。

他不知道自己的选择是否正确。

但至少，这时候不该打扰半枝，各自应该有各自的路……方志看着阳光下的光晕，万物勃勃生机，洒水车跑在城市之中，卷起一道道彩虹。

一切都向好而生。

而此时，“双反”申诉结果在第一时间传回国内。

老话说得好——“近水楼台先得月”。赵哲成那边还没回国，姜半枝就率先来了一场“电话访谈”，连夜赶稿，在光伏人 App 上用极大的篇幅报道了赵哲成的申诉过程。一时间，赵哲成风光无限，成为业内争相称赞的英雄、话题人物。

如今天宇能公司 30% 的预付款到手，项目进度款批了下来，方志这边资金充足，精神也跟着好起来，全然看不出几天前还为三十万元搞得心力交瘁的样儿。

刚好西昌工程还差最后一批组件，方志坐在办公室里跷着二郎腿，抽着小烟，打电话催采购尽快订货，加急运过去，此时心情已不再焦灼。负责采购的人却并不打算顺着这好运接下去，低声送了个坏消息：“方总，工厂这边现在都在排队要货，我天天守着催，就是没货。”

方志是个不信邪的：合着钱有了，货又没了？

道华的销售总监高义，方志也很熟，一个电话打过去，高义特别仗义地说：“兄弟，昨天我就看到你的货在排队，我也给下面兄弟说，方总的货无论如何要留出来，方总是我多少年的兄弟了。”方志听了特别受用，得意地对采购说：“高义那边我打过招呼了，自己家兄弟，明天你再过去一下。”采购听了，连连奉承地说：“还是方总有面子。”

第二天一早，采购又给方志打电话：“方总，我们的货还是没有排上，高总一直在开会，电话也没接。”方志脸上有点挂不住，低声说：“我再催催。”

高义那边接电话倒挺快，没等方志说话就连声说：“对不住，对不住，昨天大领导打电话来安排，我也是没办法，一忙还忘给你汇报了，这两天就给你安排。”方志也是销售出身，高义这话虽说得滴水不漏，但方志也知道他的话中话，但也不能说什么，只得客气地说：“感谢感谢！”心里暗暗地骂道：“销售的嘴，骗人的鬼。”

再这样等下去，货早没了不说，工期又得耽误了。方志想不出啥办法，还是赶到工厂的仓库区，果然看到好几十辆车停在装货区，下去一问，不只是央企的车，还有两家上市公司的车也在等着。方志去找仓库主任想要通融，但主任说现在货紧，得高总统一调配，口头上应着别急、就快了，实则就是让方志先回去“听候发落”。

谁要货都要得急，方志更急，回去“听天由命”才不是方志的作风。方志就逗留在那块地方，看着车间一直加班，趁着下午吃饭那会儿溜进去打听消息。方志干过组件制造，车间里负责人大多都认识，谈天说地扯了半天，在又递出一瓶水时才不咸不淡加一句：“嚯，现在等着的这几车要装到什么时候？”

“这可说不准，看产线那边速度，不过他们催得厉害，说是四五天才交得完。”

傍晚又来了几辆车，眼睁睁看着组件一趟一趟地被搬上别的车子，方志心里很急，好在他的货车司机是熟人，就是之前给隆山寨子送货的，他们觉得方志肯定有办法，又不会少给车钱，也不催他，慢悠悠等着。

方志等不起，按这个节奏，不得一周之后才排到自己啊。天色渐晚，厂区的大灯逐渐亮起来，几个落单的小燕匆匆往林子方向飞。

厂区禁烟，方志又坐不住，就绕着货车来回走来回观察，绞尽脑汁想法子。央企几辆车的司机一起出去吃饭了，方志看着他们的背影，突然站住，赶紧往回走：好机会！搬运工人是按车子上贴着的公司标志装货的。眼下这几个司机出去吃饭了，不在，可不是给他方志腾位置吗？

方志看着不远处的运组件的叉车过来了，趁没人注意，立刻从那些车上扯下写着“中海”的标志牌，装到自己车上。因为扯得太急，标志牌甚至被扯坏一个角，但在薄暮的光线中并不明显。方志用手一挡：很完美嘛。

组件运到跟前，周围几辆车都没人，工人们看着方志手拿提货单，只想把货赶紧上了，就大声问：“中海的？”

“对，中海的。”方志赶紧答应着，还随意指了指挂在车上的标志牌。

工人们忙着搬运，方志一边数件一边催促，又不断看向厂区大门。半个小时过去，终于将货全部装完，方志将签收的提货单递上去，看着对方核对完数量，拿上单据转身，这才松了口气。

趁工人走了，方志赶紧将刚拆下的标志牌挂回原来的车上，飞速跳上驾驶室：“快走快走！”

车出厂区没半个小时，高义的短信来了：“兄弟，这事太不厚道了吧，不是答应明天就安排吗？”方志看了短信，不客气地回道：“都是千年狐狸万年妖，咱俩就别忽悠了。”高义倒也爽快：“哈哈，这事不提了，以后多照顾兄弟生意。”

路灯一盏盏亮起，驱散了夜晚的墨色，而在车灯的照耀下，前方光明如昼。

第十三章　庆功一事

位于扎芬特姆的布鲁塞尔国际机场，同世界上所有的机场一样，商店、酒吧、餐馆遍布。还有两个小时登机，没时间逛街的李珣在登机口商店穿来穿去，心无旁骛，买得开心。黄了小姑娘的旅行，赵哲成心里挺过意不去。质询会结束，他拒绝了杜致程休假游欧洲的建议，迫不及待要回国。他有半个月没有见到阿紫了，另外，启亚的事情终结了，他也想要看看老员工们安顿的情况。一个中年人哪里有完全喘息的日子呢。看李珣纯粹沉浸在成功当中，像小鸟一样穿梭在商店里，他一下回忆起自己年轻时每做成一笔生意的快乐，简单却真实。

布鲁塞尔机场设有礼拜场所，天主教、穆斯林、犹太教等教徒在登机前都可以在这里祷告，还有人文主义者冥想的场所。出入其间的人，衣着简朴，表情从容，从熙熙攘攘的世界行过，而不沾红尘浮躁。这样的情境启发了赵哲成，难得的清闲时刻，他想同自己交谈。反诉成功，他开心。他想着反倾销制裁来临时，当初叱咤风云的行业精英，跳楼的跳楼，破产的破产，远走异国的远走，想着自己当时命不由己的无助感，感慨太多了。这次胜利，他没有自我功成的喜悦，反而是越来越大的世界，越来越渺小的自己。光伏这个行业，说小一点儿，有中国制造的骨气在里头，中国企业挑战传统的欧美企业；说大点，它可能在挑战固有的能源利益分配。原来只管老老实实做事，遇到事情努力使劲就好了，现在才发现每一件事都丝丝缕缕扎根在偌大的空间里，事件后面的力量，像那些捉摸不透却后劲儿极大的阳光，关系复杂。

十一个小时以后，他们降落在浦东机场。一去一回不过隔了短短半月，一切好像没变，一切又好像不同了。公司派了公务车来接二人，连一束鲜花也没有，李珦撇着嘴，假装抱怨："赵总，这阵仗，可白瞎了我过去十一个小时打的致辞草稿，刚下飞机我还担心欢迎会阵势太大，可你看，连一束鲜花也没有，真是模糊了我对'凯旋'两个字的认识啊。"贫嘴归贫嘴，二人也没真正在意。

回到公司，正好饭点儿。李珦想直接回家，哪知接到杜致程的电话，便拖着赵哲成去找杜致程。

公司不远处，有一家装潢考究的江浙餐厅，菜品正宗，有时公司接待客户也会选在这里。杜致程大概也是不喜欢在吃喝上花费太多精力，他习惯在这里完成接待。

菜是餐厅安排的，三个人用显得丰富了些。李珦也不管二人寒暄、唠叨，径直开吃。赵哲成心里边暗自为这个不懂规矩的海归小姑娘着急。

赵哲成准备的汇报都没用上，只听杜致程对质询会稍微做了评点，便迫不及待地同赵哲成分析起当前行业未来的态势，以及中国市场内外布局的打算。越往深处说，赵哲成眉宇间纠结就越深，冲淡了本应有的庆功喜悦。李珦本自顾饕餮，看到他们只谈话，不吃饭，放下茶熏软排，有点不满地嗔怪："杜总，没有盛大的欢迎会我们也不计较，能不能先让赵哥好好吃个饭，杜总，不要无底线去'榨取'工人的劳动力，吃饭、休息这是人权的根本。"杜致程难得一笑，赶紧夹了一箸松鼠鳜鱼给赵哲成："对对，吃饭，还有先回去休假！"

正在这时，李珦不失时机为他讨要奖励："杜总，休假我们是该得的，这都夜以继日工作半月了，可你不要忘记给我们赵哥奖金哦！还有什么出差报销啊，我堂堂博士和堂堂赵总是不会去捋的，给我们配个助理吧。”一连串的要求，杜致程都夸张得皱起眉头应承了，一向对杜总尊敬有加的赵哲成真不知道“90后”的李珣天性就这么肆无忌惮，还是两人有什么特殊关系。

饭后赵哲成便迫不及待地拨通了许攸宁的电话，很久没见阿紫，他很想她，想听她脆生生地叫他爸爸，想让她一脸笑容扑向他，软糯糯的小脸贴着他的脸撒娇，想看给她买好吃的时她脸上满足的笑……可电话一拨通，他那点勇气又退缩了，嗫嗫喏喏：“嗯，我回江州了，你忙吗？晚上一起吃饭吗？我想见见阿紫。”

许攸宁下午在光伏人家，此刻正忙着审稿，语气果断干脆：“吃饭不用了。”

赵哲成被拒绝得有些气闷，许攸宁接着补充缘由，语气依旧冷冰冰的，但解释得分毫不敷衍：“晚上阿紫要做家庭作业，我也得陪着。吃饭……方志肯定少不了这顿接风饭。你那里的情况我基本清楚，我最近工作也比较忙，到时候一起吧。”

赵哲成正怅然若失，听到解释，内心又有一些小小的甜蜜，接着又问：“那阿紫？”

许攸宁这才看看时间：“你这会儿过去刚好赶着阿紫放学。”

一听到可以接阿紫，赵哲成一直板着的脸终于舒缓不少，柔情从眼里蹦了出来。

好事的李珣开着她的白色奔驰小跑停在赵哲成身边，一边听得有趣，一边看他一冷一热变化的表情。这可不像之前她认识的稳如磐石、儒雅有风度的赵哲成。看他时而小心时而失落，时而羞涩时而温柔，她心里感叹：“中年有真情，还能再可爱。”看来回国也不算无聊啊。

她摇下车窗，按了声喇叭：“嘿，想不到你还在谈恋爱啊，瞅你追女孩子的样子，没什么经验嘛！”

赵哲成没好气地摇摇头：“不要把你浪漫小女生的幻想安在我身上，谈什么恋爱，是接我女儿放学！”说完就走到路边，准备打车。

像路过空调外机被吹了阵让人不喜的风："啊，结婚了啊，也没见你给夫人买礼物啊！"

赵哲成一愣，有些尴尬，说："离了，有个孩子。"

李珣眼神飘开，不知道想到了什么，然后就轻易甩开，此时，赵哲成还在伸着身子张望，她把车又开到他跟前，顺口就问："你去接孩子，哪个小学？"

问到孩子的问题，赵哲成就心无防，柔情外溢："哪里舍得她长那么快啊，还在读幼儿园，南区那个启慧幼儿园。"

听到那么一句，李珣像是在思考："正好，我家也在那边，顺路一起吧。"

阿紫的幼儿园五点放学，姜半枝体谅许攸宁自己照顾孩子不容易，贴心地给了许攸宁下班时间弹性的特权。但最近许攸宁工作实在太忙，没法儿提前下班，多半时候都让阿紫在幼儿园等自己。打完电话，许攸宁停下手里的活儿，想了一会儿依然合上电脑，拿起外套出门。

今天看到许攸宁提前走，手下都觉得很惊讶："许姐今天怎么走这么早？"

"你没有看昨天新闻啊，赵总'双反'得胜回国，许姐肯定忙着见我们赵大英雄啊！"

对着玻璃整理头发的许攸宁立马一脸严肃地怼回去："我去接孩子！"隐隐她还有些生气，生什么气自己也说不清。刚才还在开玩笑的手下搞不清许姐今天是怎么回事，张张嘴没敢再说什么，委屈地闭嘴埋头工作。

如今赵哲成已经成了行业名人，光伏人 App 多篇报道，再加上许攸宁与赵哲成的关系，公司的焦点可不都是她。但对这一点，许攸宁似乎并不开心，每回看到报道就沉默良久，随后才有条不紊地工作，但"气压"很低。关于别人的谈论，她也每次都是冷眼走开，从不参与。

她告诉自己，今天赶去是因为不想让赵哲成觉得她忽略了孩子，或者怀疑她没有带好女儿的能力，从而找什么借口把孩子抢回去。毕竟，离婚之后赵哲成的事业不差，手里又多了卖启亚的钱，越想越糟心，她坚信自己离婚后一定要活得更精彩，摇摇头想把这些烦心事甩出去。而平时路上很顺利，这一天因为道路临时抢修，绕远又堵车，她真是愈加不顺心。

阿紫最近都没有按时被接走，她抱着自己最爱的小兔子，羡慕地看着小朋友一个个被人领走，她知道妈妈忙，还要等一会儿来接她。她可怜巴巴地从栏杆缝里往外看，突然看到爸爸，意料之外的惊喜让她一边大叫一边跑出校门。

幼儿园外太嘈杂了，本是李珣最讨厌的环境，但这次她不知怎么就留了下来，也许赵哲成走心失魂的样子、挤在人群中张望的眼神，不知不觉触到她封闭很久的心。像无数影视剧里一样，阿紫就那样扑进赵哲成怀里，只见赵哲成一把搂住，把脸埋进女儿的头发里，使劲地嗅着："我的小公主，想不想爸爸？又长高了，吃饭挑不挑食物啊？听妈妈的话没……"抱着孩子的赵哲成像个话痨。话痨的李珣却沉默了。她的眼神黯淡下来：自己小时候，她的父亲可有时间到幼儿园接她？她父亲看她的眼神是否也是这样？记忆被时间冲淡得一点痕迹也没留下。天色也暗下来了，她开始想念奶奶了。不忍心打断父女的温情聚会，她慢慢挪了车，融进人群渐稀的街尽头。

许攸宁在对面久久凝视着肆无忌惮地表达爱的父女两人，暮色同样遮掩了她表情复杂的脸。她生命中最爱的是阿紫，每每看到女儿艳羡地盯着和睦的一家三口，她就有些难受。带给阿紫伤害的不正是她这个母亲么，但是她不愿承认自己错了。许攸宁一直认为过去和赵哲成生活上的不和谐是因为自己是家庭的依附者，她要证明，她有能力独立负担自己和阿紫的生活，有能力让自己和阿紫过得很好。

突然，阿紫发现了许攸宁。"妈妈！爸爸看那边，是妈妈！"阿紫伸出肉肉的小手向赵哲成身后一指。许攸宁看到之后慢慢穿起外套，不急不慌走过去。

小小的孩子，抱在胸前只有柔软的一小团，赵哲成觉得自己心都化掉了，再转过身看许攸宁，缓缓而行的她，被风撩了头发、掀起了衣角，温柔的光线勾勒出她温和的侧影，这一瞬赵哲成的世界写满了岁月静好的满足。是啊，一家三口就这样回家、吃饭、睡觉，亮起一盏属于自己家的灯，这就是最好的庆功了吧。

可眼前的许攸宁只是站在那里，并没有像曾经那样走上前挽住他的手臂。

二人都小心呵护阿紫。虽然不是周末，许攸宁还是允许她吃了必胜客，任由赵哲成给她买迪士尼公主，买绘本漫画，买一大堆她爱吃的奶酪棒。是啊，除了买东西和陪伴，赵哲成还能用什么表达他的父爱呢?

很快到了她家楼下，阿紫已经在车上呼呼大睡，许攸宁看着孩子，迟疑一下，像是很不情不愿，又无可奈何："你上……上去坐会儿吗？"

赵哲成摸摸阿紫的小脑袋，叹了口气："唉，不了，等会儿孩子醒了，我就不好走了。"说完转身从包里拿出一个包装精美的礼盒，"这是我从布鲁塞尔带的手工巧克力，阿紫肯定很喜欢。"

许攸宁木讷地伸出手，等回过神来，赵哲成的背影已经渐行渐远。

生活如水而行，有标志意义的日子和事件激发了水花波澜，让人的世界生出了乐趣。起码方志就是这样想的。赵哲成凯旋，而他也算是喜事不断：西昌项目资金到位，采购组件一帆风顺，新项目投标成功。不搞点什么名堂简直对不起他前阵子的煎熬。

他包了好大的火锅楼包间，让手下员工去做了横幅，买了鲜花、气球；后来想想还不过瘾，又花了两千元，安排了歌手，准备极尽可能地张扬出庆功的样子。

接着就是组饭局了。赵哲成这个人他知道，客居江州多年也没交到什么像样的朋友。他对人虽好，做事也实诚，但确实缺少了点社交能力。组局关键：朋友，还有女人。他掰着指头算算能凑这个饭局的人无非就是自己、许攸宁、姜半枝，还有赵娜了。三个女人都应约而来，方志愿意成为赵木头的生活剧小导演。

“方志，你这又是横幅、又是鲜花，以为特隆重吧。这二十世纪九十年代的审美水平，配我们国际大英雄，土得掉渣！”赵娜穿着墨色的裙子，耳环长长的吊坠轻轻晃在肩上，锁骨动人，娇俏又不失干练。

话还没落完，许攸宁走了进来，一身简装，看似随意，却明显是精心打扮了一番：侧前方开衩的深灰色连衣裙包裹住腰身，珊瑚唇色看似低调却也透着适合她气质的冷艳味道。她淡淡一笑：“方志，我看你这横幅写的‘英雄凯旋’，赞美的是你自己吧？最近方总可是春风得意啊，赵哲成那个算什么，哪样是给自己赚的？”

一时间两种绝色杵在方志面前，他不晓得该接哪个人的话，心里只是暗自骂了句：“狗日的赵哲成，也不知道前辈子踩了什么狗屎，美女都给他占了，他奶奶的！”他一句话都不接，赶紧叫服务员点菜。

“你小子，请客永远都是火锅。”赵哲成同姜半枝一前一后进门，方志大舒一口气，本来招来这两个女人，是想让她们互相吃醋斗一斗，没想到自己倒先成夹心饼干了，这下子主角总算来了：“火锅不好吗？这证明我不忘本！你以为你待几天江州你就是江南文人哪？吃了几天牛排你眼珠儿就变蓝了？别忘了你是四川山区出来的土鳖！还有，迟到者罚酒三杯！”

姜半枝永远公正：“方志，这个酒轮不到赵哲成喝，我找不到停车位他帮我鼓捣了半天，这三杯，我来。”

“嘿，这倒好，三个都围着他转了。”方志嘀嘀咕咕，自己先干了一杯酒。

赵哲成瞥了眼进门的乐队说："什么给我庆功，莺歌燕舞是你的菜啊！你自己留着用吧，撤了吧，都是自己人，安安静静说会儿话！"

许攸宁听了这个话，禁不住抬起眼瞟了下赵娜，赵娜得意地收下许攸宁的一瞥，还故意抬起了酒杯，对赵哲成嫣然一笑。

方志咳嗽两声，作为"主持人"，先开腔了："这首先，咱们要祝贺赵英雄，功成名就，凯旋！"要是别人，赵哲成肯定不好意思，定会推辞一番，但换方志说这话，赵哲成只是笑着举起酒杯。

在方志的强烈要求下，赵哲成把"'双反'事迹"又讲了一遍。讲到印度那一段的时候，方志忙不迭地把自己的功劳和事迹添油加醋地补充进去。

许攸宁端坐在旁边安静地听，手里把玩着酒杯，悠闲中似乎还带了几分孤高。赵娜听得认真，到痛快处举杯相庆。方志更是热血沸腾，觉得扬眉吐气，想到这里面还有他的一份功劳，更骄傲了。

只是谁也没注意到，许攸宁对赵娜的打量，有时是酒杯一挡，有时是雾气氤氲，又有时是对话中的一瞥。

"这件事解决了，以后的日子怎么可能难混？"方志觉得所有的恶气都吐光了，老友见面，分外开心。

赵哲成的酒喝得平淡，既有长久奔波后的放松，也有对未来的担心："情况没那么乐观，欧盟那边虽然给了几年时间，但限价限量，很大程度上限制了我们在国外市场的发展，我们只能尽快开拓国内市场。杜总和我说，光伏必须尽快从国内市场开发和技术研发方面找到新的突破。"

"技术研发这事，我这种小民营企业没那财力，国内市场倒是可以分一杯羹，毕竟行业的春天，就是我方志的春天。"方志若有所思，微微和赵哲成碰杯。

"这倒是真的，国内光伏马上就会大刀阔斧地发展起来，杜总今天还说，他刚和能源局的人开完会，国家不久就会出台相关政策鼓励建光伏电站。国家现在要坚定地发展新能源，并且将市场重心转向国内。”

一直不说话的许攸宁夹起一块牛肉，淡淡开口：“回头我去调查一下，再做个推文。”

“那正好，顺便给哲成大英雄再扩大一下影响！”方志说着拿起酒瓶给大家添酒。

许攸宁看了眼赵哲成，躲闪着看向另一边，嘴里却答应着：“小事情，新闻是行业最好的‘强心剂’，行业先站起来，我们才有得赚不是？赚钱才是大家的第一要务。”说话间竟轻轻和赵哲成碰了一杯，方志不可思议地看着那双酒杯，然后立刻淡定地夹了口毛肚，眼神飘向赵娜。然而赵娜只是淡然地看了一眼，没有多说一句话。

两个人都是一饮而尽，许是喝得太急，又许是“受宠若惊”，赵哲成还被呛得咳起来。

之后空气实在寂静，方志感觉气氛不太对，笑着打趣：“哈哈哈，夸你两句看把你激动的。”看到一旁赵娜的反应，方志才忽然想起来还有“正事”，于是将酒杯朝向赵娜，岔开话题问：“娜姐，最近在忙什么呢？”

赵娜愣了一下，盯着手里的酒杯平静地回答：“启亚现在归了杜致程，这两天交接的事就完成了，下一步再看吧。”

听赵娜这么说，赵哲成心里有点愧疚，他不知道说什么，但也想听听赵娜以后的打算。

方志却隐隐约约觉得有个机会就在眼前，脱口而出：“娜姐，要不你再帮我个忙，来我公司吧，我这边实在缺人手。我让你做副总。当然，如果你愿意带着你的嫁妆来，你也可以做压榨我的资本家，或者副董事长。”

火锅热气升腾，咕噜咕噜冒着泡，赵娜眼神朝赵哲成的方向闪了一下，沉默片刻。

说实话，虽然折腾了一阵子，启亚被并购后，她也赚了不少，而且赵哲成还多给了她五个点，她知道这是最好的结局了。她其实也不恨赵哲成，活到这个年纪的人自然也开始信了命和缘分。这些钱虽然够她衣食无忧过下半辈子，可她还不想跟这个火热的社会告别，跟自己前半生彻底割裂。方志的邀约让她有点心动。

她慢慢抬起杯子：“这么说来，方总是早就对小女子我上心了啊？”她并不正面回答，只是假装嗔怪撒娇，眼神又露出半应允的高兴。方志连忙又给赵娜倒上了酒，再次碰杯。

许攸宁好像吃得正尽兴，兴致一下子好了起来，猛地举起酒杯：“那我们一起祝娜姐与方总未来合作愉快，强强联合，前途光明嘛。”

火锅汤底逐渐烧干了大半，桌上也早已杯盘狼藉，桌下零零星星散着一圈酒瓶。

每个人都有各自的烦忧，都有自己的疑惑，这些可能需要他们用尽一生去寻找答案。借酒消愁？根本不可能。酒只是一个存档点，让他们暂时跳出局外，倾吐心中的不快或者制订下一关的计划，一场呼呼大睡之后，冒险仍将继续。

“方志，你说的还真没错，这火锅就是——确实热闹。”喝醉的许攸宁不知何时侧身靠在了沙发上，隐隐有些靠近赵哲成，虽然说话有些不清，但是执拗地想拉开二人的距离，保持她的倔强。

方志喝得最多，勉强吐出几个字：“那当然！”撑起身就准备去结账，结果凳子刚往后一移就瘫倒在地上，嘴里嚷着“钱——钱”，手上不停抽着纸抽，抽一张，往垃圾桶丢一张——显然是难得地醉酒了。

赵娜倒是最清醒的，结完账直接把方志安排在火锅店上面的宾馆，给赵哲成叫了一个代驾，看着赵哲成扶半醉的许攸宁上车送她回家后，自己站了很久才打车回去了。

赵哲成喝得也不多，到许攸宁家楼下，踉踉跄跄把她拖进家门。听见许攸宁嘴里小声叫着他的名字，赵哲成大脑已经不足以思考，他把许攸宁轻轻放在沙发上，拿被子盖好。自己则洗了把脸醒酒，确定关好门后就离开了。

“许攸宁……”赵哲成心中默念，叹了口气：“拗什么呢？我真是欠她的。”

暗暗的天空下，一盏盏路灯昏昏点起，照亮了赵哲成回家的路。

第十四章　罅隙之悟

中年人的时间，走得特别快。有人只做一件事就过了一年，有人忙忙碌碌，一件事情也没做完也是一年。转眼间，江州已是深秋，闲下来的赵哲成说他累得很，想找个清净地方待一待。方志便开车同他去了寒山寺。

这一个多月，赵哲成有岗无职，每日晃悠着。业内认识他的人、不认识他的人都托着人请他吃饭。“双反”得胜，光伏人也觉着形势大好。可是好在哪里呢？路子又在哪里呢？如行深山，不见路，也不见日月星辰的方向。大家总觉得赵哲成见了大世面，人红路子多，就想靠着他探探路。赵哲成是个面子浅的人，不善推托，于是饭局多到摞起来，吃得疲倦。还好，每一局都有方志陪着。

这段时间，方志人也闲，但心却闲不下来，还有些焦躁。西昌项目深秋结束，工程验收优质，顺利结了工程款，也小赚了一笔。为了提前拿到项目拨款解决资金流问题，新项目竞标报了极低的价，现在资金危机解决了，但新项目估计赚头不大；国内的光伏市场都说要大发展，自己要定位到哪个方向，方志也很迷茫。还好有个有面子的赵哲成，四处陪着应酬也算做了个市场调研。

日子一天天地过去，吃的饭、喝的酒又总是相同。约饭局的，有的是老光伏人，有的是新入行不久，都说着、问着差不多的问题：中国光伏的路往哪里走？还能不能跟先前一样容易赚钱？说是探消息问意见，这帮人又各有见解：有说要继续深耕欧美市场的，也有说要开辟南美和非洲新市场的；有说要赶紧把公司注册到开曼群岛的，有说要把厂开到越南或印尼这些地方去的……话里话外其实都还有对“双反”制裁的恐惧感。赵哲成缺少忽悠人的功夫，又是个实心眼，每次都反复说杜致程讲的那些出路：光伏不能老被欧美说了算，中国的制造规模和技术一定要坚决、持续地投入和发展，这样才能够真正甩开老外的制裁；行业要拧成一股绳，行业协会还要起更大的作用，要发出中国的声音；要发展中国的新能源市场，国内大量用自己的产品，像高铁一样，把成品展现给世界看；要同国家战略多链接……赵哲成说得很多，但这些又是哪个小企业做得到呢？人都喜欢待在自己的舒适区，按照既有的经验做事情、行动，很多人更怕走一条从未走过的路。一来二去，赵哲成在江州圈里又变成了理想主义者，想是想得很好，做企业还不行，不然他何以会火急火燎地卖了还不错的启亚呢？

言语中的信息有没有用，取决于听话的人对说话者的了解程度、信任程度。方志同赵哲成“两小无猜”，整个青春、青年时期都待在一起。赵哲成说的话他是明白的，并且相信。只是赵哲成这个人读书有点多，让人摸不着做事的路子。方志承包的工程用的就是中国自己的产品啊。可是要怎么做出高铁的名气来，他又有点摸不到门路了。想想他自己，又何尝不是一直在焦虑、一直在险境中求生存。到底这条路会走成什么样子，他好像清楚了些，其实想想又更混乱了。

赵哲成说累，他也累了。寒山寺其实是他想去又没舍得去的一个地儿。虽说他把爸妈、妹妹一家都安置到了江州，可他自己却老不觉得江州是故乡，心里孤独、累得慌时，记得不太多的诗句中就有这么一句：“姑苏城外寒山寺，夜半钟声到客船。”总觉得寒山寺贴着心，懂他，所以他老觉得江州也是有人情味在里头的。

城外的寺，并不荒，深秋时节银杏、枫叶都黄了，艳得别有景致，游人也不少。在江州这个地儿，连寺庙都修得精致，千年过去，它还是修不成红尘以外的样子，游客甚多。方志心里骂了句自己死蠢，如今姑苏城都吞了寒山寺，这寺能寒成啥样？赵哲成却说："方志，想不到你小子除了花天酒地，还能有这般修养啊。亏你想得出来。江枫渔火对愁眠啊，如今这样望到江有点难，我们就在枫江楼旁望望枫树吧！"

方志带了钓鱼用的桌和椅，带来的行军水壶泡着西山碧螺春，从他妈那里又顺了一兜老家的花生和核桃仁，两人就坐在树下发呆。叶红得刺眼，秋风微凉，冷飕飕的感觉配着热茶，倒也让人沉醉。两人话很少，方志听到钟楼的钟声时不时就闷闷地不熟练地响几声，不由得长长地叹了口气。赵哲成打趣地说道："怎么了？你这就悟道了啊？"

方志答道："这钟声一响，感觉身体像被抽走了什么，人一下子瘫下来了。"

赵哲成继续打趣道："你这是灵魂出窍，要升天啊……"方志立马一脸严肃地打断道："我突然想起个问题，我到底要什么？要钱，要事业，要女人，你觉得人生到底要什么？"

"一下子怎么变得这么深邃了，我的人生规划很清晰，事业上把工作干好，不求大富大贵，能把家人、女儿照顾好就行。你看这寒山寺对联上写的：'人生哪能多如意，万事只求半称心。'人要的东西很多，尽力和随缘就是果。"

方志接过话说道："你别讲复杂了，你这么想，我们在镇上的时候，市里的孩子可以到青少年宫去学做航模，我们就只能玩泥巴，我们羡慕；我后面读中专，毕业就只能去工厂，看到别人跑生意，吃吃喝喝，我羡慕；后面开个奶茶店，我看到别人开火锅店，我也羡慕；现在我也算见过世面，也算自己当老板了，才明白当老板不是人过的日子，我不羡慕大老板了，那么，我的人生没追求了？"

赵哲成没想到方志居然是这逻辑，若有所思地说道："也是，我原来就想学习好，毕业了有份学有所用的工作，进入光伏行业以后就感觉成天被行业变化推着跑，为什么忙还真没想过……不过最近，跟杜总跑的这几个月，我倒是真感觉到自己肩上的使命，中国光伏的发展好像真有我的一份力量，新能源革命我们或许也是其中的一分子。这大概就是你说的有钱的大老板你不羡慕了，或许你羡慕的是有事业的大老板。”

方志接过话说道：“对，是这意思，我觉得人和人应该都差不多，这些大老板如果就为了挣钱，哪能坚持几十年啊？肯定有别的追求，所以才做得大，想得远。我得想想我追求点什么。”

“你和许攸宁还复婚吗？赵娜还在旁等着呢。”方志向来思维上没长性，赵哲成倒也习惯了。

“我是真没啥想法，就是想我女儿。别说我了，听说安迪回来了？”

“安迪……”

秋阳西斜，拉出楼阁长长的影子，斜月已在东山之上。当年张继以寺入诗，现今寺庙因诗而名。寒山寺的钟声知了一人的心，后来也知了千万人的心。世间因果，丝丝缕缕哪能全分得清？这些话倒没必要给方志说。赵哲成得了一些悟，也就没辜负方志凭空生出来的风花雪月之情了。

“回去吧，阿紫放学了，趁睡前去陪陪她！”

“人家到寺庙都是看破红尘。赵哲成，今天我倒还听出了些壮志雄心来。”

赵哲成并不回他的话，只是叮嘱不要搞些邪门歪道的事情来。赵哲成出庙门前又意味深长地上下打量方志，半开玩笑半认真地说：“各人有命，没准你龟儿就是那个让中国光伏做到中国高铁一样名气的人。不然你妈干吗给你生个罗汉似的耳垂，又有什么孽缘非要把我俩道德水平完全不一致的人，绑成好朋友呢？”方志踹了赵哲成一脚，这半开玩笑的话他似乎也进耳了一点点。

万家灯火，赵哲成只心心念念有一盏灯火是他的。对于女儿，他是宁死也不愿放弃的，是阿紫抚慰了他柔软的心，与其说阿紫需要父亲，不如说他更需要女儿给他作为父亲的价值和意义。既然不能没有她，那么他觍着脸也要紧紧地抓住，永远不放手。对于事业，他想明白了，他不想做拓业的人，但是光伏行业却与他分不开了。也像阿紫一样，光伏给了他吃饭的饭碗，这条起起伏伏的路，磨了他的脚底板，也练就了他的脚力。想得周全的人，注定不能打打杀杀做猛将，那就做好杜致程手下的一个执行者吧。至于爱情，再想好像太贪心了，而且他也努力让自己忘记。只有安安心心不乱想，夜晚才能真正入睡。

方志去了趟庙里，不知怎么地就开启自己的人生意义了。送完赵哲成，倒不知道要去哪里了，车开到了他妈妈家楼下，却不上去，点了烟坐在车里慢慢抽着。自己的房子幸亏有方宁雇着保洁每个周末去打扫，要不，一定让他自己住成狗窝了。一个家还是要儿女双全啊，可谁给他生呢？想到错过的姜半枝有点惋惜，积极一点儿娃也会打酱油了。不过，转念一想又挺感谢老天爷安排的，孩子生下来，他没准也是出轨离婚，娃可怜！

楼上又有夫妻吵架了，女人的声音永远比男人的大。这份罪他方志可受不了。深秋了，入夜略冷，想软玉温香的滋味了。自己有病啊，几十岁的人了，还要回老娘家住。想到这里，他狠狠掐熄了烟，发动了车子往安迪家开去。

城是一个魔方，挪一个空间，世界就挪了个样子。

安迪的家，永远是印证方志奋斗意义的地方。房子装修得不算复杂，简洁的米色真皮沙发，放在面积不大的客厅里；和风纸面吸顶大灯，像一只蝴蝶趴在顶上，发出柔和的光，同大理石瓷砖一起写着现代都市美学。安迪穿了一袭枫棕色的真丝吊带长裙，长发卷得慵懒妩媚，肌肤胜雪，屋里的灯光勾勒出超级好的氛围。一来二去，方志也没想到自己已经到了可以入室的境界。

安迪早就开了一瓶智利酒庄的红酒醒着，不贵，她知道方志对红酒的品位就是不涩。唱片放着马友友的大提琴，夜色绮靡。

方志没喝酒就有些醉了，大提琴拉得正动情。男人和女人本来就不该在深夜喝酒磨叽，去他娘的浪漫前戏。可是方志却不能着急，在安迪这里，他永远有着当初乡巴佬的自卑，而安迪永远是那只高傲的白天鹅。

安迪举着酒杯的手很美，喝酒时仰起的脖子也很美，长裙露着的锁骨也很美。她嘴边挂着浅浅笑意，有一搭没一搭陪方志聊天。

方志心不在焉，想着怎么抱得美人归。

安迪坐得更近了，给方志满上酒，听他讲今天去寒山寺的事。

方志急在别处，本来是想随意聊聊自己未来的打算，可面对安迪，不好像在赵哲成面前那样说得雄心壮志，滔滔不绝。在安迪面前，方志就想扮演一个指挥千军万马的将军。成王败寇，安有种乎？这几年自己压抑的抱负好像终于找到了倾听的听众。方志干了杯子里冰得很柔的酒，酒水下肚划拉过一阵冰凉，似乎燃起了更多的勇气。只是，安迪的眉头微蹙，眼神变复杂了。一些不清楚的杂质情绪漂浮起来，慢慢掩盖住满屋的绮靡。

她知道方志只要下决心，什么事情都能做成，当初的拼劲说明了一切。她从没见过像方志这种“流氓”一样的人，他创业，要的就是天不怕地不怕的流氓苦力劲。商场风云莫测，多少老板起起伏伏。可是她是想过好日子、安稳日子的。当初跟的老王，多有实力，时势不行，不也身败名裂。安迪过怕了那种日子。

眼看方志越来越好，据她估算也有近亿的身家，而且没结过婚，对她的过去毫不介意。这种机会是老天给她的，她很珍惜。可是土包子就是土包子，方志不懂得为自己经营，他要做的事情一定是倾其所有，和他过日子一定是大风大浪，她不想要。

她的情绪被敏感的方志捕捉到了。方志不清楚原因，却能感触到安迪的“变心”。人家以前可是嫁过豪门，自己却给人吹牛皮。不过就在这一刻他觉得：只有更大的成功才能收获他心中观众的敬仰。

他要走，她没留。

接近半夜，方志居然也没走进任何一盏亮着灯的家。

夜空点起了几颗星星，柔柔的月亮被飘荡的云朵遮挡。方志索性再开车去了寒山寺，他一定要听夜半的钟声。路上，他想的只有赵哲成的话：“把中国的光伏做成中国的高铁……”

第十五章　攻守之间

这个时代，高楼似乎是每一座城统一的外貌：线条简洁、相貌冷峻，好似水晶一样光洁，其实内里结构复杂，拒绝被一眼看透，却把路过的、经过的都印成无数的影，假装出一副热热闹闹的生活景象。城市很大，人走到哪里都只印下了转瞬即逝的影子。凌晨时分，方志穿过未苏醒的城，回到了父母的家。

像每个早晨一样，周兰芝老早起床了，在锅里熬上稀饭、蒸上鸡蛋，就出门锻炼；老方总能踩着火候合适的点起床，再炒个小菜。方志这会儿回家，能准点赶上早餐。只要家里的早餐还在，城也就有了它的温度，就有了值得让人去奔忙、去受委屈、去斗志昂扬的理由。

昨日那种疏淡生活，不过是短短的插曲。暖暖的早餐下肚，理所应当地回归到永远烟火气质的生活。方志梳洗完披挂了西装领带，今日有大会，许攸宁她们办的，是得皮面光生[1]，去滚一滚。整个行业都在找路，自己不得跟着一起走吗?

办会成了光伏人家的主营业务。这个年代信息和资源都是财富的来源，会议是集聚资源、谋生想法、促成新合作的场景。光伏人家赶上了信息经济的列车，把新媒体老资源盘活了。这次的会噱头挺大："新征程，大机遇——光伏发展的双循环构想"，据说这个主题是得过高人指点的。

1.四川方言，干净、光滑的意思。

万豪酒店的会议大厅被红色花系装扮得热烈青春，深秋的季节又有了五月的春意。一眼望去，老面孔不少，方志心想："过河上岸谁不想，现在可是要拼本事的时候了。"

行业会议是另一种生态，一方面是交流，另一方面也是社交，谁混得如何，气场上都看得出来。或许说，这就是生意人的舞会，虽不像女人们秀包包那样明显，但打招呼语气高低也在较量着自己的身价。

开场站台的是赵哲成，穿着道华高管定制的雅戈尔商务套装，胸前别着朴素的船舵样式胸针，一条简单的纯蓝色领带，却不失职业、庄重，一看就是为许攸宁主办的这场行业大会用心准备的。秋末冬初，对于制造企业来说，是打下下一年经营基础的重要时段，来年的订货、产品调整都要在冬天来临前定下来，这样财务才好安排资金。所以这次会展活动，许攸宁抓对了时机，光伏人家 App 的线下活动运营得越来越顺手。

方志是第一次听赵哲成在公开场合的演讲，他将这段时间反复说过的话稍经润色，成了不错的鸡汤："大家都觉得中国'双反'申诉成功，是真理和正义的作用吧！我们总有错觉，现今这个时代走到哪里都在讲法律，到处都已经高度文明！真相则是，扯谎！真正的原因是欧洲还需要中国光伏产品，甚至说全球都需要。暂时的反制，只能说我们的能力已经有了超越别人的可能，动了别人的蛋糕，那我们要孔融让梨吗？只有更强大的制造能力和技术实力才能让世界真正依靠我们。这次'双反'，我们没有胜利，只是各方利益的妥协而已，我们的战斗才刚刚开始……"

说得会场烧起了斗志，赵哲成满意地喝了口茶，又说："退，是不可能的。收缩产业发展规模我们可能连养老的空间都没有！要进，靠实力说话。'双反'给我们的教训是我们还不够强大，我们的使命就是要做出最廉价的绿色能源。掌握绿色能源，也是掌握未来世界发展的方向！所以我想说，只要太阳在，我们光伏人就应该在！"

掌声响起来了，十多秒不停。这些掌声既是给赵哲成的，也是光伏人给自己的。慢慢回暖的行业，必须得找到信心，行业人也需得有信念，才能生出一股子生气来！

这次的会政府部门也参加了。会议增加了政府规划发布、经济投资邀请等内容。这些内容像是给寒冬的狼群投肉，引得会场更兴奋、躁动了。

方志似乎也听见了有趣的事儿，狐狸眼闪过一丝狡黠，他撑着下巴饶有兴趣地看着神采奕奕的赵哲成，也不知道听没听进那一番磅礴厚重的演讲，但他好似陷入了一场无底的沉思。

行业交流沸腾起来，按理来说就是再一次的激情洋溢与“互吹互擂”了。

方志被走下来的赵哲成拍了一下才回过神来，打算听听其他企业负责人的思路、是否有什么“前途”，然而越听心里越不是味儿。在听到“我们公司拥有五年施工经验，配备多名资深技术工程师，选用的也都是一线厂家的设备和配件……”时，方志眉头一下揪起来，原来上台发言的人又是宣传自己公司业务能力的老一套！

“什么乱七八糟的，第三个了，全来打广告吗？”方志多少有些听腻了，这些人嘴里说着对光伏影响重大，却全是为自己找活儿。

姜半枝起初听着还有些犹疑，听了那么多终于意识到，现在这些人就是在“发传单”。抢在下一个人发言前，她就赶紧走上去，想力挽狂澜，带回正确风气：“王总的合作意向相信在座各位也能体会到，这次‘双反’以及申诉结果将对全行业影响深远，所以接下来希望各位畅所欲言，多谈对当下行业形势的看法、日后的发展方向等，我们需要思想的碰撞。请下一位嘉宾，来自拓海实业的王总上台发言。”

许攸宁在台下随意翻了翻手里的稿子，看着下一个人上台，又看着姜半枝欲言又止，眉毛一抬看向会场，没说话。

声音再次响起，但很显然，姜半枝的提醒没有半点儿作用。

姜半枝听不下去也看不下去了，转头看见负责邀请嘉宾的许攸宁在一旁优哉游哉的，问："怎么回事，好好的交流会，怎么变成公司业务纯粹的拓展了，有点高开低走的势头啊？"许攸宁不以为意，摊摊手。

"这样的各取所需是再正常不过的事情，没有多少企业愿意听激情澎湃的大演讲，反而交流产品信息、积累资源、看看动向才是实实在在的未来发展。"许攸宁敷衍了两句回应姜半枝，"不过，我发出邀请的时候说的也是'双反'形势交流会，但他们来了说什么，我也没办法。而且那么多赞助合同要看，哪有空审发言稿。"她并不理会姜半枝的怨气，想要一两句话堵回去。姜半枝有些生气，刚想说为什么不花时间把关，却看见许攸宁手上有意无意地整理稿子。

标题全是明晃晃的产品宣传！

台上是侃侃而谈、眉飞色舞的宣传者，各个公司可都不会放过一丁点儿扬名的契机；而台下是脸色愈发阴沉、双手环在身前的姜半枝，她没留什么好气给许攸宁。许攸宁瞧了一眼姜半枝，撇撇嘴，转眼依旧神色如常地笑着环视会场，最终又扫过姜半枝的怒气，看向台上的"激情洋溢"，拍掌落幕了此次"宣传"交流会。

姜半枝对这场堪称广告发布的交流会极大不满，她差点儿想要莽撞地取消之后安排的酒会。

莫扎特的小夜曲悠扬地飘洒在整个会场，觥筹交错，笔挺的西服、精雅的礼裙耀眼夺目，高脚酒杯轻微相碰的声音也点缀着酒会的"正事"，参会者纷纷发言，宴会厅是四下散发的名片，三三两两握手，眼神一个比一个油滑："期待合作！"

然而其中最为耀眼的是"演员"许攸宁，犹如领舞一般，早就成为酒会中心，游走各处。

绯红的裙摆摇曳着，腕臂雪白，一颦一笑都极尽合宜。赵哲成看着众人之中谈笑风生的那抹颜色，心情颇为复杂，或许这就是许攸宁一直以来追寻的成长，也是她想要的改变吧，也是她需要的、能把控的生活。赵哲成摇摇头，看她的模样，似乎乐在其中，他又看着杯中酒，虚虚敬了一下："莫使金樽空对月。"

与那游刃有余与众望所归不同，姜半枝穿着素色礼服，并不出彩，她在角落窝着，只偶尔和走过来的人寒暄两句，偶尔抬头看向靓丽的红色，不知在想些什么，仿佛一个宴会的大堂经理远远地观望一般。

方志看向脱身不了的赵哲成和春风得意的许攸宁，也没有上前凑热闹的意思，他像是在想什么，又倒了一杯红酒，抬头时忽然看见角落的姜半枝，又顺着她的眼神回头看见了许攸宁，几步上前，调侃之中是掩藏不住的担忧："怎么在这儿傻站？你这主办方也太不称职了吧，需不需要一个英俊帅气的男伴陪你啊？"他老套地打着哈哈，实则想陪着姜半枝。

可面对方志，姜半枝一向亲切惯了，有时还会没来由地把方志当作家人，她对自己这份莫名的亲情感到无奈。明明和方志已经分手那么久了，竟然和别的情侣不同，没有成为仇人，更没有成为陌生人，反而有亲情，甚至可以依靠。

她不免叹了一口气，才看向这个有意来"哄她"的男人。

分手那会儿，她不怨吗？不恨吗？都有过。她没有表面那么洒脱，那么久的感情……她挣扎过、痛苦过，但是她又无比清楚——两个人已经走不下去了。她心里轻轻愁苦起来，可是啊……没有方志，她哪里来的这些经历？哪里会有所谓的"高光"？也许，那时毕业后她就应该回家乡做一个英语老师，找一个知心人相夫教子。

那不是如今她想要的生活。她挽起方志的手，走向中央。她必须站在让人可以看到她的位置，她清楚绝对不能让失落吞没自己。

会后，一连很多天，方志都在公司鼓捣资料和数据，把进料、施工、工地管理、资金流动等细项横着、竖着比对一通。方宁多少还是有些忌惮，很少看见他在整理这些，不到没有钱的时候，方志从不过问内务。是不是对她生了什么不满，或者要查她的账，可她哥又不像这样的人，他会直来直往地说，肠子不会这么拐弯弯。晚上饭桌上她问，方志只说："加快发展，创新图强。"家里人都当他瞎掰，没在意。

裘得凯、侯晓强这些长年跑工地的人，也被叫到公司。方志也难得让他们正儿八经地开个会。他又调整部门，精简内务，但职责被分得更细；扩大了项目部，增加了市场部、开发部，但空出一些得力的人，还没安排位子。这下子，方宁信了他要改革的事情。然而开了好几次会，又并不提如何改。

方志起改革的心有些日子了。改变是常态嘛，机会给了你暗示，你就得上。当初他卖奶茶，搭了光伏的车倒腾硅料起了家，后来"双反"来了，又转行做了 EPC，平稳过渡，一直赚钱。旁人说这是运气，你也得认。可运气的背后，多少是他敢折腾的勇气带来的。这次的恩太得再变，再往前迈一大步。

每次电站竣工，他把劳心费力修好的电站交给别人，肉痛得很，每次参加仪式都觉着像是在卖儿卖女。心疼是情感问题，最大的问题是施工就是个服务行业，永远没有主动权，利润也低，梦想还都是别人的。

这些天，赵哲成回来，方志跟着他转悠，又去蹭了各种会。看着那些只知道赚钱找项目的，方志觉得自己就是这样的，没活明白。再加上被赵哲成点化，烧了团"做中国高铁般不可超越的清洁能源"的火，方志改革的念头就更强烈了，他要做一个有梦想的人。

以前做什么只管往前冲，有一点点机会就去抓，使劲儿把它拽在手里。方志现在清楚：做事得有七八成把握才能动，一不小心就会资金断流，各个环节出问题。大概自己现在就是赵哲成说的老成持重吧。

七七八八的准备工作做得差不多了，他心里清楚还缺少最重要的——有个好看家的才行。自己身边，都带着些直油子，干粗活可以，可是要调动多方关系，开拓新领地，还没有，但他有合适人选，那就是赵娜。

赵娜本来是赵哲成的福星，当时，启亚生产的组件根本没出路，赵哲成几乎走到绝路了。没想到俩人飞到南非，一阵鼓捣，在根本没有路的地方硬是打开路，站稳了南非市场。这姐妹儿，有姜半枝的干劲，又有安迪的精明，但比安迪能吃苦得多。本来，他觉着跟她也没啥缘分，虽然只有那雪中送炭的三十万元，加上好像还说过她可以投资入伙的玩笑话，方志觉得还是有希望的。

什么都准备好了，他约赵娜吃饭还钱。赵娜说她下定决心闭关半月，看小说，放松自己，绝不参加饭局，麻烦方志将钱送去她家。

方志在牛皮纸袋里装了十万元，还有条卡地亚的黄金手链和迪奥的新款香水，夹着转型计划书和聘请合同，晚上七点准时到了赵娜家。

赵娜穿着珊瑚绒的家居服，戴着黑框眼镜，手里捧着黑塞的《荒原狼》，脂粉不施地开了门。推门进去，只见客厅茶几上摆着巧克力、饼干、薯片和外卖。方志暗自惊讶了好几秒，这个女人看起来同那个与他喝酒的赵娜不太一样啊。赵娜大概觉得很熟了，说她懒得接待，随手接了杯白开水给方志，有点不想留客的架势。

方志拿了包薯片，毫不见外把自己扔进沙发里，然后把计划和合同都给了赵娜："娜总，我这几天忙里忙外，给您搭好了红毯，就等您喽！等您来啊，咱俩一起奔个台前幕后的人物如何？"

"不要一天到晚跟我谈生意。现在我有去诗与远方的资本，一般的事可入不了我的眼。"她也躺在沙发上，把计划书扔开，并不想看。

方志急得坐起来，这才给赵娜说："想不想做光伏界的领头羊？我想做电站开发，自己的。咱不卖蛋了，卖鸡！我琢磨着赵哲成说得对，光伏的国内市场马上就要爆发了，这里面我们得抓住机会。我最近算想明白了，搞开发才能扬名立万，你看房地产那些大佬哪个是苦哈哈地干施工的！如果干光伏，我们什么都左右不了。现在就是二十年前的房地产，谁拿得到项目谁说了算。要说新能源是未来，我们也得抓住核心事业。赚钱没意思，这次我们要干事业。”

赵娜也收敛了点随随便便的态度，捡起扔在一边的计划书，夸张地说：“就冲着你这个挣钱没意思，我要看看你这个计划有啥意思，回去等信儿吧，单身女子的家不宜久留！”

“那就等你的好消息了。还有，别为情所困，吊死在一棵树上，自暴自弃，不值得！世界多美好，事业这不找上门来了。”

“瞎扯，本小姐心情好着呢，快走，别扰了我的精神瑜伽，你这个俗人不懂！”

两人这次见面，轻松得很。方志走进了夜色里，心中明亮得很。

这个夜晚，姜半枝却是难眠的。她觉得自己很孤单，而且，许攸宁好像要夺走她的心血，她有种被背叛的感受。而这种感受又不是愤怒，而是一种像秋词一样连绵不绝的哀愁。一个人在一座城，前半生爱过的、奋斗过的突然有一天与你没关系了，那种孤独、失落、无助，痛得让人说不出来。

她很想跟方志说说话，想念他的怀抱。

方志很快接了她，去了他们都熟的烧烤店。

姜半枝晚间爱吃烧烤，坐在街头，人声嘈杂，小小的桌子挨得很近，能听到这桌或那桌情侣说的情话、朋友间吐的心声，补充着平淡的生活。食物香味、烤肉的嗞嗞声散开，酒的力道慢慢地在脸孔上晕染出红色，人就暖起来了。姜半枝的脸温和起来，但还是有些不痛快，直接抱怨起来：“你不知道，不光是今天的交流会，现在光伏人 App 上面每天发的都是广告，没几篇有深度的文章。质量万里行的宣传缺人手，但是公司里的记者我现在都叫不动，天天跟着许攸宁出去跑业务，感觉我就成了一个笑话，都没人听我的话。”

方志本来对许攸宁不满，听到这些话就更厌恶起那个女人来。但是，他不是二十岁的冒头子了，得劝好，得帮半枝保住她的心血。他慢慢啃完一只卤鸡爪，又喝干了杯中的酒，缓缓给两人斟满：“你开始做这个公司，多难啊，你都挺过去了。现在总体来看，公司整体经营是不错的。何况许攸宁这么做，你公司应该更赚钱了，现在的问题无非是经营思路上有点分歧。”

姜半枝听了点点头，神情缓和了好多。

方志也来了兴致，拿出总裁班上听到的套路，继续说道：“所以你先别急！我们先定义问题，现在是考核方式导致的行为偏差，我们的管理措施要从考核入手。”

姜半枝第一次听方志说得一板一眼的，惊得一串烤鸡皮都没送到嘴里，连忙问道：“然后该怎么办呢？”

“管理人的行为，你得想招儿，考核就是你的指挥棒。之前都是按发表的文章篇数考核吧？以后附加一个考核项目，把每月非营利性报道和奖金挂钩，加大非营利性报道的考核比重，而且非得完成基础目标。”方志夹起一块肉放在姜半枝盘子里。

“你水平怎么这么高了，这个主意不错，我回头研究一下，不然再这么下去，App 都沦为广告平台了。”

这些话从方志嘴里说出来，对于姜半枝来说，有特别的意义和感觉。她心情也缓和了些，随手夹给方志一块肉，像个女主人一样地说：“快吃，等下烤老了。你西昌工程干得不错，我看当地新闻报道了，后面怎么走？”

“就等着验收了，新中标的准备开工了，”方志顿了顿，放下了手中的筷子，“但是我现在想往上游走，做电站开发。”

“你好不容易在 EPC 施工界有了名声，怎么突然想去做开发？是找到什么机会了吗？”

方志摇摇头，虽语气跟玩笑似的，眼神却分外坚毅：“眼下没什么头绪，但你不也听赵哲成说了吗，再加上能源、发改都在大力推广新型清洁能源，‘双反’之后市场回暖，国内光伏会有大发展，就连海外的业务员都把目光转向国内了，只要市场一起来，准有机会。”

姜半枝作为坚定的“支持者”，没有反驳，直接给出了之后自己能给出的帮扶——用报道来宣传。

方志心里还是愁：“还有就是开发利润高！施工项目利润薄，中间一旦有点闪失都不够操心的，就像我西昌这个项目，做得也不错，当地该报道也报道了，但难的时候他们不报啊，辛苦折腾下来还不如干开发利润的五分之一，一个项目建成就能拿大几千万。反正现在公司有项目做，我盘算年后让他们出去跑跑，拉点开发的项目。”

“难肯定是难，但相比起来应该还是你创业那会儿最难，那时你都能一个人出去跑硅料，从零开始，我相信你有这个能力。”姜半枝眼睛看向方志，又仿佛穿过他，看向了更早的曾经。

“那是，我想干的事哪件没成，是吧？”

回想起曾经，方志也有些感慨，但在姜半枝面前，他更愿意把这种感慨伪装成志得意满的调侃。

姜半枝也跟着笑，但还是会去考量风险，想着支持归支持，但……

“开发的资金量太大，不确定性太多，你现在的情况和之前又不一样，所以别急，咱们就稳稳当当在 EPC 这行先做两年，多点积累再说，你觉得呢？”

听到“咱们”这个词，方志愣了一下。

他看看姜半枝，她似乎没注意到自己的用词，还在闷头吃着烤肉，于是他只推脱着说：“不要想这些烦心事了，好好放松一下。”

是啊，有胜就有败的可能，如果败了呢？前半生的心血是不是也白费了啊？踌躇间，吃进嘴里的肉好像没了滋味。方志心中风起云涌，多少话呼之欲出，但在看向对面那个人时，他又哑口无言了。他一个人怎么折腾都行，可身边的人呢？自己什么时候才有负担起家庭的勇气？这让方志一时有些茫然若失，更有些无所适从。他几次看向姜半枝，又几次别过眼，他心里又乱又杂：“一直以来，半枝从不反驳他，都由着他。可是总是少了一股子劲儿，说的话像打在棉花堆里，除了关心就是关心，软得慌。这可能就是男人自己贱吧。”世间男女相处，如果没有那股子互相较劲的意思，可能再好都是唤醒不了方志这种人的爱情基因吧！

夜色在烟火中，不会搭配人的情欲。这里的夜色属于母亲，属于家庭。她最后只是轻轻落下一句：“你去做，别怕。败了，咱们还有可以吃饭的地儿。”

在昏黄的灯光之中，一场久违的静谧诞生了，窗外的天空中有几颗星星，明日又是晴天。一切都在沉睡，然而一切都将醒来，成就新的一天。

第十六章　春意早至

欲晚未至的冬天本该开始寒冷，或许是方志跃跃欲试的兴奋盖住了所有可能的凉风。赵娜不仅入职公司，还投了一笔数额不菲的钱，升级做了股东。公司改组完成，市场部跟进各地政府部门公报，跟踪项目开发前期工作；开发部跟进，具体落实……每周周报放在方志面前，果然有了很多的机遇。他这步棋可能真是对的。这隆冬于方志，一面好似“山寺桃花始盛开”，一面则似“满园春色关不住”。

西昌隆山寨子的项目竣工，他没有亲自去，但之前说好的修路钱早就打到对方账户上。阿鲁书记还特地让侯晓强给方志带回了不少腊肉，特别是腊猪脚。正值冬至，方志想到母亲很喜欢腊肉和猪脚，便装到后备箱里拉回家中。

“你这几天没见怎么又瘦了？”周兰芝见到方志便问。

方志倒无所谓，说道：“快年底了，这几天应酬多。”的确，自从几次和赵哲成一起应酬，方志的名声在业内更响了，找他谈合作的人也很多。

“我听小宁说，公司来了个新经理，还是熟人。”周兰芝一边摆碗筷一边问。

“是以前的熟人，算起来应该是许攸宁最早的同事，后来跟着赵哲成一起干了。”方志捞起一块肉就想尝，被烫得叫了一声。

“单身，还是离过婚的？或者……心里有人吗？”周兰芝问，看见方志愣了一下，连忙补上一句，“要是离过婚的就别考虑了。”

“哎哟，哪跟哪啊这是，妈，我挖人看的是能力，要不是哲成那时候想转型，赵娜一个人也能把启亚扛起来。”

周兰芝一下被道破，明白儿子没有那个意思，不免有点失望。

方志却觉得有些想笑，但转念想到母亲这几年频繁的催婚，怕是真着急了。因为是冬至，妹妹一家都在。看着家里热闹的气氛和君君的上蹿下跳，方志不禁想到自己是独子，他突然觉得有些对不起父母，虽然生意做大，钱也挣了不少，但到底没能满足他们抱孙子的愿望。

对于催婚，周兰芝还想再说点什么，但被方意坤拦住了，这顿饭最后吃得倒也轻松愉快。吃完饭，方宁陪着周兰芝在厨房洗碗，几个男人坐在沙发上看电视。

君君拿着外婆的手机玩游戏，妹夫王晓东也在用手机斗地主，只有方意坤认真地看着时政新闻，家里一时热热闹闹，却又冷冷清清。方志随意翻看着手机，刚好光伏人 App 发了新的推送消息《“双反”寒冬之后，国内光伏行业最新发展动向与展望》。

一看文章就知道是姜半枝的风格，没有特指某家企业，完全是从国内行业形势和各主流企业的现状进行分析。看着这篇文章，方志陷入沉思。他觉得姜半枝说得没错，趁着市场火热向上游开发转型利润的确更大，但如果国内市场活起来，施工也一样有前景。

正在这时，手机在掌心一震，是安迪的电话，她朦朦胧胧告诉方志，自己一个人，冬至都没做羊肉汤，想着叫他出来“小酌怡情”。方志照例还是答应了，只是放下手机后，沉思了很久。

方志抵达约定的餐厅时，安迪已经在那里等他了。

二十七层楼的高度，足以俯瞰整个金鸡湖的夜景，坐在 Sky Lounge 的露台上，月光码头和摩天轮的灯光从两个方向将夜空点染成绚烂的彩色，在冬季的夜里显得迷离浪漫。这是方志所钟爱的风花雪月，良辰美景，美人作伴，多自在！

安迪挑选的位置靠近边缘，站起来就能倚靠在扶手上，清晰地看到灯光落在水面，渐远渐暗渐淡。“怎么啦？这段时间忙吧？遇到难事了吗？心情不太好啊。”她拿起水晶高脚杯，往杯子里倒了三分酒。酒是安迪自己带的，冰葡萄酒特有的淡绿，倒在杯中更加清澈透亮。

安迪轻轻晃着酒杯，微垂着眼帘，接着叹口气，幽幽开口：“我从加拿大回来的时候什么都没带，就带了这几瓶酒。我特别喜欢这种冰酒，凉凉的，暖暖的……喝点，冰凉后再暖的味道很让人着迷呢。”

氤氲夜色，吞没方志出发前的踌躇。俯瞰整座城的感觉，真好。坐在满城耀眼之上，像是脱离了裹着的所有尘埃。人是需要这种仙气的吧。方志干了酒，腹底升起了暖的冲动。看着眼前给自己斟酒、温柔外溢的美人，方志又觉得自己没白折腾：“安迪，我常恨自己不如赵哲成有学历、有本事。如果我早点儿眼界更高，行业势头猛时步子再大些，或许你就不用去加拿大了。我们错过太多。”

安迪是青年方志的梦想，是他对男女情爱的最美想象。他知道豪车、豪宅、奢侈品是跟安迪在一起的基础，他想起自己之前对钱的那种渴望像是野兽闻到鲜血后一般。安迪嫁了，他突然变得佛系了，好像是因为这个女人。现在她回来了，美貌不减，风情更浓，而且，这个女人的眼睛里此时有他，也好像只有他。他有什么好想前想后的。

关于离婚的事，方志从没问过安迪，也没问之前她怀着的那个孩子最后怎样了。他觉得自己也不是什么清白的人：“安迪，我想我的生意要再进一步。施工就是给别人做嫁衣，我想做电站开发，现在我公司的钱还不多，这事对我确实挺难的，但我觉得我还是要拼一把，不然也配不上你啊。”

安迪眼里的光更柔美了，夹杂着太多马上就可以融化方志的情绪。她坐到了方志身边，双手搂住方志的脖子，逼近嘴唇，眼眸里有火焰：“方志，你在我心里就是真爷们儿，我就觉得没有你怕的事情。”安迪吐气如兰，却又不靠近，说完话举起酒杯，用更醉人的深情盯着方志。

安迪是极其理性的人，也不在物质要求上说任何客套话，这反而对方志是一种最直接的激励。

深夜，薄薄的月光从高处穿透夜色照过来，落在酒店里。安迪躺着，是那样温润、柔美，睡在方志身边的安迪是这样近得触手可及。方志想起曾经：在安迪面前生怕做错，在她身边多待一分钟都很高兴，就算看她一眼也心满意足……她是自己扎扎实实绵延到今日还动心的女人哪。

方志抽着烟，看着身边睡着的女人，觉得所有奋斗都有了意义，成功给了他男人的价值、尊严，他似乎把征服世界凝聚在了安迪身上，因为安迪他又有了再次攻占新领域的决心。他感激安迪，动情地吻着她，安迪醒过来，没有躲开，以水的温柔，在微茫夜色中靠紧方志，应和方志。

当安迪再次问起方志关于公司的打算时，方志一如少年般意气风发，告诉她“放心”，跟着一句简短有力的“干吧”。在无边的柔美之中，方志眸光坚定，安迪心事重重，看似已经无比亲近的两人却“分道扬镳”。

窗外，冬天的阳光让世人满足、眷恋。车流依旧，人潮来来往往，新的一天开始，空气中夹带着清晨独有的鲜草嫩叶香味。

恩太的会议室里，方志宣布了公司新项目，并说今后公司重心就是独立开发电站。

方宁猛地站起身，一度怀疑自己是不是听错了，或者她哥大早上吃错药了：“什么？哥……不是，方总，为什么突然要转电站开发？之前不是说好了，要趁着年底这两个项目在施工领域站稳脚跟大干一场吗？”

方宁说着转头看向赵娜：“赵总，您知道这事吗？”方宁虽然不怎么喜欢别的女人插手她的“家务事”，却隐约觉得，方志多少会听赵娜的话，于是巴巴地看着赵娜，希望她能阻止方志这种脱缰的状态。

赵娜没多余反应，只是微微眨眼，说道："说实话，我觉得是有点冒进了，现在恩太在施工领域已经小有名气，正在谈的 EPC 项目就有好几个，项目资源很稳定，市场各方现在对我们的质量也很认可。"她顿了顿，将一个文件夹放在桌上，"虽说电站开发对我们来说完全是新领域、新业务，风险大，而且我们手里没有项目资源，找项目、如何快速开展业务都还是问题。但是，相信方总会给我们满意的答案，我们也能做好坚实的后盾。"

赵娜说完看看方志。方志对赵娜的话毫不意外，心里却还是一动，他用指关节轻轻敲了一下桌子："没项目资源可以想办法，项目都是人找来的，施工项目也一样，谁也不可能坐在办公室等馅儿饼从天而降。相关数据我也核算过，撑得起搞开发。除了这些，你们还有什么意见？"

裘得凯的话从来不多，但直戳要害："我觉得这个可行，现在国内市场开发刚起步不久，大家竞争力都差不多，就看谁手快、谁胆子大，而且做 EPC 毛利低，七七八八的费用算进去最后挣不到多少钱，是吧，方副总？"

至于为什么问方宁，是因为方宁一直管着公司的财务大权，辛苦周转但进账不多的事，她再清楚不过。但是方宁还是在犹豫，她觉得她哥太荒唐了——想一出是一出。

方宁还没来得及开口，就被裘得凯抢了话。

"施工太难了，利润又薄，相比之下电站开发更有前景，我支持公司的决定。"

方宁的话直接被截断，脸色变得有些难看，表现也极其不乐意，甩锅甩得特别明显："说得容易，就是因为账目在我手里我才反对的。公司现在账上资金没那么多，现有的这几个项目做下来也就值个五六千万，电站开发一个项目就要几个亿，就算找到门路，拿到项目，你启动资金怎么解决？反正我是没辙，到时候别管我要钱。"

说到这儿，方志一下想到“三十万”难倒英雄汉，觉得格外讽刺，还带些可笑，心里不由叹气：“我方志真是表面风光，却永远为一点小钱险些‘送命’啊。”

其余几名高管也看着方志和方宁，字斟句酌地发表了自己的观点和看法，无外乎是“电站开发再等一等，稍微晚一点儿开始”“不如先集中现有资金，多做几个施工项目，稳定局面再看看”。

每个人都想要安稳，都不想做过于冒险的事情。

方志踌躇满志，一心想大干一场，因此听到这些不免觉得乏味。等公司主要负责人都发表完意见，方志环顾会议室，众人也在看着他。

沉默了几秒，方志坐直身子，掷地有声地说：“第一，现在市场的确不成熟，正是不成熟才有机会，要是成熟了还能轮到我们吗？我当初是倒硅料的，在青海做了第一个 EPC 项目，之后才有了现在的市场和客户。第二，没有钱，当时创业的时候更没钱。电站开发项目比施工更有价值，有价值就要去争取，总有办法解决钱的问题。第三，稳定发展，积少成多，这个不现实。如果想依靠 EPC 项目做大，就得同时多做几个项目，现在我们账上这五六千万根本不够垫付工程款的，那么只能做小项目，一两年之内肯定发展不起来，到时候大国企纷纷进场，大项目的蛋糕分完，我们就再也没有机会了。我们小企业就要在决策快上面下功夫，在转型上下功夫。所以，要我看，这件事就这么定了。”

方志说到这里停了一下，众人的难以置信反而让他更加坚定自己的判断。

他方志从来都是抢占先机，不走寻常路，这次也一定没问题。担心失败，他才不信这个邪。他清了清嗓子，再次坚定地说：“以前我们做组件业务能行，做 EPC 能行，我相信我们将来也行。好了，就这样，散会！”说着，他啪地一下合上自己面前的文件夹，起身走了，留下几名高管在办公室里面面相觑。

许久以后公司众人才知道，这一场新的“战斗”点起的星星之火，足以燎尽整片草原。

方志思路又快又野，但该做的一样儿没有落下，包括“铺垫”，自从决定转型做开发，他就在公司进行了股份改革，并提出“一年挣到一个亿”的目标，他让人订制了条幅，把这个目标挂在公司办公区域最显眼的地方。这是鼓舞士气的最佳措施。

同时，他毫不犹豫履行对姜半枝之前的承诺，在光伏人 App 上接连打出了“双倍广告”，将恩太 EPC 项目连续竣工交付、积极准备开拓新业务的消息大肆宣传。

要干就轰轰烈烈大干一场。

不过，与这些相比，寻找合适的项目才是当务之急。“双反”告一段落，政府也出台了救市政策，给予国内光伏电站度电补贴，日照充裕的地区变得炙手可热。

方志老家多山，根本没有合适的土地，更没熟人在老家帮忙运作，于是想到了湖北的光伏扶贫计划，开始在湖北四处寻找可用之地。

第十七章　花开两朵

新的一个星期，赵哲成的生活也渐渐从“双反”胜利的热烈欢声中走出来，开始自己在道华的正式工作。公司内部的庆功会上，杜致程曾说公司要主动应对国际变局，要积极参与到国际性的行业活动中去，要了解，要适应，最后要主导。当时所有人都觉得很宽泛，觉得就是个方向。就在上周，杜致程宣布成立国际商务部，并让赵哲成做国际商务部总监，大家才相信这些工作会落到实处，把以前只顾做买卖这个思维加了层“未雨绸缪、居安思危、主动出击”的意思。赵哲成说的话、吹的牛可能都吹到了杜致程的心坎上。

“咯噔、咯噔”，道华大厦内的隔音效果极好，赵哲成每走一步都能听到自己的脚步声，或者是心跳声。明明已经以这家公司的名义出席过国际性的大会，自己的名字早就跟“道华”两个字钉在一起，可赵哲成还是跟第一次来时一样，心跳得很快。“国际商务部？商务部我熟，不过加上‘国际’两个字怕是不简单啊……”赵哲成想着，“第一次刚来这里的时候就直接被杜总派出国了，正式工作这还是第一天……”

“叮咚”，赵哲成走出电梯，头扬起四十五度角，一间一间地找着门牌号。“16-3、16-4、16-5，到了！16-5！”赵哲成轻轻扭动门把手，推开门。

“赵哥！你来了！”办公桌对面一个苗条高挑的身躯缓缓转过身，

声音略带娇嗔，笑容含蓄。

那人背靠着窗，金色的光线被窗台上的绿萝巧妙地筛成细丝，匀称地洒在洁白的衬衣上。逆着太阳，习惯了白炽灯的赵哲成一下眯起眼睛，看不清出声的那人，但声音异常地熟悉。“李……李珣？你怎么在这儿？”

“杜总叫我来帮你啊。”李珣像只活泼的小鹿，呼地就从椅子上跳到赵哲成身前。“国际商务……怎么能没有法律顾问呢？”李珣撑起腰，一脸骄傲。

赵哲成不好意思地一笑：“我都还不知道国际商务部要干什么呢，就多了个博士手下，屈就了啊，大博士。”

李珣转了个身，装作一副老态龙钟的样子，学着杜总的口吻说：“咳咳，杜总说，从这次‘双反’，你应该看得出来，单纯的产品竞争已经不能满足蓬勃发展的光伏行业，必须走出国门参与国际规则的制定。但是这一点咱们注意得晚，全球的规则制定已经被欧美国家垄断，咱们想有个立足之地肯定处处受阻。所以我们要成立专门的国际商务部，关注国际行业动向，积极参与到国际交流和规则制定中。人家能调动各种力量集中制裁我们，我们也要吃一堑长一智，慢慢培养、积蓄自己的力量。所以，我跟你走向世界，对抗列强……”说到最后，眉毛已经飞了起来，这个小姑娘得意的神态，让摸不着工作方向的赵哲成，平白生出了点无所畏惧的信心。

“嗯。这样啊。”赵哲成一本正经地回应，也半开玩笑，“不愧是杜总，看得够远啊，果然备好了一名大将，以后可不怕布鲁塞尔的传召了！”

“老赵，要打赢国际战，就得比对手更要熟悉国际规则，还要去研究、预判可能被抓住的缺点，做到进退自如。像美国，就用了它自己制定的法律为依据，制裁并低价收购了日本、法国的行业顶尖公司，而且现在已经对法国核能源公司下手了。我们现在成立这个部门，不仅要开拓，更要给未来道华公司乃至整个光伏行业建立防火墙。所以，比起保护好销售渠道，这个可能是老杜成立这个部门的真正意图。”

李珦把赵哲成模糊的担忧说得明明白白。有智慧的人，能见人之未见，把迷雾拨开，更清晰自己的价值。杜总是真心对他，士为知己者死的使命感充盈在赵哲成胸间，一时感慨太多，不知从哪里说起。他默默收拾起了自己的桌子，慢吞吞地说：“不光是国际市场环境，下一轮对我们国内光伏的挑战是技术。我们的研发是短板，专利也是个大问题。”

“嗯，据我所知，杜总正在跟进国际最先进研究成果，追踪人才，打算成立独立的科研所！”李珦轻轻的一句话在赵哲成心里却激起了千层浪。

“科研所？看来自己对杜致程的预判一点儿都没错，把启亚给他是对的。他一定可以带它避开危险……”赵哲成一阵感慨。李珦见他心思不知飘到哪去了，赶紧拉了回来：“行了行了，说正事，先去搜罗、了解一下道华现在所有的国际贸易情况……”

又过去一周，赵哲成已经逐渐熟悉国际商务部的日常业务，主动参与国际会议，推动产品的国际化发展，与国际先进组织和科研单位建立了联系。有了上次在欧盟和印度的历练，赵哲成并不生疏。一来二去，公司里认识他的人越来越多，众人看向他的目光也变得不同。

赵哲成虽然履历优秀，但也很少有这种众星捧月的时刻，想起前几年方志赚了钱，风风光光地回老家捐了一栋教学楼，吃饭的时候一跟赵哲成说起这出嗓门就变大了，一脸骄傲，像是拯救了世界一样。现在赵哲成也突然理解方志为什么那么急着做出成绩，世事无常，但他亲手给母校捐的“明志楼”会永远屹立在那里，不变不移。或许成功的注脚不是你拥有了多少，而是你为这个世界的进步贡献了多少，赵哲成贡献的可能不是一栋楼，而是中国光伏未来的一条路。

这段时间，赵哲成工作上还算轻松，反倒是许攸宁不知道在忙什么，一天到晚不见人。赵哲成打电话说想见阿紫，许攸宁要么草草说上两句，要么干脆不接。

有天许攸宁竟然给赵哲成打电话，电话里，她的声音有些憔悴，很难得地犹豫着和他说话，还夹杂着电子机器嘀嘀嘀的声音："你……最近忙吗？"

"还好，有什么事？"

"我给阿紫找的保姆要请假一个星期，我这几天都在外面，你帮忙照顾一下阿紫吧。"许攸宁语气中尽是疲惫和无奈。

一听到"阿紫"，赵哲成两眼放光，立马回答："好，没问题。"但他总感觉许攸宁状态不对，于是吞吞吐吐说："你注意身体，别……别为工作太拼。"

那边轻轻"嗯"了一声便挂断了电话。

李珣说有些工作的事情要和赵哲成聊，于是，赵哲成就接她一起下班，顺路去幼儿园接阿紫。

为什么说小孩子对漂亮姐姐没有任何抵抗力，这不，赵哲成刚一本正经地介绍完，李珣就像被赵哲成传染一样，一把抱起阿紫，捏捏她的小脸蛋，笑得很开心，还神秘兮兮地说："姐姐带阿紫去吃好吃的，好不好？"

还没轮到赵哲成发言，阿紫一听要吃好吃的，高兴地拍起了手。赵哲成硬生生把滑到嘴边"不好意思"的托词全都咽了下去，换成淡淡的微笑。

李珣指引着赵哲成开了一个多小时的车。隐约传来评弹的咿咿呀呀，"姑苏二十四集"几个字出现在眼前，姑苏古镇之中，小桥流水亭榭，再现古代人物和情景风貌，一些穿着古装来打卡拍照的人穿来走去。阿紫哪里见过这样的热闹，拉着李珣就往里跑，这边小糖人还没有做完，那边已经嚷着要桂花粥，乐得不知身在何处。

走到一个卖手酿特产桂花酒铺前，李珣给赵哲成递上一杯。阿紫许是太久没有这样的机会大饱口福，看见爸爸在喝也吵着要喝，结果刚放到鼻尖闻了一下就被呛得连连往后躲。赵哲成和李珦都被逗得哈哈大笑。

李珦清甜的笑容伴着桂花酒沁人心脾的香气，令赵哲成有些恍惚，仿佛见到了自己和许攸宁的第一次见面、第一次约会……

离开餐厅等车的时候，赵哲成给许攸宁打了一个电话，未接；走到姑苏区又打了一个，还是未接。

虽然许攸宁总刻意跟赵哲成保持距离，但是……赵哲成长叹一声，对他来说，简简单单的三口生活就是所有人都在追求的“幸福”，不过在他心里给阿紫夹菜的人，永远是许攸宁。他也说不上为什么必须是这个人，最终仰天长叹：“我这辈子真是欠她的！”

等阿紫睡着了，赵哲成悄悄出门，打算到许攸宁家看看。

屋里的灯黑着，看样子许攸宁还没有回来。茶几上胡乱躺着几个空酒瓶和两张从扬州到河北的机票，厨房的厨具整整齐齐，地上却丢了几个外卖盒，阳台上的花都枯死了。看到机票，赵哲成隐隐猜到了什么。拿出手机一看，许攸宁还是没有回消息。

他把垃圾清理干净，沙发收拾好，还下楼买了两盆花栽好，又默默离开了。

之后李珦依然每天陪着赵哲成下班、接阿紫。开始，赵哲成还以为李珦只是喜欢小孩，三分钟热度，但时间一久，再反应迟钝也能从李珦热切的目光中感受到什么异样。

赵哲成不免陷入沉思，也许因为一同完成了“双反”申诉，两个人关系算是熟络起来，毕竟他们之间相差近十岁，赵哲成不认为自己与李珦能有多少共同语言，他宁愿相信，李珦对自己的那种莫名亲近只是对兄长的崇敬。

一个星期的幸福时光很快过去，保姆休假回来，许攸宁不想再麻烦赵哲成，就让赵哲成把阿紫交给保姆照顾。

上次赵哲成去许攸宁家看到装了几个摄像头，但还留有好几处死角，这几处死角其实也无关痛痒，可是……赵哲成的心里总觉得哪里不舒服，也没搞清究竟是为什么不舒服，一狠心，将揉成乱麻的思绪一巴掌打散，不管三七二十一就自作主张又加了几个摄像头，想着为了阿紫的安全嘛，没什么不妥。

结果许攸宁回来的第二天，赵哲成还在公司开会就被她一个电话叫下去，劈头盖脸地训了一顿，说什么“要监视她”，赵哲成一脸地错愕。

看着许攸宁拂袖而去的背影，桌上散着几个被硬扯下来的摄像头，咖啡还冒着热气，瓷白的杯子上留有浅珊瑚色的唇印。

赵哲成不禁揉揉眉心，其实到现在对“为什么装摄像头”，他脑子里清楚这是昏招儿，但心里就是拎不清究竟昏在哪里，只觉得酸酸的，不知道是被冤枉后的委屈还是别的什么。无奈地收起摄像头，赵哲成在周围人的注视下起身离开。开车下班回去的路上遇见红灯，赵哲成停下来，浮想着许攸宁在商谈时的左右逢源。直到后面的车子喇叭大作，赵哲成才回过神来，信号灯早已变绿，催促他快些前进。

这件事搞得赵哲成好几天闷闷不乐，没想到一个“无心之举”，许攸宁竟然这么大的火气，他是哑巴吃黄连——有苦说不出。李珣看在眼里，依然每天拉着赵哲成吃饭、逛街。

“在公司一直劳烦她教我国际法的基础知识，完事陪她逛一逛似乎也没什么不妥。”赵哲成没有拒绝，反而在心里默默辩解了一番，他也不清楚怎么回事，但还是摇了摇头。

这一天，李珣又约赵哲成出来。她二话不说只叫赵哲成上车。赵哲成坐在后排悄悄看了几眼正在开车的李珣，上身的外套怎么也看不出是什么大品牌，平时带的项链和手表也不见踪影，浅浅的淡妆使她更像普普通通的邻家女孩，全然想不出这家伙平时的傲气。

赵哲成正纳闷，李珣似乎也从后视镜察觉到了什么，开口说：“你看，这不是枫桥吗？就是‘月落乌啼霜满天，江枫渔火对愁眠’的那个枫桥。”

“我在这儿生活多少年了，还用你说。”赵哲成头往窗边一扭，望着一川江水和斑驳的石桥，嘴上随口回答应着，思绪却缓缓飞到了从前。

记得老江州街边的樟树挺拔，春满樟树香，秋飘桂花香，大小河里多的是来来往往的游船。别的地方是去集市买菜，这沿河的地方则是卖菜的摇船找买家，买家从岸边放下去竹篮，卖家把船上的菜捡些放进菜篮，再递上去。

沿着运河，车开到一个古镇，但其实也不是古镇。挂着“苏和雅集”“水畔名筑”的招牌，一副古风古貌，里子却是价值千万的房产别墅，不是平民百姓住得起的。不过李珦来这儿，赵哲成丝毫不感到意外。

只见李珦绕过这些伪装成平民的富豪，在设计考究、装修精致的小楼背后，将车停在一个似乎被时代遗忘的小区门口。

“唉，还是这里的粉墙看着舒服。那边刷得那么亮，真不嫌扎眼。”李珦刚下车就伸了个懒腰。

赵哲成有些惊讶，想不到她还有这个心，于是接着说道：“确实，有了树荫、雨痕的粉墙才有味道。”忽然，赵哲成想起了什么，又说：“你不是在外国长大的吗？怎么看着对江州还挺有情怀。”

李珦一边走一边说：“我十几岁才去的欧洲，小时候跟奶奶生活在江州。”走到一家花店，李珦买了一盆小桃红、一盆芍药。

两人一人一盆，爬到了六楼，李珦拿出钥匙开门。

“这应该就是你奶奶住的地方吧？”赵哲成搬着花进门，可是却发现房子里空无一人。

“奶奶三年前过世了，只有保姆隔段时间来打扫一下屋子。”李珦手上正摆弄着花，语气平淡。

“对不起。”赵哲成连忙道歉。

李珣好像毫不在意，笑容没什么变化：“没事。”

“我跟你说，当年我爷爷追我奶奶的时候，不知道从哪儿听到芍药花代表爱情，就偷偷为奶奶种了一大片。”

对这种话题，赵哲成从来不会回答，只好木讷地“嗯”了一声。

“要不咱也买一个小院，种一院子的花，还可以做饭，到时候我亲自下厨，给你尝尝我的手艺。”李珣又说。

“咱？”赵哲成忽然有点蒙，随即就反应过来。

李珣直愣愣盯着赵哲成：“我就喜欢大叔。”

第十八章　风起云涌

江州的冬天还不算很冷，加上一天都有明媚的阳光，使人心情愉悦。按杜致程的安排，赵哲成开始逐一认识公司内部涉及国际交流的技术、法务、品牌等相关部门的同事。这不，晚上叫上李珦，请的是技术中心的程博士，赵哲成特意为博士安排了个有文化的餐馆。刚好准点，饭桌前坐着一个戴着眼镜、留寸头、面容白净的年轻小伙子，见到赵哲成进来，赶忙起身。

“你好，我叫程易枫，在技术中心工作，请多指教。”程易枫礼貌地伸出手。

“赵哲成，国际商务部总监。”赵哲成伸手。

程易枫腼腆地笑笑：“经常听杜总提起赵总监，幸会。”

“哎，别叫我赵总监了，看你年纪应该比我小得多，就叫赵哥，不吃亏。”

李珦在一旁一副高冷的样子，冲着程易枫点点头：“国际商务部，李珦。”赵哲成见到有些冷场，赶紧笑着说：“这位就不用我介绍了吧，公司里的美女博士。你看你们都是博士，旗鼓相当啊。”

入春的夜晚有些微凉，李珦上身穿着 Valentino 的刺绣羊毛衣，配上精致的淡妆，映着淡黄色的暖光，既有几分俏皮，又显得温婉动人，程易枫一下紧张得话都说不好：“你……你好。”

几杯酒下肚，气氛渐渐活跃起来。“王四酒家风味好，黄鸡白酒嫩菠青。”赵哲成今晚有些异常地开心，突然问李珣，“你知道这道菜怎么来的吗？”李珣摇摇头，然后两手托腮，像是专门等着后话。

赵哲成清清嗓子：“相传啊，当年乾隆皇帝第四次下江南，到了这个餐馆，见神台上欢蹦乱跳的元宝鱼不错，捉来便要食用。可是在当时此鱼属敬神祭品，但又迫于威慑，老板跟厨师商量想出一个办法：取鱼头似鼠，餐馆名字有松之意，将鱼烹制成松鼠形，以避宰杀‘神鱼’之罪。松鼠鳜鱼就是这么来的。”

“唉！”程易枫一声叹息，“可惜现在，二十一世纪了，还想靠着乾隆的名声赚钱，贪便宜不好好守老招牌，也不想着与时俱进，现在也就只能唬唬外地人，早晚被淘汰。”

“那当然了，现在世界各行竞争这么激烈，一边老本行得用心守着，另一边也不能忘了创新才有出路嘛。”说着，李珣夹起一块糯米糕放进嘴里，一大口咬下去，松脆肥甜。

程易枫诧异地望着李珣，精致和名牌包裹的外表下藏着一个睿智的头脑。“这几天在北京召开的全国性技术交流大会上，全国的同行们也认识到了这一点。”程易枫说。

赵哲成补充道：“杜总一直希望在下一轮的光伏技术进步中有我们中国人的一席之地，特别是专利这块儿，以后必然是我们和国外争夺市场的重要阵地。针对光伏行业的国际学术会议，全球仅有两个，分别在美国和欧洲，每隔四年，两大会议都会联合起来举办全球光伏学术大会，下一届时间就在今年春天，一个月后，我们一起去学习学习，看看中国和世界的差距还有多远，看看我们国际商务部能为你们技术部门做点什么。”

程易枫高兴地点头：“我们以前主要关注工艺类的技术创新，原创性的创新关注少，现在是时候该我们中国技术引领世界了。”

赵哲成转过头笑着问李珣：“你要不要去啊？”

李珣心不在焉地夹起一块兔子形状的甜点：“我是学法律的，技术问题又不懂，我才不去呢！”

“不过……”李珦眼珠子骨碌转了一下，将甜点放在赵哲成碗里，“不过，如果你们要和老外打专利官司，这样的学习机会我也绝不错过。”

那天江州老楼的表白后，赵哲成总能收到水果、围巾和饭点准时送来的爱心便当，还有下班后的“一起走呀”。同部门的同事都知道他在“被追求”。赵哲成陷入惶惑期，至于其他人就更加迷惑了，一时风云。这次认识程易枫以后，赵哲成倒是真心欣赏这个年轻人，看看身边的一对博士，赵哲成真有了成全之意。

学术交流会的日子数数就到了。毕竟是出来学习，也不需要做特别准备，赵哲成难得轻松，一路和程易枫海阔天空地聊天，不知不觉就飞到了欧洲。当车子停在会展中心门口，赵哲成与程易枫从车上下来，眼前是后现代风格的巨大展厅，展厅门前是平坦的广场，精美的雕像伫立两侧，中心位置的喷泉在阳光下涌动，仿佛是盛大的舞蹈。

全球光伏行业国际学术会议的宣传海报到处可见，参会的科学家以及光伏行业从业者陆陆续续地走入会场。

赵哲成巡视一圈，疑惑地问：“这不是全球范围的学术会议吗？怎么不见几个中国人？”

程易枫有些哀伤：“主会场的会议和发言是整个大会的重中之重，发言人都必须拥有世界级水平的研究成果或是世界公认具有深远影响的学术成果。而中国……整个光伏产业的起步都比较晚，更别说科研领域的学术成果了。”程易枫又叹了一口气，“直到现在还在跟着别人的脚步走。”

赵哲成对科研成果没有程易枫那么了解，但从经济学的角度来看，他也深深知道，只有在原创技术上有影响力，才有引领行业的可能，不然在被人制定的标准之下，只会处处受制。

主会场的发言结束后，赵哲成与程易枫离开，准备去吃午餐，出了会场却看见一张熟悉的面孔。

正是德国 QE 公司的 Pirro 博士。

看到赵哲成，Pirro 博士主动伸出手说：“来自道华的赵先生，真没想到能在这里见到你。你们是到专题分会场发表成果的？”

“不，我们只是来进行学术交流的。”赵哲成答道。

Pirro 博士脸上露出意味深长的笑容，点头说：“哦，对，没错，我差点忘了，道华的技术成果主要是在生产工艺上。”

“赵先生，我欣赏你，但我对你们中国光伏企业的技术研发……”Pirro 博士特意停顿一下，耸耸肩继续说，“无话可说。”

“谢谢你，抱歉，我现在要和我的同事去吃午饭了，再见。”Pirro 博士说。赵哲成礼貌地握手，程易枫呆呆地看着眼前发生的一切。

走远之后，程易枫问赵哲成：“赵总，Pirro 博士就是之前‘双反’申诉团的负责人吧？”

赵哲成点点头答道：“是的，申诉时打过交道。”

程易枫没有再继续问下去。虽然对方的语气让人不满，但不得不承认不仅是道华一家，中国光伏行业整体的技术研发是短板。

下午是各专题分会场的会议，赵哲成和程易枫前往与制造和研发相关的分会场。这里与主会场不同，主角大多是中年人，还有一些亚洲面孔。

“从分会场开始才有亚洲人。”赵哲成不禁感慨。他看向周围，有些与会者正看着他们低声交谈，即便是分会场，亚洲面孔也不是很多。

见一旁的程易枫有些低落，赵哲成也不禁叹口气，不知道是在安慰程易枫还是在安慰自己：“杜总也说了，我们这次来主要是学习。”

“我们一直在学习制造的‘术’，没有真正属于自己的科研技术成果，就只能停留在赚取加工费的阶段。”程易枫一语中的，“你知道为什么科研领域的成就叫‘突破壁垒’吗？”

赵哲成摇摇头，等程易枫继续说下去。

“每当发明新的科技，就像发现一间密室，勇于投身其中的科学家在其中有合作、有争夺，慢慢摸索，但最后一定会有一面墙挡住所有人的去路，此时，必须出现一位破壁者。”程易枫顿了顿，神色忽然十分坚定，“哪怕磕得头破血流。”

赵哲成看着身边这个年纪不大的后辈，竟然能有如此气魄，不由得生起敬意。

离开专题分会场，两人前往会展中心的海报展板区进行交流。根据申请者提交的论文，学术大会不仅分为主会场和分会场，还设有成果论文的海报展示区，论文作者会站在海报下面，与对论文课题感兴趣的参会者进行沟通交流。因为交流方式更加自由，海报展板区的人也更多，赵哲成注意到，很多外国青年站在自己的海报下和别人交谈着。在混杂的人群中，也有中国人的身影。

看到同胞的面孔，赵哲成备感亲切，顿时精神一振。

“你看，那是不是我们的中国学者？”赵哲成向程易枫确认了一遍。

“对，是江北大学的张教授……”

两个人走过去，张教授的海报展板设在靠近外围的位置，虽然人流不多，但还是有人停下脚步与他攀谈。

走近一些，赵哲成才看清，张教授头发花白，脸上也有纵横的皱纹。

“这位教授多大年纪了？”赵哲成低声问。

“应该快六十岁了。”程易枫想了想回答道。

赵哲成心不由得一沉，全场走下来，几个参加交流的中国学者最年轻的也已经头发斑白，看着他们和外国那些年轻的学者一起站在海报下，赵哲成只觉得这一幕有些刺眼，心里也憋闷得很。

“那些年轻人是学生吧？”赵哲成问。

“对，很多都是研究生，跟着导师做研发课题，本身也要写论文的。”

程易枫说完沉默了一会儿，突然又说了一句：“差距还是很大的。”

赵哲成此刻也是一样的感受，如芒在背，如鲠在喉。

两人走到近前，张教授正用手对着面前的几个人比画着，表情有些急，接着他搓搓手，掏出手机费力地在手机屏幕上按着，之后对着屏幕读了起来。

赵哲成和程易枫站在一旁默默听着，很快发现，张教授英语口语不够熟练，交流和讨论时有些吃力。本来中国展参观讨论的就屈指可数，等了将近一分钟也搞不懂在说什么，就有了离开之意。眼看讨论的人一个个摇头准备离开，张教授都急出了汗。

忽然程易枫挺身而出，帮张教授接上了那个专业词汇。张教授感激地转头看着程易枫：“谢谢，你们是？”

“我是沈教授的学生程易枫，现在在道华工作，这位是道华国际商务总监赵哲成，如果方便的话，我能为您做翻译。”

赵哲成也站在一旁点头，张教授脸上露出如释重负的神情，点头同意。交流时间结束后，张教授提出请赵哲成和程易枫吃饭，想要感谢他们。赵哲成因为之后还有事，婉拒了张教授的邀请。

凌晨，赵哲成迟迟无法入睡，想到这场国际交流会，土地面积位居世界第三的中国，竟然没有一个人能登上主会场的演讲台，心里有种说不出的遗憾和悲哀。他索性起身走到窗前，拉开窗帘，看向窗外的夜空，陷入沉思。天上繁星闪烁，刚好是满月夜，月亮大而皎洁。

从留学到后来工作，赵哲成常年在外，在异国星空下入睡的时间比在国内还要多，但他从不觉得头顶的星空比国内、比家乡的夜空更美，也没觉得星星更亮、月亮更圆。

第十九章　是我的地

春雨绵密，万物复苏，方志和裘得凯无心欣赏，一路颠簸抵达佟岭村附近的镇上。这里的一块地是方志好不容易打听到的，条件特别好，早被人锁定了，但他就是不死心。

方志看了一眼时间，刚过上午十点。他再一次给之前的那个号码打电话，对方的答复还是一样：“不用见面谈了，回去吧。”

方志见了黄河也不会死心，和裘得凯随便吃了一点儿东西，直接开进佟岭村，把车子停在村外的空地旁。裘得凯自告奋勇地跑去村委会，方志便等在车里，稍稍合眼歇息一下，车窗就被人敲响了。

果然，裘得凯不仅无功而返，还连礼物一起被赶回来了。

细雨还未停歇，淅沥声扰乱了方志的思路，他也不管时间早晚，于是亲自和村支书打电话商量，却听到听筒里传来熟悉的声音，原来之前接电话的人就是这位。“书记，我们刚才去村委会找你，你正好有事没在。是这样，我是做光伏电站的，我们大老远从江州赶过来，你看什么时候方便见一面？”

村支书操着不太标准的普通话拒绝了：“我知道你们是来问土地的，那块地已经跟别人谈好了，每亩四百块钱，我跟你们见了也没什么可聊的。”

“书记，你先别忙着说死，我们租金再高点嘛。我这千里迢迢跑过来，别给我吃闭门羹啊，我们也没别的意思，就想见面好好聊聊。”

“这个……”

方志听到这一丝犹豫，立刻死缠烂打、软磨硬泡，硬生生将村支书的态度扭转过来——村支书愿意见他们了。

方志和裘得凯马不停蹄地直奔约定地点。

是一间靠近村子的家常菜小店，建在乡道一旁，几张小桌，几个条凳，还有一个油漆斑驳的柜台。方志和裘得凯西装革履，坐在里面显得有些格格不入。见状，方志将外套一脱，挽起了衬衣的袖子，果然随和了很多。

距离约定时间还有几分钟时，远处驶来一辆三轮摩托，带起一阵烟尘。

方志定睛看去，来人四五十岁，头发花白，满脸沧桑，背微驼，人有些干瘦，双手黑而粗糙，骨节很大，一看就是常年从事劳动的模样——这应该就是他们要见的村支书靳大志。

而坐在前面开三轮车的是个年轻人，二十出头，看起来老实巴交，人有些憨，座位旁立着一支手杖，应该是个残疾人。

方志的眼睛眯了一下。

看着靳书记下了车向店里走，年轻人在身后喊了一句：“爸，那我先回去了。”

“你慢点儿。”

小店门开着，两人的对话一清二楚，方志不禁眼睛一亮，立刻站了起来。

路上休息时他就已经查过，佟岭村位于山脚下，主要依靠农业生产，但当地盐碱化严重，耕地贫瘠，经济状况很差，因此大多数年轻人都选择出去打工。靳书记的儿子因有轻微残疾，既不适合务农，也很难找到工作……

方志心中的算盘打得噼啪作响，不等书记走到近前，便热情地伸出手问：“是靳书记吧？你好，我是恩太光伏工程公司老板方志，这是我们公司总监裘得凯。”

靳书记被方志握着手，没什么表情地点点头。

“我是书记靳大志。”

“来，书记，坐坐坐……”

方志直接在小店菜单第一页点了几个价格高一些的菜，让裘得凯给他们倒上自带的酒，一边给靳书记敬酒，一边打开了话匣子。

吹嘘完自己公司，又提到自己的好哥们儿是“光伏英雄”，光伏前景大好，接下来说着电站对农村发展的好处。菜上了两道，靳书记却没怎么吃，听着方志的介绍也愈发兴趣索然，像是在等什么，又像就是没耐心的样子。

到最后靳书记越来越不耐烦，摆摆手直接点明：“方大老板，这村子的情况你也看在眼里了，我就是来看价格的，能高就谈，高不了就散，别扯没用的。”

要是能在价格上竞争，谁还要在这里多费口舌呢？

自从决定做开发之后，方志研究了电站的项目成本，多项核算下来，每亩四百元的价格已经是各家公司能承受的最高价格，正因为如此，才会家家都来抢地，却谁都不提抬价的事。

靳书记说话的时候直接放下了筷子，看着方志，态度很明确，但方志还是不死心。

“也不能光看价格对不？电站建成之后还能带动当地经济，解决就业问题，这是个长远的事。就像刚才那个，是你们家公子吧？正是好年纪，人看着也聪明，像我们要是在村里开电站，建成运营一次就是二十五年，像这样的年轻人，怎么也能当个管事的副站长。我们电站都是新能源行业，工资开得比其他产业高很多，很多人一年都能拿个十万二十万的。”

说这些话时，方志一直留意靳书记脸上的表情。这样偏僻的村子，别说残疾青年，就是四肢健全、头脑发达的年轻人，这样的待遇也很罕见，方志不相信，靳书记听完内心会毫无波澜。虽然不指望靳书记马上改变主意，但至少能打动对方，让他的态度缓和一些，有再商量下去的余地。

可谁知道，靳书记的神情毫无变化，就连微弯着后背的坐姿都没有变，接下来他说出的话更是让方志的心凉了半截，一定是不少公司都利用了这一点。

“好了好了，你们也不用和我说这些虚的了，”靳书记挥手驱散在面前飞舞的苍蝇，打断了方志的话，“你们都这样说，你们那什么电站啊，光伏啊，谁不知道要技术。但这是村里面的事对吧，又不是我们的家事。地的事还是该怎么办就怎么办，你们也可以再考虑考虑。”

靳书记态度坚决，方志一时沉下来，没个主意。三人两伙一桌，谈得却不愉快，桌上的气氛沉闷下来，靳书记没怎么吃东西，又坐了一会儿，喝了方志敬他的两杯酒，便搓搓手站了起来，准备走了。

方志没有过多挽留，靳书记一走，他也放下筷子，起身结账。裘得凯没有喝酒，于是主动开车，两人先去镇上。一路上方志的脸色不太好，裘得凯也不好开口，直到开进镇上才问：“方总，我们接下来怎么安排？”

方志目视前方，有些没想通，但又十分肯定自己没错处：“先住下，明天再想办法。”

外面的雨还没有停，淅沥的声音让方志感到心烦。

他原本也没指望这件事能手到擒来，但至少应该没那么多的犹豫，这次他千里迢迢地赶过来，不就是为了这块地吗？虽然靳书记态度还是在价钱上，但方志不打算放弃，也不能放弃。

房间里的烟灰缸不断积累烟蒂，到第六截的时候，裘得凯问是不是钱没跟上。但方志谨慎地摇摇头，直觉告诉他事情不是差在钱上。“那会不会是今天约的地方，书记和店老板认识，当着熟人的面有些话不好说？”裘得凯直接将话倒了出来，也是真在焦虑了。

“会不会是有关系，有人交代下来，直接内定了？”裘得凯双眼一亮，一句废话没再多说：“我明天再去摸摸情况，看这到底是怎么回事。”

窗外的雨还在下着，房间的窗框受潮变形，窗户关不严，夜风带着细密的雨水从缝隙里潜入，有些湿冷。

方志连续奔波两天，身体累得厉害，但心里惦记着土地的事，几乎一夜没怎么合眼。说起来，上一次这么焦灼时，他还会想着和安迪打电话，可这一次他却并不想听什么宽慰的话。

雨小了很多，成了牛毛细雨。早上裘得凯就出发了，天色阴暗，方志的心情也有些消沉。说到底，村里的地已经签给别的公司，虽说事在人为，但也难免事与愿违，就像小旅店的房间明明有窗户却还是进雨一样。

方志在小旅馆里左右徘徊一天，裘得凯也没有回来。

快到傍晚时，方志实在坐不住，走到旅馆门外，打算找个车去村里看看。正四下转着，就看到裘得凯开着车回来了。

车子停在方志眼前，车门打开，裘得凯光着脚走下来。他手里提着皮鞋和西装，裤管满是泥水，衬衫上的污渍左一块右一块，袖子也扯破了。

“这怎么了？怎么一直没接电话？”

难不成被人打了？

裘得凯两句就理清楚了：“去帮忙修养猪场了，看样子不松口，和养猪场有关。”

方志背一下挺直了，问道：“怎么说？”

土地的事没进展，建养猪场的理由裘得凯倒是问到了。佟岭村因为土地盐碱化严重，又是位于山脚下河沟旁边，夏季常发水灾，庄稼收成一般，村里经济状况也很差。因为穷，村里的青壮年劳动力都进城打工去了。靳书记为了发展经济，决定带着村民们干些实业，所以把土地租出去，在村里建一家养猪场，趁着这几年猪肉行情走高，争取脱贫致富。

“但哪来的钱？”

“靳书记去年底向上级要了补助，剩下的钱就得等着土地租金来补了。”裘得凯看了看自己不堪入目的衣服，笑了一下，“方总，我换个衣服。”

方志眼珠一转，挥挥手：“快去洗洗，我在楼下等你，这事啊，妥了。”

方志一笑，抬起下巴向楼上一扬，裘得凯顾不得一身疲惫，连忙上楼，很快就重新穿戴整齐跑下来。

准备出门时，裘得凯突然问：“方总，要不我把钱带着？”

方志把手一摆：“不用！回头啊，好好谢谢咱们的阿鲁书记。”裘得凯的瞳孔缩了一下，瞬间反应过来方总的意思，没再说一句话，直接跟了上去。

方志和裘得凯开车来到靳书记家门口，下车走进院子，靳书记一家正坐在院子里吃饭。方志迅速扫了一眼，桌上有一个空盘子，几碟腌菜，还有大碗的剁椒，几个人碗里的米饭已经见底。

看到裘得凯去而复返，靳书记先是愣了一下，接着客气地打招呼。

“哟，小裘啊！你看让你帮忙干活，辛苦一天也没吃上饭。”说着他向方志点点头，“方总也来了，吃饭了吗？不然坐下一起吃吧。”

方志一边笑呵呵地和裘得凯坐到桌旁，一边应着：“好啊，那我们就不客气了。”

靳书记点点头，转头吩咐妻子：“老婆子，你去添两碗饭来。”

方志给裘得凯使了个眼神，裘得凯赶忙说：“嫂子，带来一块腊肉，加个菜。”他忙不迭把腊肉塞进了书记老婆的手里。靳书记竟然没注意裘得凯手里有东西，笑了笑。

刚坐下来端起饭碗，方志就将手机锁解开，将阿鲁书记发过来的图片点开。

“这是我上一个项目，也是偏远的地方，村里不好发展。”他将手机划到一张满是工人的照片上，“建厂、工程、管理都要人吧？肯定要就地取材，这是那个村子的人，你看，现在已经是非常成熟的团队了。大凉山猪肉好，他们就做肉食深加工，腊肉、香肠、腊猪蹄，我们公司在外面同时帮忙卖货。你看到这腊肉了吧，一会儿尝尝，香，小时候的味道。我拿回去送客户，都说味道好，我就干脆帮他们推销起来，现在他们还派了两个小伙子在江州开了办事处呢。”方志开门见山，一点儿不兜圈子，一个劲地往猪身上扯，“我才知道你们也要建养猪场，这是好事儿啊！打算要盖多大规模的？”

“村里今年要养大概一千头，但是现在争取到的补贴只够买建筑材料的。”靳书记说着不免叹口气，“我们这个村的年轻人都出去打工了，老人家种地也种不动，要是不搞一点儿实业，再过两代，这个村都不存在了，我守着土地的价格也是没办法，要建养猪场嘛！”

“对，对，书记，我明白，你看这样行不行，我们今晚再好好聊聊，村子里那块地，我给你们四百块钱一亩的价格。”

靳书记原本以为方志是来抬价的，已经伸手要给方志倒茶，听到这里手一顿，茶壶也放回了桌上，有些诧异：是我的话他没听明白？

方志轻飘飘地说：“但我让你今年养的猪再多一倍，而且能有渠道卖得好，你看怎么样？”

靳书记眼睛一亮，但又很困惑，这人真的不是开玩笑？方志点点头，往嘴里扒了一口拌着剁椒的米饭。

确定方志不是在开玩笑，靳书记顿时来了兴趣：“你说说看。”

“其实很简单，土地的租金还是每年四百元一亩，但是我第一年给你们一千元，第二年给你们四百元，第三年三百元，就相当于我前面预付给你们，等村里猪养起来，再把差价补给我，反正这地怎么也要租二十年，慢慢补也来得及。”

靳书记脸上的表情顿时活了起来，就连皱纹也舒展了很多，还让老婆再炒两个菜，让儿子出去买金六福。

五六十元一瓶的金六福酒，靳书记已经是下了狠心，再看看小桌上的咸菜，可见平日里一直过得很节俭，方志不由心中一阵感慨，自己的日子要是都那么朴素，得受不了吧，忽然他就不想那么“破费”了，拦下了靳书记买酒的念头，只说以茶代酒也不错。

方志说养猪行情的确不错，政府也鼓励支持，他们肯定也要帮忙的嘛。

靳书记心里还是很愁，说道：“我是真着急，今年省里有扶贫款项，只要完成一千头的养殖任务，每头猪就能领五百元的补贴，我就怕来不及，过了今年万一政策调整了怎么办？”

“这个只要资金跟上很快的，今年肯定没问题。”

书记老婆听了只言片语，也擦擦手坐了过来，借着谈话的空隙追问：“你们是要来修电站的吧？到时候电站建好了是不是还需要很多人手？”

“对的，方总就是说要在当地培养一批团队，以后还可以跟着我们一起做其他项目，这不是就提高就业率了嘛。”裘得凯连忙接话，还一边看向方总和靳书记。书记老婆闻言连忙转头看向靳书记，但靳书记还不着急这方面，抬头看着方志问：“你刚才说给我们预付租金，有什么条件吗？”

方志笑笑，放下茶碗说：“你看靳书记，你今年要是完成一千头，省里面一头猪给五百元补贴，有我的预付款，村里就能养两千头猪，多一千头就多五十万元，但是我是提前付的，还给村里创收，你看是不是应该给我点利息？”

靳书记听得若有所思，但身体微微前倾，看得出已经十分心动了。

方志接着说：“咱们也别按一年几百块那么算，就给我二十元的便宜，咱们土地就按三百八十元来算。我帮村里一次养两千头猪，预付的钱回点利息，咱们谁也别亏了谁。”

沉思了片刻，靳书记不禁笑了，这人果然是生意人。

但是对于村子来说，那么大的好处和便宜，能不赶紧接着吗？租金出在猪身上。等电站建成了，村里用电也方便，还能提供就业岗位，人不就留住了吗？

书记老婆将一盘青椒炒腊肉端上了桌。方志说的每一点，都直直戳中了靳书记的心病。靳书记搓搓手，把杯子里剩下的酒喝完，终于开口说：“行，地给你了，但养猪场的事……”

“包在我身上，立刻转账。”方志举起茶碗一饮而尽。

靳书记夹起一块腊肉大口嚼了起来，连声说“香香香”，脸上浮现出憨憨的笑容。

土地的事就这样定了下来，方志虽然要在最初的一两年里多付租金，但租赁土地的单价和总价都被压低了。

这一桩互利互惠的买卖，几人最终都乐呵呵散场。

不等方志催，赵娜直接将方宁的财务流程接了过来，很快就将佟岭村的这块“宝地”牢牢地攥进恩太手中。

天色放晴，方志和裘得凯一路轻松。

第二十章　拾级而上

回国的飞机上，赵哲成久久不能平静，他的记忆还停留在国际学术会议最后一天的闭幕式上。一改之前明媚的天色，闭幕式时天色阴沉，厚厚的云层密布在会场上空。

国际学术会议圆满成功，闭幕式也很热闹，直到Pirro博士的发言：

“各位光伏行业以及学术界的同人，很高兴能再一次站在这里。在正式发言之前，我遗憾地告诉大家，这将是我最后一次代表德国QE公司进行发言，由于经营不善，公司目前已经进入重组程序，因此我不得不停止正在研究的课题。在此，非常感谢过去五年默默无闻、勤勤恳恳和我一起进行研发的同事们，科研就是这样一份工作，成果家喻户晓，但鲜有人知道研发者的名字。科研如同一座大山，在那里等着有人去攀登，有人去征服。我们没能登上顶峰，而是成了山间的一块磐石，但我们无悔无恨。”

Pirro博士说到这里停顿了片刻，下面一片唏嘘。

“不过没关系，不必感到遗憾，我们做了我们应该做的，完成了自己对世界的贡献，功成身退。我相信，我们的付出不会白费，一定会有同样勇敢的后来者再次攀登这座高峰。科研的精神将薪火相传。”

台下响起了雷鸣般的掌声，所有人无不对Pirro博士的演讲肃然起敬。

Pirro博士默默翻开自己手中的稿子，对目前PERC电池研究的进程做了一个精辟的说明，最后强调："虽然 QE 对 PERC 电池的研究宣告结束，但我坚信 PERC 电池一定会为未来的光伏产业带来革命性的改变。希望有人能替我解开能源的密码。"

Pirro 博士发言过后走下讲台，此刻，他不是享誉世界的德国 QE 公司 CTO，而是一位一心奋斗在科研领域的老者。程易枫坐在赵哲成身旁，久久没有说话，直到众人三三两两离开会场，程易枫才有些失魂落魄地站起来。

"想什么呢？"赵哲成问。

"如果不是公司破产，Pirro 博士的能力完全可以让 PERC 电池技术产业化。从已经取得的实验成果来看，这个项目在技术方面的可操作性非常强。明明可以成为现实的事，却又变成了一个希望。"

程易枫虽然没有明说，但满脸都写着"遗憾"两个字。虽然 Pirro 博士以聊天尖酸刻薄而出名，但在科研领域，他的辉煌与末路很难不让每一个科研工作者惋惜。

世界顶尖的科研者却因为所在公司停止经营而不得不结束自己的研究，真像是个玩笑。回想起 Pirro 博士之前在"双反"申诉时意气风发的样子，也是造化弄人。

回到江州正好是周末，赵哲成先好好休息了一晚上。第二天刚进公司，李珦就已经在办公室门口等着他，一件中长西服下面裹着一条贴身连衣短裙，干练而俏皮，隐约之中露出完美的线条，她斜靠着墙，一副请君入瓮的架势。

见赵哲成来了，李珦立马开开心心地迎上去："恭喜大英雄凯旋，有没有给我带点小礼物呀？"李珦露出期待的小眼神。

赵哲成挤出一个勉强的微笑，心想还好我早有准备，从包里摸出一盒包装精美的巧克力："喏，专门给你买的。"

李珦的笑容顿时消失，眼含嗔怒："你骗谁呢！连个围巾、钥匙扣都懒得挑，这巧克力包里准还有一大堆，不行，你得请我吃顿饭！"

说着就要伸手往赵哲成的包里翻，吓得赵哲成连连避让。

赵哲成正进退两难的时候，程易枫急匆匆地冲了进来。赵哲成定睛一看，程易枫的面色似乎不太好，蓬头垢面，黑黑的眼圈包裹着略带血丝的眼睛。

“易枫你昨晚没睡好吧，来先吃块巧克力……”赵哲成正往包里掏，话还没说完就被程易枫打断。“赵总，这是我连夜拟的计划书草案，关于继续 PERC 电池研究的……”说着程易枫就递给赵哲成一叠文件，带着刚打印出来的余温和油墨味。

刚才还不依不饶的李珦突然被晾在一边，哀怨地看程易枫，再看看赵哲成。两个人都似乎忘了她的存在。

“PERC 电池？你怎么会想到做这个，那什么 Pirro 博士不是做到一半公司都垮了吗？”赵哲成试探性地一问。

“回来的路上我就一直在想，PERC 电池是道华千载难逢的机遇，我们必须牢牢抓住。”

看程易枫言之凿凿的样子，赵哲成也认真起来：“那你详细说说看。”

程易枫整理了一下思路，随后缓缓说道：“一方面，从 Pirro 博士的报告来看，PERC 电池的理论逻辑已经十分清晰，作为一个搞研发的技术人员，我能肯定，PERC 电池一定是未来的主流技术方向；另一方面，研发技术成果产业化的可能性也非常大……”

看程易枫这着急的样子，赵哲成于心不忍，打断他：“来，易枫你先坐下，你这三两句也说不清楚，咱们坐下慢慢聊。”

这一打断，程易枫才从刚才那股劲中回过神来，注意到旁边的李珦，不好意思地笑了笑。这回轮到李珦“目中无人”了，朝程易枫翻了个白眼就转过头去。

赵哲成一脸无奈，叫程易枫继续说。

“我从读博士到毕业工作，一直关注 PERC 电池在全球的研发进展，它如今已经非常成熟，距离成功只有一步之遥。”

“可是产业化的成本实在太高了，我看你计划书上预算要十亿啊。连 QE 那么强大的公司都无法坚持下来，我们道华……”谁不知道研发跟核心技术的重要性，可是面对需要源源不断投入的高昂成本，再雄厚的资本也经不起长年累月的消耗啊。

程易枫又拿出一摞资料，说：“赵总，我是经过初步计算才报的这个预算，PERC 电池的研发和投入生产大致分六个步骤，其中三个我有九成把握，两个步骤有八成把握，一个步骤有七成把握。”

赵哲成拿出手机来敲了几个数字。

“易枫啊，科研我不太懂，但我是学经济学的，这成功概率只有 32.6% 啊。十亿元，32.6%，这是赌博。道华可是现在行业的主心骨，咱们输不起！”赵哲成语气诚恳，句句在理。

程易枫突然愣住了，他一个搞科研的，还是第一次遇到从统计学的角度去思考研发成果，纵使他满腔热血和信心，但这一瞬间仿佛又失去了梦想，眼中的光芒变得黯淡，显出熬夜的憔悴和疲惫，轻声说：“我知道了，让我再回去考虑考虑。”

望着程易枫黯然离开的背影，李珦努了努嘴，自言自语：“也不过如此嘛，就一个做事欠考虑的愣头青。”

赵哲成也没有再多想，专心准备这次出差的报告。

下午刚吃过饭，李珦又来找赵哲成，吃饭的事还不死心。赵哲成无奈，只好再拿程易枫当挡箭牌：“哎，上午易枫说的那事你怎么看啊？”

李珦还记着仇，没好气地说：“哼，搞科研的就想标新立异，生产产品可不是在实验室读文献、做实验这么简单。”

赵哲成赶紧打圆场：“你可别这么说，你不知道我们出差那会儿，程易枫的眼神和说出来的话，不夸张地说，有点当年陈景润的味道。”

说曹操曹操就到，重整旗鼓的程易枫又来了。他抱着一摞更厚的材料，进门就直勾勾地盯着赵哲成："赵总，上午的问题我想明白了。"

"风险想明白了好啊，"赵哲成嘴上说着，心里却一阵疑惑，想明白了，怎么还这么有气势？

程易枫继续说："我们还是要坚持研发。我回去跟科研组的同事们一起商量了，我认为搞科研不能用统计学概率那一套。"程易枫顿了顿，字字清晰，"不能用乘法，而是要用加法。六个步骤我都有七成以上的把握，用加法的话，我应该有 85% 的成功率。"

赵哲成让程易枫继续说下去。

"第一，做新产品开发，如果方向是正确的，那后面都只是时间问题，现在做不出来的事情不能认为一定会失败。我和科研部的同事已经反复研究了 Pirro 博士的理论框架，理论基础非常清晰。或许有些我们还没有把握，但并不代表没有能力去解决。第二，虽然总投入是十亿元，但产品的研发是分步进行的，如果真的是某一步遇到困难，我们可以暂缓下来，风险总值不会有十亿元。第三，从行业角度来看，PERC 电池一定是行业下一代的主流技术，如果我们不去做，以后的专利和标准又是国外的，在世界光伏市场，中国永远没有话语权。"

程易枫讲完，三个人都沉默了许久。过了一会儿，赵哲成才慢慢开口："你的意思我明白了，但是这事事关重大，需要公司董事会通过，你准备好汇报材料，和公司其他相关核心领导汇报，他们的意见也很重要。"赵哲成郑重地拍了拍程易枫的肩，"加油。"

他忽然想起杜致程成立国际商务部的初衷和意义，"双反"只是一个开始，接下来国际社会一定会在标准和知识产权上对中国施压。正如程易枫所说的，这已经不仅仅是经济价值和营销战略的问题，而是中国光伏走向世界、立足世界的一个机遇。

"我知道了。"说完，程易枫就带着厚厚的资料走出了办公室。

又过了一会儿，李珣才缓缓开口："老赵，你的意思呢？"

赵哲成一笑："我能有什么意思。"

“你不帮程易枫吗？”

赵哲成长叹一口气：“不是我不想帮他，只是……这件事没那么简单，我以前亲手养大的启亚就是因为没有能力进行技术革新才陷入绝境，我怎么可能不明白技术研发的重要性。可同时，任何研发都需要投入和承担风险，刚刚经历过‘双反’，这么大的投入，道华是不是有实力撑到成功的那天呢？”

“说来也可惜，没听到 Pirro 博士最后的发言，没想到他这么多年的风光无限，最后竟然落得个‘被退休’的结局。”李珦靠着办公桌，用胯抵着桌沿，双臂环在胸前，若有所思，“这程易枫还有点意思，我觉得可以试一试。”

赵哲成则怅然望着窗外：“唉，要变天了。”

第二十一章　勇往直前

经过一周精心的准备，程易枫拿着厚厚几十页的计划书直呈杜致程，一时间引发道华内部激烈的讨论，意见泾渭分明，从研发到营销都觉得值得一试，但财务和生产部门却一片反对声，公司人员分成了两派，展开了激烈的讨论。

以程易枫为代表的一派坚决支持研发，从技术角度来说，PERC 电池技术代表了光伏行业的未来趋势；从发展角度来说，中国光伏未来一定要走技术这条路，我们要是自己不先干，未来在专利等方面又会被国外“卡脖子”。如果我们先干了，那可是千载难逢的机会，就可以做到引领世界了。营销部也认为研发出新的产品对于中国制造的品牌提升意义深远。

“有过去几年在研发上的技术积累，我们已经具备系统的科研管理能力，完全有能力将风险控制在可接受范围内。从研发到实现量产的六个步骤即便一两个没有完成，十亿元的预算也不会全部白费，最多亏损三亿，但我们仍然可以先期获得大部分工艺的专利。如果我们认定这项技术是未来，即使我们不能突破，别人最终也会突破，我们中国也将在这次进步中也有一席之地。”

程易枫说得慷慨激昂，在场的很多年轻一代都摩拳擦掌，跃跃欲试。但与此同时，道华很大一部分老一辈的核心管理人员都持强烈反对的态度。

“首先，巨大的研发成本和风险容易把企业拖死。就算是国外著名实验室共同研发，失败的案例也有很多。就算研发成功，市场环境发生变化，或者后期投产的成本条件在变化，先期投入者的高报废率、高耗时，新技术新产品未必能给企业带来经济效益。先驱步步维艰，搞不好先成了先烈倒在路上。相比之下，借鉴他人经验的方式更加稳妥。”

程易枫初生牛犊不怕虎，据理力争：“一方面，Pirro 博士已经进行了长达五年的研发和无数次试错实验，替我们走了很长一段路，有他的实验数据作为参考，最起码可以节约 60% 的研究成本。另一方面，正因为科技研发是中国光伏发展的弱项，我们才要抓住这次千载难逢的机会，一举超越欧美，提升国际市场的绝对竞争力。现在真的是分秒必争，全球几千家大型光伏企业，随时可能有人抢在咱们前面跟 Pirro 博士合作。两三个亿或许有风险，但概率低，以我们现在对这项技术的理解，我们完全有信心。”

讨论正激烈时，在道华工作八年的财务部经理发出质问：“即便两三亿是个低概率的风险，但你知道两三亿对大病初愈的道华意味着什么吗？如果放在休养生息上，还可以有价值与风险更平衡的、更稳妥的方案。”

程易枫沉默了，他明白 PERC 电池在光伏行业的重大意义，但他也不得不面对现实——他是道华公司的一员，道华不只有一个科研部，还有大大小小几十个部门，他拿来冒险的不是自己一个人的荣誉，而是整个公司的命运。

场面一时陷入僵局，最终杜致程站了出来，力排众议，通过了项目立项。一直到会议结束，程易枫都在回想着杜致程说过的每一句话：“这次别人搞‘双反’，下次可能还会用别的理由制裁你，比如专利，别人可以限制你发展，那是因为我们不够强大。所以我们要发展新的东西，制定自己的新标准，成为国际市场的主动参与者，甚至领导者，而不是被动接受者，步步都要妥协；面对新的发展机遇，我们自己不革命，就会有别人来革我们的命；我们不能保证每一个风险都能可控，但发展必然面临风险，除了竭尽全力，积极主动地参与到未来的全球竞争中去，我们无路可走。当然研发和技术部门要负起责任，尽力控制风险……"

在几个人的庆祝会上，程易枫激动地说："直到杜总把我叫到办公室，我握着文件夹的手还在发抖。可是，当他问我要多久能做出来，我真的不敢说了。"

"之前说得信誓旦旦，关键时刻可不能怂啊！"李珣将啤酒瓶重重放在酒吧的小桌上，语气里带着几分调侃。

程易枫已经喝得半醉，转头对着李珣认真回答："我能不多想吗？风险有多大，压力就多大，科技研发真的就是一半看努力一半看运气，这事是我发起的，要是有个万一，对得起你、对得起杜总吗？"

程易枫说完唉声叹气。

"不然我给你讲个故事缓解一下心情？"

"故事？谁的？你的吗？"程易枫问。

赵哲成笑着点头。在昏暗的灯光下，李珣笑了："老赵，就你最会讲故事。"

笑归笑，行动却很诚实，李珣眸子闪亮，坐直身子催促道："讲吧讲吧。"

"刚回国的时候，我一心想加入金融圈，简历投出去两个多月都没消息。刚好我在澳洲的研究生同学打算改行做光伏，我也对这个行业产生了兴趣，但就在这时，我接到了德意志银行的电话，我被录用了。"

"德意志银行？那可是世界十大银行之一！你没去？"程易枫说。

"对，我最后没去，我就想看看专业外的世界。"如今再说起往事，赵哲成反而很平静。

程易枫瞪大双眼，有些难以置信地看着赵哲成，坐在一旁的李珣扑哧一下笑出声：“程易枫你是喝多了吧？他要是去了，今天还能坐这儿跟你喝酒？”

“我想说的是，当初我决定进入这个行业，并不是因为笃定自己一定可以，而是因为我想尝试不一样的路，我相信自己可以。人一辈子面临重大选择的时候不多，为了不留遗憾，我建议你大胆尝试一下，毕竟这个技术已经被证实是可行的，需要的只是信心和时间。”

程易枫点点头，举起酒瓶碰了一下赵哲成面前的瓶子。

“借赵总吉言，一定能成功！”

在赵哲成的鼓舞下，程易枫带领科研团队埋头苦干，连续加班，几天就估算出研发所需的时间和资金数额，然后带着翔实的计划书和充足的信心去给杜致程汇报。

“怎么样？军令状立完了？”李珣问。

“嗯，我告诉杜总，若是失败，提头来见！”程易枫笑着说。

“行了吧，快别胡说了，你的人头还是在自己身上比较值钱。说吧，你要怎么感谢我们？”

程易枫两手作揖，一人三拜。“感谢感谢，感谢赵总帮我说服了好几位高管，又在我最彷徨的时候给我鼓励。倒是你……”程易枫装作嫌弃地看向李珣，“感谢你什么呢？”

李珣撑起腰，骄傲地说：“我给你的精神支持可是很大的！”

看着斗嘴打趣的两人，赵哲成心中一动，这才是年轻人之间该有的相处方式。他不禁也笑起来，摆手道：“好了，你们别争了，今天我请客，大家一起庆祝一下！”

当天晚上的聚会很热闹，程易枫将组里的科研人员都叫上了，也许是因为在座的都是年轻人，赵哲成的心情也变得轻松起来。

“来，让我们庆祝 PERC 电池技术研发项目组成立，道华在光伏技术领域开启新篇章！”

“干杯！”

“不醉不归！”

热闹的声音随着暖意融化在夜风里，春天即将过尽，伴着火热夏日一起到来的，还有包括道华在内的整个光伏行业更具有挑战性的突破期和发展期。

第二十二章　且看踌躇

成功签下土地，方志可谓志得意满，不过赵哲成一向不大赞成方志过分地偷奸耍滑，一听到消息就给他打电话。

“方志，现在好多人说你不择手段，从别的公司手里抢土地。”赵哲成急匆匆的，直奔主题。

“你听他们的，光谈好了，没签合同，钱也没给。再说，又不是我威逼利诱，人家村书记着急用钱呢。”

“你敢说自己没钻空子？”

“压根儿没这种事，只能算正当竞争，我是自己抓住机会，还能让对方一起受益。”方志毫不犹豫，全然不认为自己做了什么会让人说闲话的事情，甚至还得意于自己对时机的把握。

方志的反应和态度早在赵哲成意料之中，赵哲成自然相信方志有办法打通关系，达到目的，但他最担心的还是方志做得太过火而惹上麻烦。

午间休息时，姜半枝和许攸宁正好在一块儿，也就同时得知了这个消息，就此聊起方志的重大举动。对方志开发电站的举动，姜半枝和许攸宁一直有着不同观点，不是反对，而是对赞成的度有一定分歧，水火不容已久。

姜半枝知道方志是想寻求更大发展，但巨大的收益永远意味着更大的风险，她不反对方志的思路，只是觉得方志动作太快，隐隐担忧公司能不能适应这么快的转型。相比姜半枝亲人般的考虑与不反对，许攸宁反而更为赞成方志的想法与行动，甚至赞成方志眼疾手快的做法。

“我觉得方志现在转型时机正好，再晚动手，蛋糕早都分完了。”许攸宁摇着头，“做电站现在不比前几年，竞争激烈，利润也越挤越薄，很多人都盯上了开发。方志从筹备到现在也快一个季度了吧？才刚找到土地，要是现在才动手就更没机会了。”她叹了口气，难得主动提及赵哲成，不过也不是什么好话，“方志从年轻时候就有商业头脑，有魄力，不像赵哲成，一直是死脑筋。”

姜半枝只说自己之前委婉劝过方志，凭恩太现在的发展趋势，慢慢来总能越做越大，也可能是有些担心方志，她笑了笑，抛给许攸宁：“你也接触过做电站的老板，背后都有那么强的资本。方志刚开始做，拿什么跟人家拼呀？”

“不是我说你半枝，有时候你怎么和赵哲成似的。说得好听是踏踏实实，其实就是走一步看一步，不冒风险，那是普通打工人的想法，做老板的自然要迈开步子往前看，不然公司怎么发展？”许攸宁拿起杯子喝了一口绿茶，话锋一转就扯到了公司的发展，“就说咱们公司，现在有一半多的收入都靠广告文案，你天天说要 70%、80% 以上的行业报道，但行业报道不赚钱啊！不为挣钱还忙个什么呢？我这些年就明白了一件事：没有钱，必有远虑近忧，这世上绝大部分问题，真的能用钱来解决。”

姜半枝一下没了和许攸宁讨论的兴致，抿抿嘴没多说什么。她不认同许攸宁的说法，一时却没找到什么好的理由反驳。许攸宁这几年来把所有精力都放在赚钱和理财上，公司股份改革时她认购了大量股份，姜半枝眼见着许攸宁在利益至上的道路上越走越远，时常想告诉她：别急功近利。

可许攸宁怎么会听？姜半枝叹了一口气，走开了。

没过几天，在公司内部会议上，姜半枝就稿件内容的审核问题再次重申："行业未来的发展还是靠这些先进的企业，报道他们没有问题，但也不能夸大事实，过度报道，一定要客观；内部的审稿制度也存在问题，各部门主管要把好关，我们要跟紧市场发展，绝不能向市场传递错误信息。"

在场所有人都有意无意看许攸宁，然而许攸宁跟没听见、没看见似的，头也不抬一下，甚至是坐不住一般，不耐烦地看自己的指甲，看够了就拿出手机敲敲打打，压根儿没把这个会当一回事儿。姜半枝看着许攸宁的状态，心里一阵窝火，别人不配合再想办法或者也就算了，可是许攸宁呢？那么多年情谊在，反而更让人在意，姜半枝咳嗽几声，心里一阵烦躁。

会议结束后，姜半枝刚回到办公室坐下，新闻部的下属小陈就来敲门："姜姐，我已经把后面的工作和小宋交接好了。"

"嗯，你爸爸情况怎么样了？"

"出院了，就是离不开人，所以我想早走两天。"因为父亲突然生病，家里人照顾不过来，小陈上个月就申请了辞职，眼下距离月底还有两个工作日，她想先走。

"可以，人事那边手续办完，下午你去财务那里确认一下工资。对了，你名下还有公司的股份，也需要转出来。"

"啊，我的股份已经和许姐说好转给她了。"

"转给许总裁了？"

姜半枝有些诧异，又是许攸宁？她打发走下属，又核实了一遍现在公司董事会的持股份额，许攸宁的份额果然比之前多了不少，可见除了小陈，其他人的股份也都一点一点地转到了许攸宁手里。

自己发言后会议室的冷清尚在眼前，姜半枝不由皱起了眉头，想起众人下意识看向许攸宁的模样，将文件一摔：再这样下去，要不了多久公司就是许攸宁的天下了。

本来意见就相左，许攸宁逐渐利益化，要是公司的决策再被许攸宁主导，那姜半枝费尽心血创办的行业媒体，早晚沦为以赚钱为唯一目的的工具。姜半枝在公司从来没关注过权利、股份，一心想着公道。但如今突然感受到情怀和利益的冲突，面对汹汹如潮的资本，她不禁怀疑，凭她一个人的坚守和力量真的坚持得下去吗？

办公室陷入了一片焦灼，猛烈的阳光撕破薄薄的纱窗打在姜半枝脸上。

拥有了一方土地，方志就马不停蹄竞标电站。

之前的四处奔走没有白费，他们很快就锁定了招标项目。方志看起来毛毛躁躁，台下工作却从来不会落下，他提前就打听过，行业内竞标价是 0.85 元 / 度。这样下来就令人头疼了，报高了会没竞争力，压价格又会入不敷出。

想要脱颖而出太难了。

方志只能在办公室来回看报价单，想主意，不想却被秘书小袁的敲门声打断了，说是赵娜和裘得凯吵架了，方志一阵儿新鲜，报表一丢就出去看“热闹”，全然不像是去劝架的样子。对他来说，赵娜实在不像是会发脾气吵架的人，裘得凯就更不大可能了，那人心眼儿多得很，谁都不得罪，这赵娜和裘得凯……可演的是哪出？

路过门口时，方志被一株茉莉盆栽吸引了，清香淡淡，他回来时就有，不知道谁搬来的，于是开口问小袁：“这茉莉什么时候买的？”

小袁说：“赵姐怕您在办公室看表焦虑，前几天买的，说是搬来给您清心。”

方志愣了一下，忽然的细节在他心头砸了一下，又像是刚刚才反应过来自己办公室的味道变了一般：“那我办公室的熏香……”

“哦哦，也是赵姐给您挑换的，她说香味太浓您放松不下来。”方志被这话压得犹豫了一下，他仿佛看见了曾经为他考虑生活琐碎的半枝，可一想到赵娜那慵懒精致的美，又摇摇头，弯腰采了一朵茉莉花拿在手中把玩。

赵娜一袭墨色的中裙，搭一件小西装，细高跟踩得傲气十足，唇色绯红，方志再一次驻足，只是远远看着、远远听着。

听了一会儿，他发现是电站项目和 EPC 用人的问题——电站项目几乎抽走大部分人手，导致 EPC 严重缺人。裘得凯平时就不怎么爱说话，难免比在人群中游刃有余的赵娜嘴笨，他被赵娜说得满脸通红，又迫于无奈说自己也缺人。

“怎么回事？最近不是没接 EPC 项目吗？”看着赵娜双手环抱，就要发作了，方志终于站不住赶紧走上前去。

“根本不是新接的项目，之前你们在西北的那家老客户要扩建，说之前的合作很愉快，不想再找其他公司，这种忠诚度高的老客户我们还是要保留几个，万一有什么闪失，公司也有条退路。”赵娜无奈地看着方志。方志心头一暖，没想到赵娜有如此细腻贴心的一面。

做生意就是如此，业务没铺开之前为没名声、没业务发愁，业务铺开、做大了，又难免会因为忙不开而烦恼。而赵娜自从入职以来就没闲下来过，除了找开发项目，还兼顾施工方面，已经是一个头两个大，再加上方志转型做电站开发的决定，下面的员工对 EPC 项目也懈怠了。

方志考虑了一阵，决定将原来的业务和项目开发分开，暂时让赵娜全权负责 EPC 业务，裘得凯则集中精力做开发项目。

开发项目是新东西，开局不顺再正常不过。

“方总，事情没办妥。我跑了几次能源局，十几家公司的人都住在对面的八一宾馆，全盯着呢。大家也就去办公室聊聊投标要求，下面的工作都没法儿做，人也约不出来。”

正面强攻看来是没啥机会了，裘得凯也算是个老业务，一脸的沮丧就知道真是山穷水尽了。方志在政府这个圈子也扎扎实实是个“小白”，不过他有赵哲成啊。

绕了几圈，赵哲成打听到朋友的一个师弟刚好下派到能源局工作，通过这层关系，方志以打听政策和本次招投标细节为由，约到了见面的机会。

“他姓陈，是江西人。”赵哲成提供的情报就这么寒酸，人都没见过，至于年龄、爱好就更不可能知道了，全得靠方志自己去撞运气。

“那这不好办啊，第一次见面我总得准备点东西吧？”

“你不就要问政策情况吗？那还用准备什么，你可千万别借着送东西给人家塞钱，到时候我跟介绍人就没法儿见面了。”赵哲成掸掸烟灰，深刻认识到自己哥们儿的脾性，赶紧打消方志的念头。

“行，行，知道了，放心吧。”

方志一边是满口答应，一边又转头想送什么东西好，还把裘得凯抓来一起想：赵哲成朋友的师弟……不是研究生就是博士……副处级，年龄应该不大，三十几岁……烟酒肯定不合适。

“读书人？那咱送个雅的？紫砂壶配一套茶具？”裘得凯一拍脑袋。

方志白了他一眼：“你见过三十几岁的博士天天玩紫砂壶的吗？”

“送个苹果新出的运动手环吧，他不用也能给老婆用。”

“行，你赶紧去准备吧。”方志最后敲定了。

“江西人……”方志又自言自语道。

他紧接着立马搜了一下全城的江西菜餐厅，精挑细选找出两家，再特意选了一家位置偏些的，完美避开了能源局的通勤路线。

“天时地利”齐备，就待“人和”了，方志和裘得凯早早就过去准备了。一开始订的包间正对着楼梯，方志四下看看，找服务员换到靠近里侧的房间去。两人坐下之后，裘得凯随手就把准备好的礼物放在身边座位上，方志四下看看，发现角落服务间的门，吩咐裘得凯：“你把东西放服务间去，省得人家来了一眼就看见。”

裘得凯麻溜起身将礼物连手提袋一起放到服务间，起身时还难得笑笑，深觉方志周到，自己还是很差火候：“还是方总想得周到，要不为什么方总是老板，我就是个打工的呢。”

方志笑笑没说话，身体坐直，再低头看看表，已经到了约定时间。

这时包间的门也开了，一前一后走进来两个人，走在前面的人看上去很年轻，三十出头，后面还跟着一个年轻小伙。

方志心里顿时一沉，果然有备而来，没给他们走关系留半点儿机会。

“方总对吧？你好你好，我是陈同，这是我们科的业务骨干孙靖海。”方志闻言立刻起身迎上去握手，寒暄几句，四人才慢悠悠落座。

面对方志的感谢，陈同的态度温和而客气。

“方总太客气了，都是熟人，这点面子还是要给的。在校时师兄对我很照顾，赵哲成这个名字，我师兄经常提到的。至于你们要问的事，小孙比我熟悉，这次的招投标方案就是他负责制定和撰写的，所以我把他带来了，有什么想问的可以直接问小孙。”

方志脸上的笑容丝毫不减，拿起酒杯的手却无意识将酒水晃了几圈儿。之前的如意算盘打空了，多了解一些情况也不坏。

中国人的商业应酬喝酒是有套路的，一般来说讲究三段论。第一段，先攀交情，老乡、校友、爱好，哪里有共性往哪里聊；第二段，定向吹捧，发现客户哪里有亮点就往哪里猛夸；第三段，交情到点了，最后提诉求。

方志本身就是交际高手，再加上有赵哲成的面子，陈同也是知无不言，酒过三巡，气氛融洽，轻松起来。有共同的朋友，都吃辣，还都对光伏海外市场未来的发展特担心……正这时，方志的电话响起来，他打了个招呼就匆匆走出包间接电话。

打完电话，听着叮叮咣咣的碰杯声，方志眼睛一转，给裘得凯发了条信息才回到房间。

裘得凯看了眼手机，等方志回来忽然端着酒杯起身，对着陈同说：

“来，陈处长，我敬您一杯。”方志顺着酒杯看过去，只见陈同手里的蒜蓉小龙虾正剥了一半，闻言抬头看向裘得凯，低头想找地方放下，腾出手来拿酒杯。

方志急忙走到桌前，拿起自己的酒杯就碰向裘得凯：“得凯，你先等一下，这杯我先陪你喝。”

裘得凯有些诧异：“方总你这是……”

“你没见陈处长手上有东西吗？你趁着别人手没空的时候敬酒，都没办法接你酒。”方志笑着向陈同那边点头，对着裘得凯举起来，“哈哈，行了，我先陪你喝，然后咱们再一起敬。”

裘得凯挠挠头，又转眼看看刚把小龙虾放回盘中的陈同，笑着点头道歉：“是是，这事怪我考虑不周，我先喝，等等我再自罚一杯。”

陈同那边正忙着擦手，听了裘得凯的话连忙摆手：“别别，不用自罚，不耽误。”

方志笑着为陈同倒酒，又举杯，乐呵呵向陈同示意：“好啊，来，陈处长，我们俩一起敬您一杯。”

三人喝完，方志和裘得凯才坐回去。就那么个细节，陈同不禁感慨：“方总看上去豪爽，没想到还这么细心，带人、带团队也认真负责，居然当着我的面就把问题指出来了，这要平时在公司里是不是更严格啊？哈哈哈哈。”

方志连忙摆手：“没有没有，我们这小企业，老板和员工一起发展，员工和公司一起发展，哪有什么老板员工的，都是自己人，有问题就直接说嘛。”

“带兵够细心，就这点也能看出来你们整个团队做事不随便！比我们之前接触过的几家民企强多了。好，真是难得！来，方总，我敬你一杯。”酒喝得够多，话题也聊开了，陈同的话开始多起来。

“现在参加招投标的各家单位都在做工作，特别是那几家国企，他们希望能源局在招标资格方面进行考核，包括从业时间五年以上，注册资金超过十亿元。至于民营企业，已经上市的那些资金上自然不成问题，他们推的是之前光伏并网经验是否超过一百兆瓦，毕竟老牌国企电站之前都是热力发电，光伏并网的时间和经验都没那么长。”

方志倒上酒，一边表示无奈，一边笑着举杯：“这门槛要是再抬高点，我们这些小公司更没有活路了，幸好咱们能源局这次看重的是技术管理的创新能力。”

“不管是国企还是大小民营企业，提高发电量、降低成本才是最关键的，这次招投标方案也是围绕这些制定的。”孙靖海也跟着说。

“不过，说句实话，我个人是看好民营企业的，规模小但经营灵活，发展上也更有活力。正是因为有民营企业的存在，发电成本才能大幅度下降。要知道，民营企业在行业发展中的重大贡献可不少。”

陈同也知道方志找他的目的，补充道：“这次招标来的单位太多了，各种渠道来问询的也不少。上面领导的意思也很明确，这次定标就主要看价格，所以方总还得在方案上好好优化一下，看看怎么把价格压下去。”

这几句算是陈同给方志交了个底，方志打心里非常感激，素昧平生，一顿饭就让方志看清了大方向。几人也是越聊越开心，直至散伙送人走那会儿，裘得凯才悄悄问方志：“方总，真有你的，今天学到了！那咱这东西还送吗？”

方志没有理会，直到客客气气把人送上车，他才向裘得凯表示算了。既然对方不想给送礼的机会，就不要硬送惹人嫌。

汽车的喇叭声仍在不时起伏，天色昏昏，然而在风中的方志看着远方，背挺得格外直。

第二十三章　检测标准

初春的阳澄湖梅花花香犹在，玉兰也早早绽放，亭亭玉立，娇花上的晨露借朝阳的曦光，滴淌着春日的气息。

从高空看去，乡野在上千亩黄灿灿的油菜花掩映下，如一条美人的纤纤玉腿，一路向北。再过不久，樱湖的樱花大道也会花瓣飞舞，还有西京湾的马鞭草花海含苞待放。李珦纠结着该先带赵哲成去哪里“浪漫约会”。

但并不是所有人心里都装着这片盎然春意。

道华研发实验室里，程易枫正埋头计算着实验数据，建美推门进来：“程哥，你没看群信息吗？赵总在找你。”

程易枫猛地抬起头，目光有短暂失焦。

“赵总？他有什么事找我？”

程易枫抬头看看时间，连忙起身向外走去，走几步又停下来，转头将桌上的数据报表拿在手上，边看边向外走去。

“程哥，那个报表回来再看也来得及。”身后的同事好心提醒。

“没事，没几页就看完了。”

程易枫说着在门框上撞了一下，之后走了出去。

PERC 电池的研发进展非常顺利，程易枫在振奋的同时也更加专注地埋头于科研之中，他低头盯着报表就走进了赵哲成的办公室。

“赵总，你找我？”

赵哲成抬起头："易枫，来，先把表放一放。今天有别的事跟你说。"

程易枫"哦"了一声，才缓缓放下手里的表，但从他飘忽的眼神可以看出大脑还沉浸在另一个世界。

赵哲成假咳两声："易枫，杜总刚找过我，说你的实验进度报告他已经看了，这个项目现在备受关注，科技局那边还拨了补助款，叫我们申报国家科技进步奖。"

程易枫还是呆呆地应了一句："那我现在就去准备材料。"说着转身就走。

看程易枫这股痴迷的劲，赵哲成哭笑不得："你先等等，还有事呢。如果你离开一段时间，对项目有没有影响？"

"什么？为什么要我离开？难道是经费出了问题？"这时程易枫才突然醒过来，着急地问着，生怕跟 Pirro 博士一样。

"不是不是，眼下欧洲一家企业找到做检测设备的厂商，研发制作了新的检测设备，将之前组件的测试标准从 ±5 瓦提高到 ±1 瓦，并向国际标准委员会提出要修改标准。但针对这件事，各国光伏行业代表存在一定争议，为此标准委员会决定举办会议，召集行业代表共同商讨进行表决。"赵哲成简单概括了一下。

"标准精度从 ±5 瓦提高到 ±1 瓦……这是好事啊。"程易枫随口回答。

赵哲成立马纠正："这可不是你们实验室里做研究精度越高越好，对一个电站来说，成千上万块组件，±5 瓦和 ±1 瓦是个概率事件，没有重大意义，但这涉及的是生产线量产的产品。新的检测标准要是通过了，中国的检测设备都要更换，这可不是小工程啊，而且在过渡期间我们的产品销售又该怎么办呢？"

"这样啊……"程易枫思索片刻，似乎也看出来端倪。

赵哲成又接过话来："我现在才终于知道杜总组织国际商务部的

目的，‘双反’是老外遏制中国发展的第一招，这不紧跟着第二招又来了。”

程易枫也感慨：“看来真正的战斗，远在实验室外。”

“所以杜总才叫咱们一起去参加会议。”

“我……我也要去？”程易枫不敢相信地指了指自己。

“没错，提升精度也属于技术研发的一部分，而且你现在重启PERC电池研发技术，已经是光伏行业的新秀名人了，很有发言权。还有李珣也跟我们一起，商务、技术、法务三项联手。”赵哲成忽然想起来，“对了，研发实验方面你走得开吗？”

程易枫这才松了一口气：“不会有影响的，实验方案和流程是早就拟定好的，组里的其他成员也能按计划完成实验。”

“那就好。”

就这样，三人一起动身，作为中国光伏行业代表参加标准委员会的会议。

飞机降落在布鲁塞尔，又是熟悉的教堂和弧形大楼，上一次来时的种种还历历在目，但最初神圣与忐忑的心情已经换成了一种习以为常的从容。

“这十万八千里外的地方，怎么跟公司开例会一样，没事就来上一趟。”赵哲成心里自嘲道。

距离开会还有两天，时间很宽裕。

住进酒店，刚整理好衣物，李珣对豪华酒店、欧式美景一点兴趣都没有，不一会儿就坐不住了，敲开赵哲成和程易枫的房门。没想到，程易枫出差行李箱里竟然还带着实验资料，摊开一片，在桌子上聚精会神地计算。赵哲成倒颇为悠闲，跷着二郎腿，一手葡萄酒，一手新闻报。

李珣百无聊赖地说：“你俩可真待得住，我要无聊死了。”又是灵机一动，期待地看着赵哲成，“我看城郊有个天鹅湖好像还可以，咱们明天去划划船怎么样？”

划船？

赵哲成脑海中闪过一系列画面：阳光明媚，湖水泛着波光，船行水面，周围有天鹅游弋，如果能带阿紫来的话就好了。不过，是李珣的话……赵哲成不敢想下去，假咳两声。

可即使内心有几分抗拒，但又似乎没有拒绝的理由，赵哲成也不擅长撒谎，只好勉强笑笑说：“我明天倒是没有安排。”话刚落下，又立马转过去问“醉心学术”的程易枫，“易枫，你有空吗？”

“我就不去了，这边有个同学，正好有问题，明天去请教请教。”程易枫趴在桌子上头都不抬，毫不犹豫地回答。

“啊，你不去啊，”赵哲成心中舒了一口气，看一眼李珣，小心翼翼地说，“那……我也不去了。”

“为什么啊？”李珣不解地问，“你明天不是没事吗？”

“易枫不去我们两个去干什么啊。”赵哲成有些啼笑皆非。李珣的脸色一下就有些不自在。但程易枫并没有注意到，一边认真忙着自己的事情，一边说：“别啊，你们去你们的，我真的和人约好了。”

看着程易枫迟钝的样子，赵哲成忍住笑意，李珣却瞬间没了兴致。

“那算啦，我也不去了，明天自己转转得了。”

说完，李珣转身离开了房间，程易枫看向赵哲成，有些茫然地问：“她生气了？我惹的？但我明天真有事啊。”

赵哲成笑着摇头，没有回答，程易枫皱着眉头，看着关上的房门不得其解。不过，赵哲成也确实没心情闲逛，程易枫虽然看上去心思全都扑在电池研发上，但问题的关键一眼就看了出来，临出发之前还跟赵哲成谈起。

“中国光伏行业规模巨大，一旦国际上的检测精度进行调整，整个产业链都面临着大调整；欧洲企业规模小、产能少，调整起来更容易，因此他们很可能不遗余力地促成这件事，为了对中国光伏行业进一步施压，哪怕伤敌一千自损八百。”

回想起检测部门给他的资料和数据，赵哲成不禁面色凝重起来。

中国光伏企业单单是检测设备就有一两千台，按照检测设备的生产周期和生产商数量推算，如果新的检测标准通过，整体更换需要一年到两年时间。背后高昂的成本暂且不谈，最重要的是，在这一两年的时间，欧洲企业和美国企业就足以用新的标准打垮我们。

李珣坐在赵哲成对面，一脸怨气地看着窗外的景色，但听赵哲成这么一说面色也凝重起来。游湖喂天鹅的计划泡汤了，不过赵哲成并没有拒绝共进午餐的邀请，只是很明显，赵哲成的心思完全不在精美考究的菜品上。

“在想标委会的事？”李珣噘着嘴还在生气，但还是忍不住问赵哲成。

赵哲成点点头。

“这和之前的‘双反’一样，明显是冲着中国来的。”见赵哲成这副模样，李珣心里明白，不把正事办妥恐怕是饭都吃不好，索性也认真分析起来，“为什么是欧洲企业提出来的？因为他们规模小，无论是调整标准还是更换设备都更容易，也就几台而已。我们这边呢？几千台设备，怎么改都是我们吃亏。”

“但是提高精度听上去绝对是一件好事，不好反驳。”赵哲成也顺势往下思考。

“这就是他们狡猾的地方，他们想用新的标准来遏制中国光伏企业的发展。不过参加标委会的也不只欧洲光伏企业代表，还有检测机构、建设以及投资企业的代表，说不定能找到突破口。”李珣娴熟且优雅地切着牛肉。分析起问题来，她就会变得无比冷静。

开会前，赵哲成又把发言稿重新确认了一遍，从更换标准的实际价值和行业代价方面切入，即使不能力挽狂澜，但或多或少也能争取到一些共同的声音。

第二天一早，赵哲成、李珣、程易枫三人踌躇满志地走向会议大厅。座位一排排从低到高呈扇形展开，几条过道将扇形隔开形成一个圆形，在会议厅的后面有一些盒子般的小隔间，这是国际会议中同声传译的工作间。

“我看桌子上的名牌，好像坐前排发言的是各个公司的代表，而政府代表都坐在后面。”找座位时赵哲成看了一圈名牌，跟中国一贯的模式不一样，觉得很新鲜。

李珣解释说：“嗯，外国的会议形式就是这样的，发言权在行业内懂行业的人手里。”“那还挺民主的嘛。”程易枫接话道。李珣没有回答，此刻，她心中泛起隐隐的担忧。

会议室闹哄哄的，很多外国人三五成群地围在一起，赵哲成本来还有点紧张，以为会议还没开始他们就先激烈地讨论起来了。结果侧耳一听，竟然都是在聊天叙旧。赵哲成苦笑道：“到场的好多人好像都互相认识啊。我就认识两个欧盟的人，还是我们的老对手。”

程易枫环视一周：“嗯……我只认识两三个搞技术和科研的。”

“大家请安静！”话筒中传来的声音盖住了全场的喧闹。

看样子讨论就要正式开始了，赵哲成挺了挺后背，反复翻着手里的材料，正襟危坐，好像突然想起了什么，转过头问李珣：“哎，会议马上开始了，怎么没发会议议程啊，咱们是第几个呀？”

李珣说：“这里是自由发言，没有顺序的。”

赵哲成若有所思地“哦”了一声。

“我是这次会议的召集人，我叫 Alex，欢迎来自全球各国的同人参加这场决定未来光伏产品国际标准的重要会议，下面开始会议的第一个议程：关于欧洲光伏协会的提案，光伏组件的出厂检测标准从 ±5 瓦提高到 ±1 瓦。”

整个会议室只有第一排座位的中间放着两个话筒。检测机构中最具权威性的代表率先发言：“我们认为，调整检测精度代表整个行业的进步。随着检测精度的提高，行业会更加规范，也可以为客户提供更为准确的价值标准，而且高精度的检测设备现在已经面世，我们有条件进一步推动行业检测标准的提高。我们公司一向以提升行业的产品质量为首要目标，也呼吁行业同人秉承同样的原则，共同优化管理，提升行业发展水平……”

“这就开始了？”赵哲成惊讶地看向李珣。

“这个检测机构包揽了中国百分之八十的光伏检测市场。即使这次他们实验室更换几十台设备，有中国这么大的‘肥肉’在盘子里，很快就能收回投资。从理论上来说，他们应该是中立方，但今天这么激进，多半是欧盟设备企业和光伏制造企业跟他们许诺了什么好处。”李珣在耳边悄悄给赵哲成分析着。

接下来发言的是法国电力集团：“从我们电站建设方的角度来说，自然是希望整个行业朝着更加规范化、高质量的方向发展，我相信在座各位一定也秉承着同样的经营和发展理念。但在实际建设中，这样的标准改动对大规模电站也不是必需的东西……”

来自美国的一家检测机构代表的发言有些模棱两可：“不可否认，这是全行业的进步，推动行业良性的质量竞争，对于我们来说，也是一次重大的挑战和革新。检测标准提高无疑代表着科技的进步以及大家对高质量的追求。但对行业来说，我们不知道产业端是否做好了全面提升的准备。会不会影响制造端的正常生产，我们还需要讨论……”

赵哲成认真听着发言，思考如何组织语言，但会议室的其他人像是根本不带思考，一个刚坐下另一个就立马抢过话筒。看着这些人连珠炮一般的发言，公平确实是够公平，跟村子里开会一样，谁嗓门大就听谁的，让习惯了高级会议的赵哲成一阵汗颜，木然地问李珣：“外国开会真的是这样的吗？”

李珣也机械地点点头：“应……应该是吧。”

赵哲成忍不住，几次起身要去抢话筒，更让他吃惊的是人家发言完直接跳过赵哲成，亲手把话筒递给了另一个认识的人。

赵哲成硬是一次发言机会都没抢到。

坐在他们旁边的泰国代表终于抢到话筒，扯开了嗓子，但是他的英文结结巴巴：“我们的产能小……订购新设备的周期肯定比你们都要晚……等就要等一年，这一年我们的产品怎么做……”另一边的西班牙人一把拿过他的话筒准备开口。

明眼人都看得出来泰国代表只是一个停顿，发言还没有结束，其他人一齐盯着那个西班牙人。这时召集人 Alex 突然开口：“泰国代表讲的问题我们非常理解，一定会慎重考虑。好，接下来请下一位代表发言……”

“可是……”泰国代表站起身还想努力，但离开了麦克风，他微弱的声音顷刻就被此起彼伏的讨论淹没。他怒吼了几声完全没人搭理，又无奈地缓缓坐下。这一切，赵哲成看在眼里，心中涌上说不尽的辛酸。

整个讨论会实际上只有那几个欧美企业代表在轮番发言。时间还没到中午，召集人就匆匆结束了讨论。

“那今天这个议题就先讨论到这里，请大家把书面材料都交到一楼秘书处。明天上午进行表决。下面开始第二个议题！”

赵哲成身子重重地靠在椅背上，一脸错愕，他万万没想到所谓的国际大会竟然跟菜市场一样荒唐，千里迢迢飞越半个地球，一句话都没说上，就这样草草收场。赵哲成目光涣散，只觉得已经无力阻拦：“这还怎么谈？根本不是讨论的架势，果然跟杜总说的一样，就算我们成立了国际商务部，但离世界的规则还相差很远，明明走到了跟前却怎么也融入不进去。”

午饭时，三个人都没什么心情吃，好在赵哲成缓过神来，重新整理思路，复盘会议。

“这些人根本拎不清情况，这提案听上去没什么问题，但是对于生产企业来说，检测标准是五瓦一档还是一瓦一档没有太大区别，到安装现场都一样。从统计学来看，一次购买几千上万片就是一样的，中间或许有些电流失配的问题，但也不需要一瓦一档吧。”程易枫说着，语气里多少有些抱怨。

“现在的形势的确不妙，但你们有没有觉得美国代表的态度和其他人不太一样？”

这是赵哲成一直在思考的问题。辩论过程中，欧洲方面态度明确，支持推动检测精度的调整，反观美国方面的态度就有些含糊，他们只是认同精度调整对行业的发展意义，却并没有明确表示支持调整。

“美国应该是支持调整的，毕竟他们的客户也是欧美国家，检测和认证在欧洲也有实验室，与欧洲企业是利益共同体，道理上也会倾向于欧洲方面。”李珣说。

“但是据我了解，美国在欧洲的市场很小，修改标准的话，设备大家也都要改，他们只能赚一成的钱，却要跟欧洲检测机构一样出十分的力，怎么说也不划算啊，他们为什么不反对？”程易枫一脸疑惑地说着。

“恐怕只是不好明确反对。”赵哲成说。

“对！为了欧洲市场，美方也不能直接反对这项提议。”李珣眼睛一亮，转而又灰暗下去，“可是其他代表都是一边倒，光他们一家也改变不了大局啊。”

“能有什么好办法能在半天之内就奏效？”程易枫有些沮丧地反问。

李珣也转头看向赵哲成。

第二十四章　其应若想

烧烤店人来人往，热闹得很，可以说是夜晚城市的“烟火”集中地。

政策虽然是打听到了，但这竞标拼的可是真金白银，方志才刚转行，也算半个新人，圈里多的是财大气粗的主儿，一个个使劲压价，方志哪里拼得过。

不仅是方志，就连公司一起出来竞标的业务员和工程技术人员都没精打采、士气低迷。方志也见不得这副垂头丧气的样儿，就拉着大家一起吃吃烧烤，活跃活跃气氛。

方志正在烧烤店拼起的桌子旁喝着闷酒，忽然响起了电话，拿出手机一看：“呦，国外打过来的电话！”定了定神，原来是赵哲成。

“喂，什么事啊？”只要是赵哲成在国外打来的电话绝对不可能是闲聊，直接开门见山。

“没路了。”

“啊？”方志还从来没见过赵哲成这么垂头丧气，一时愣住了。

赵哲成把标委会上的情况告诉方志，好像在自言自语似的：“明天投票表决，一点儿办法都没有了，这就叫穷途末路、黔驴技穷吧。”

“你说参会代表来自不同机构对吧？那他们运作模式肯定不一样，利益关系也不一样，各个击破不就好了？我不了解他们国外企业什么规模，但一群人不是同一个公司，甚至都不是同一个国家，面儿上和和气气，心里怎么可能没有自己的小算盘？”

“我明白了。”赵哲成恍然大悟，“啪”地就挂断了电话。

“他奶奶的，我自己被个破竞标搞得没辙，十万八千里外头还指望我运筹帷幄、指点江山，我可真牛！”方志自言自语地嘀咕着。突然灵光一闪，“嗞——也许我还能更牛。”

方志“哐啷”一声，一把推开了烧烤店的大门，红光满面大声吆喝着：“来来来，都满上，今天给我痛痛快快地喝！”

所有人都满脸疑惑：“什么好消息把方总高兴成这样？”

方志清了清嗓子，一只脚直接踩在凳子上：“跟大家说，刚我接了一个国外的电话，原来是一兄弟在印度给我收了批质量不错的低价废料，有了这批废料，我们找人代工组件。咱们这组件成本比对手便宜三毛钱都不止。不是拼价格吗？市场价八毛三，现在咱们使劲降，降到七毛三都有得赚！”

听完这话，在座众人又惊又喜，一时间都说不出话来，甚至以为自己听错了。短暂的沉默过后，裘得凯才率先开口，他按捺不住激动，几乎要站起来：“真的吗，方总？”

方志收了收架势，一本正经地跟裘得凯说：“刚接的电话，定下来了。明天你就联系设计院预算部的人，把组件的造价再降三毛测算，我估摸电价降到七毛三咱们都能赚。”

“哎，好好，我明天上班就打电话。”裘得凯忙不迭点头，看起来比方志还要高兴得多。

在座众人反应过来后高兴地举起酒杯，嘴里无一例外都是恭喜和祝贺方总。有人闷头吃烧烤，有人倒满酒和旁边的人碰杯，还有人恍然大悟般自言自语：“难怪裘哥昨晚发朋友圈说马上就能回去给女朋友过生日了！是提前知道这消息了吧？”

裘得凯一边笑着打哈哈，一边和人碰杯。于是其他人又笑着喝酒、吃烧烤，桌上变得更加热闹。“不管怎么说，恭喜方总啦！来，方总喝酒！”

“对了，方总，我听说你之前起家的第一桶金就是靠着从印度拉回来的硅料，行业内传得可神了，你给我们讲讲这段辉煌历史怎么样？”

方志喝完一杯酒，兴致高昂，眼中有光，却摆摆手大声说着：“好汉不提当年勇，陈年旧事有什么好说的，你们要是想听，我给你们讲讲‘双反’申诉中我是如何帮赵哲成扭转乾坤的。”酒喝多了，话也放开了，方志越说越带劲，一直到凌晨才歇下来。

裘得凯也喝得有点多，跟着方志回房间时脚下虚浮，几乎飘飘然起来，但嘴里还不忘“感慨”这次的成功：“方总，我说和陈处喝完酒你这么高兴，你原来是早有准备啊。”

方志笑笑，看看左右，没有应裘得凯的话。

裘得凯打开房门走进去，还在兴奋地念叨：“真是神通广大啊，这样一来这次招标就万无一失了！不过方总，设计院这边可没把稳喔，基本上每家都在他们那里做设计，这明天我要是跟设计院说了，我敢说，圈里面半小时就全知道了，咱们的秘密可保不住了啊。”

看了一眼关紧的房门，方志立刻压低声音说：“根本没有废料。”

“什么！”裘得凯猛地站起来，看着方志波澜不惊，又平静地坐回去，等着方志开口。

“没有废料。刚才的电话是赵哲成碰巧打进来的。”

裘得凯看着方志，因为喝了酒，脑子有些反应不过来，愣愣地看着方志：“方总，十几家公司的人可都在八一宾馆，咱们的人喝成那样回去，明天一早废料的事全都知道了，到时候咱们怎么报价啊？”

“我就是要让他们都知道。”

见裘得凯还是一脸疑惑，方志醉醺醺地拉过他，说：“来来来，裘得凯，我问你，就你这水平当年高考玩命学习能考到哪？”

裘得凯更蒙了：“不是，方总你问这干啥？我……我，你还不了解吗，撑死也就考个二本。”

“我要告诉你，要么考清华，要么回家种地，就这两个选择，你怎么选？”

“那……那我还学个屁！立马退学去蓝翔学开挖土机！”裘得凯摊摊手，不明白方志这闹的哪一出。

方志露出一丝坏笑：“这不就对了么，我现在报七毛三的破产价，就是让他们选，要么亏本跟我干，要么就乖乖躺平。”方志说完就仰面躺到床上。

“牛啊，你这是叫他们知难而退！方总，我小时候在电视上看过，这是不是叫‘空城计’？”

“放屁！我这招叫‘蒋干盗书’！”

方志那随口一说却点拨了赵哲成，他即刻与李珣和程易枫认真复盘，渐渐有了眉目。

既然调整检测标准的提议是欧洲方面提出来的，欧洲最大的检测机构在会议上态度又十分明确，那么要做的第一件事就是争取他的竞争对手，从他们身上寻找突破口，共同向欧洲方面施压。

下午茶时间，酒店的咖啡厅飘着浓郁的香气，与会各方代表分坐几桌，悠闲地聊着当下世界行业的发展状况。赵哲成一行走进咖啡厅，有几名代表和善地向他们打招呼，但更多人只是礼貌地点点头，继续聊自己的。反而是欧洲检测机构和几家企业的代表一起抬起头，意味深长地看着他们。

看到这个场景，程易枫不禁轻轻叹口气，却被走在一旁的李珣用胳膊肘狠狠一拐，他趔趄一下，险些撞到椅子上。

李珣压低声音说：“叹什么气，看我的！不能让他们这么得意。”

说着，李珣昂首阔步径直走到美国检测机构代表的桌旁，拉过一把椅子坐下来。

“皮特森先生，我们坐这里不会打扰到你吧？”

“不会，我很荣幸。”对方回答得很客气。

赵哲成和程易枫也一起坐下来，点完咖啡，赵哲成率先开口。

“皮特森先生，你对检测精度调整有什么看法？”

对方优雅地放下咖啡杯，将自己在会上的发言要点又重复了一次，显然并不想和他们坦诚交流。

这时李珣微笑着说：“不过皮特森先生，如果确定要对检测精度进行调整，你们和欧洲检测机构都要更新设备，但是欧洲方面占据世界光伏百分之八十的市场，更换标准后用不了多久就能赚回来，而你们在光伏领域市场本来就不大，如果不更换设备没有任何影响，但更换设备要花费很大一笔，相对他们，回本却需要更长时间。”

说着，她夹起一颗方糖轻轻地投入面前的咖啡杯中，伴随糖勺轻微的响声，糖块瞬间消失在浓浓的液体里，但李珣的目光却一直停留在皮特森脸上。

皮特森看着李珣，目光里多了几分惊讶与欣赏，他微笑着点头说：“听你这么一说，这似乎不是一个标准问题，而是商业竞争的问题。”

说到这，皮森特与李珣相视一笑，都明白了对方的意思，默契地碰杯。

下午茶结束之后，赵哲成三人和美国代表同行，一边称赞他们是世界级别的优越认证方，一边详细询问合作方面的相关问题。这一问，不仅其他公司的代表变了眼神，就连欧洲方面的代表也明显紧张起来。

“光说服美国一家可能还不够，还有哪些？”李珣跟赵哲成努力回忆着会上各家的发言，希望能找到新的突破口。

程易枫忽然想起：“哎，法国电力集团那个技术员我以前打过交道。不如我们去试试？”

当天晚宴在一家法式餐厅，Aron 一头深棕色的头发、修理整齐的络腮胡、一身西装，悠闲地靠在椅子上看着菜单。程易枫先上前打了招呼，Aron 也立马起身。

“程易枫。”Aron 用生涩的汉语努力说出程易枫的名字。

程易枫简单介绍了一下赵哲成和李珦，就开门见山，问："检测标准的事你怎么看？"

"从技术层面当然标准越高越好啊。"

"你也是搞技术的，那么大的组件规模，±5 到 ±1 真的有影响吗？"

Aron 仔细想了想："嗯……是没重大影响。"

赵哲成连忙接上："Aron 你好，道华公司你应该有印象吧，你们公司有很大一部分组件是从我们这采购的，你有没有想过如果新标准通过，中国巨大的产业链最起码需要两年才能完成设备更换，这两年里中国的组件因为不符合标准在市场上消失，而提出修改标准的欧盟光伏企业就会处于垄断地位，如果坐地起价，对你们公司也是极为不利啊。"

Aron 沉默了片刻，然后恍然大悟："赵总看得很透彻，你们的分析我明白了。"

晚餐过后，召集人 Alex 在酒吧组织了晚会，赵哲成、李珦、程易枫三人分头行动，在各个代表间辗转游说，英文最好的李珦一面口齿伶俐，一面笑靥如花，为了尽可能多地游说，像一只醉酒的蝴蝶在人群中飞舞，接近凌晨才和最后一波德国人说完。李珦扶风弱柳一般轻轻靠在赵哲成身上，赵哲成赶紧叫程易枫："你看李珦喝成这样，今天大家都辛苦了，来，搭把手，把李珦送房间去。"

程易枫也喝得头昏耳热，一听赵哲成这话脸涨得更红。

"愣着干什么呀，快来快来，李珦要倒了。"赵哲成又催了一遍，程易枫才机械地晃动身体。他和赵哲成喝得也不少，两人把李珦夹扶在中间，晃晃悠悠地走回宾馆。李珦迷迷糊糊地抬起头，醉醺醺地喊着："有我出马，哪有搞不定的事？明天……明天统统拿下！"

三个人走出电梯，赵哲成悄悄停下了脚步，没有跟程易枫一起。程易枫也没注意，一个人笨拙地扶着李珦往房间走。忽然一个趔趄，眼看两人要摔倒地上，程易枫像神仙附体一般闪转腾挪，用并不厚实的身躯挡在李珣身下。

赵哲成半靠着墙壁，静静看着前面的二人，笑着摇摇头。

果然，到了第二天早餐时间，美国检测机构的代表直接和赵哲成三人坐到一起，周围的各方代表也都看着他们窃窃私语，几大国际能源投资巨头公司的代表就坐在隔壁桌。

一番分析下来，有的代表微微点头，有的则陷入沉思。欧洲检测机构代表终于坐不住，趁着早餐结束的间隙找到赵哲成，表示想和他们聊一聊。

“赵先生，你们昨晚做得真不错啊。”赵哲成没有急忙回答，似乎等着他笑里藏刀的后一句，“但是不管你们做多少努力，技术标准的提高必然是行业趋势，躲是躲不掉的。”

看着对方一脸高傲，李珣忍不住要拍案而起，赵哲成一把把李珣按了下去，微笑着直视对方：“我们一直赞同对质量和标准的更高要求，中国不仅是制造大国，也是研发大国，我们的实验室是世界最多的，到你们这样的国际性机构做认证的也多。但是……”

赵哲成顿了一下继续说：“我们认为，更高精度的标准现阶段应该着眼在实验室和新产品的研发上，比如标片，对于量产产品还需要实际考虑产业发展的效率和成本问题。中国企业永远是以开放的态度面对技术标准和检测标准的提高。你们目前拥有中国这个巨大的检测市场应该也能感觉到，但这么大个市场对检测机构也有影响力的。如果接下来中国的组件企业因为突然没有新检测设备而影响经营，我们也可以选择其他机构合作，比如美国的。”

最后这两句意有所指的话一出口，那个代表的脸一下子沉下来，想想这两天赵哲成和美国代表的私下交流，一下子有点心慌，刚要说话又被赵哲成打断：“考虑到你们在中国的良好基础，我认为标准可以从实验室的标片开始，逐步推广，等企业检测设备都基本更换完了，再推广到量产产品，可能更符合产业发展的要求。一方面积极推动，另一方面给大家足够的时间做好准备，这才是全球企业的共识。”

对方互相对了对眼神，他们都感觉到了赵哲成所说的分量，态度缓和了许多，领头的代表郑重伸出右手：“赵哲成先生，你真是一位优秀的外交家。你们的意见很重要，希望以后在中国市场我们一直保持合作。”

在标委会的最终表决会上，赵哲成、李珣和程易枫紧张地等待着会议主持人宣布结果。“整整一晚上的努力，成不成就看现在了。”李珣攥紧拳头自言自语。

就连赵哲成都没有想到，昨天还一边倒的局面竟然来了彻彻底底的大反转，场上各个国家无一例外地都投了反对票，欧洲企业的代表眼见鼎力支持自己的也临阵倒戈，直接弃权，气得袖子一甩便离开了会场。

当听到“按多数代表协商的结果，研发和标片检测标准按正负一瓦执行，普通产品检测标准维持原状”时，会议室里的各家厂商碍于欧盟的面子，只有稀稀拉拉的掌声响起。唯有李珣拳头一松，振臂高呼，赵哲成和程易枫相视一笑，偌大的会议室里三个人的掌声格外响亮。

程易枫转头看向李珣，问：“回国之前咱们还有一天空闲，你之前说的那个天鹅湖在哪里？我们明天去看看。”

“啊？看天鹅？”李珣瞪大眼睛，一时间以为自己听错了。

“对啊，开会之前不是因为我有事所以你们也没去成吗？”程易枫一脸认真地说。

李珣别过头去，有些恼火地回答：“反正也错过了，不去了！”

“天鹅又不是花草，什么时候去都在湖里啊！”

程易枫认真又执拗的模样，让李珣一时间不知道该说什么才好，旁边的赵哲成放下手里的资料笑着说：“这次就当陪我去吧，那天听酒店的服务人员推荐，说这个季节的湖景很美。”

李珣嘟着嘴："好嘛，好嘛。"

于是第二天上午，三个人租车前往湖边。

湖水清澈，天鹅的羽毛白得发亮，李珣一身简洁的风衣配渔夫帽站在水边，望着湖里的天鹅发呆，似乎有什么心事。

一缕微风泛起阵阵涟漪，吹皱了倒映水中的枫杨，撩拨起李珣几根不安分的秀发。正所谓"睹物思人""寄情于景"，旁边的赵哲成也很难遏止回忆的翻涌。

说来奇怪，很多时候本来是散心，结果越散心反而越沉重。

忽然一道闪光打破了两人的思绪，只见一身休闲装的程易枫拿出了台相机，叫他俩过去。

李珣眼中的伤感转瞬丢掉，蹦蹦跳跳地拿过相机，让赵哲成帮自己拍照。

等赵哲成拍完，她匆匆跑上前去查看："拍完了吗？我看看，我看看。"

拿到相机之后，李珣兴致勃勃的神情转眼垮了下来。

"老赵……你也把我拍得太矮了呀！"

程易枫正站在赵哲成旁边喝水，闻言笑着说："赵总，拍人像得蹲下来，才能显得人高腿长。"

赵哲成装作恼火："你这么懂，那你来吧。"说着把相机递给程易枫。

程易枫果断接过相机，冲李珣使了一个眼神："您就放一百个心吧。"

看着李珣和程易枫两人前后调整位置，反复选择更好的拍摄角度，赵哲成心里琢磨："这俩站一块儿还挺般配的，这样的碧水蓝天最适合年轻人了。"赵哲成恍惚间回想起自己年轻时，想起此刻相隔几千公里外的许攸宁，"当年我们也不比这差啊。"

"赵哥，想什么呢？过来合影啊！"

愣神间，赵哲成听到李珣的喊声，抬起头，程易枫正将手中的相机递给旁边一个年轻的外国人，李珣则向他挥手。阳光洒金一般落在他们身上，背后晴空高远，仿佛被湖水清洗过，纤尘不染。

赵哲成的心情也跟着轻快起来，他抬脚向前走去，站在李珣和程易枫中间，暂时忘记那些烦心事，对着镜头，也对着阳光，露出久违的微笑。

第二十五章 中标之后

不出方志所料，第二天一早，整个宾馆都知道了“七毛三”这个数字。之前相互竞争，暗中较劲；如今所有人都觉得方志势在必得，反而安下心来，按部就班地准备报价参与竞标，一场激战变成了演习，之前涌动的暗潮也渐渐退去。

只是，每次在宾馆里偶遇，其他人看方志和裘得凯的目光都有些复杂。一次路过楼梯间，方志和裘得凯还听到有人在背后议论：“这门路也太野了，咱们根本玩不过他，什么竞争啊，分明是坐地降价直接抢项目！”

走远一些之后，裘得凯看向方志：“方总，他们嘴上说什么的都有，但是我听说，各家都不打算压价竞争了。”

方志大步向前，只是轻哼一声：“那是，想压价他们也压不过我们。”

虽然在公共场合这样说，但方志心里清楚，障眼法可以让他们抢占一时的先机，却不能保证稳赢，他又不可能假戏真做赔钱报个抄底价，真到竞价时仍然要再想办法。国企虽然不会降价，但大型民企的资金优势仍然不容小觑，稍有不慎就可能前功尽弃。因此裘得凯追问了几次，方志仍然没想好到底要报价多少。

中午刚过，方志和裘得凯吃完饭回来，正遇见自家的业务员。

“方总，刚吃完饭啊。”

“啊，附近随便吃一口，你这是要干吗去？”方志问。

“打印标书。”业务员说完凑到方志跟前悄悄说，“我先把材料都打出来，最后竞标价格空着等您来填。”随后又赶紧补了一句，“我绝对没有怀疑方总的实力，只是七毛三是保底价，咱也没必要就按保底来，反正肯定没人抢得起，咱能多赚一点儿是一点儿嘛。”

听了这话方志像被突然提了个醒，夸了两句业务员工作考虑妥当就先让他走了，回头低声问身边的裘得凯：“这附近有几家打印社？”

“啊？就这一家啊！价钱贵得离谱，但附近也没有其他打印社。”裘得凯一边说着一边看向方志，“怎么想起来问这个？”

“你找个人去打印社里盯着点儿，我估计今天下午他们都会去打印标书。”

裘得凯一拍巴掌：“明白了，方总！你可真有办法！”

“找个生面孔，别让他们认出来。”方志不忘叮嘱着。

“放心，我让司机小张去，没人见过他的面。”

方志花了半小时给小张准备了一堆五花八门的文件资料到打印社逐份打印，每种文件资料要的份数又不同，整个过程琐碎又麻烦。

不一会儿，果然有几家公司的员工来打印标书，小张说自己东西多，还要等公司那边再发一部分，让他们先打印。小张就左看看，右瞧瞧，还热情地给老板帮忙，把别人家打印好的标书一份份整理装袋。一直到晚上，各家公司的标书就都打印好了，小张才找个借口离开打印社。

转眼，几家公司的报价就递到方志面前。

“搞定了，最低的一家报价 0.83！”裘得凯高兴地说。

“那我们就报 0.829。”方志说完，突然又顿了一下，“别，不能这么整，就写个 0.8281 吧！”

“0.8281？”裘得凯复述了一遍，显然有些疑惑。

“对，后面多写几位，别人问起来，就说这是我们公司技术在严格计算之后得出的精确报价数据。”

裘得凯将数字填好，抬头看着方志，感慨地说：“方总啊……”

“干什么？”方志正将一支烟放到嘴边。

“你真是一波操作猛如虎。”

方志听着裘得凯由衷的称赞，像个胜利者一样点燃香烟，神清气爽地吐出烟雾，说着：“等结果吧！”

结果自然不出所料，恩太以微弱的价格优势竞标成功，拿下了第一个电站开发项目。

看到“0.8281”这个冠冕堂皇的数字，再回想昨天传得沸沸扬扬的“七毛三”，所有人都大梦初醒一般，一个个技术员、业务员拍着脑袋：“啧，原来是这么回事”“方总真有一套啊，这输得心服口服。”

大老板们有的暗叹吃亏，有的议论方志不地道，甚至还有人气得撅折了手里的烟暴跳如雷：“方志……孙子敢耍诈！”“方志，你给我走着瞧！”但此时方志早就上车在回公司的路上。他根本来不及体会首战告捷的喜悦，因为在开工之前还有很多工作要做。

方志坐在办公室里，看着外面昏暗的天色。远处有滚滚雷声传来，雨水从窗口迸溅而入，他起身关上窗户，压下心中的烦闷。

随着夏季来临，雨天也多了起来。方志早已过了受天气影响情绪的年纪，但此刻心里还是憋着一股气，他将手上的半支烟用力摁进烟灰缸，拿起电话拨出去：“方宁，你再想想办法，必须给我搞到资金。”

“哥，你这不是为难我吗？现在公司上下加起来一共也就三千多万元，还要预付买组件，你让我上哪儿给你找一个多亿的资金去？”

“你现在没在公司，上哪儿去了？你出去是找贷款吗？”

“这个，我……君君班主任让我去一趟学校，说是孩子学习的事。”

后面的话，方志不想再听，直接挂断了电话，起身出了办公室，向会议室走去。

会议室里的众人看到方志进来，都不由自主地坐直身子，脸上却都有些凝重，因为没有一个人带回好消息。

这段时间方志和公司的手下跑了很多地方，为竞标成功的电站寻找买家。虽然国企收购电站指标，但方志算了一下，这样只能赚两千万元，如果建成之后出售，至少能赚上五千万元。面对这个九月三十日之前限期并网的项目，方志头疼的不是寻找买家，也不是工期紧迫，而是从哪里找到资金。

他原本盘算得很好，找一家实力雄厚的国企做收购方，恩太以项目总额百分之二十的三千万元和收购方共同成立合资公司，再由国企出钱承担在建期间的建设资金。但是，五大四小的企业联系了一遍，答复都是一样：电站在建成之前无法预估风险和质量保障，考虑到之前失败的案例，他们希望方志能“先建好”电站，建完才付钱收购。

买方不愿出资，方志又催着方宁去找银行谈项目贷款。银行虽然青睐这个项目，但恩太作为一家民营企业，又没有上市，银行也不愿意冒险。

方志发愁，但该做的事还是要做。在寻找资金期间，方志也没有闲着，毕竟自己原来就是干组件出身的，估摸着最近一定有一波上涨的行情，再没钱也得把这底给操了。就在上游硅片刚冒头上涨前，方志和组件公司签下合同，以较低的价格锁定组件，条件是预付百分之五的款项。

这个决定遭到公司参会高管的反对，项目资金尚且不够，还要在开工之前先拿出一笔钱，怎么看都是冒险之举。

“这件事我是支持的。”在众多的反对声中，赵娜开口了，“九月三十日之前并网的项目不只我们一家，从很多家 EPC 公司最近的施工项目来看，今年的大部分电站工程都要求在九月底之前完成并网，从现在开始，组件和设备的价格只会上涨，不会再下降，现在预订不仅能降低成本，更避免了施工过程中断货的情况发生。就算项目交易有变化，这个价差也有上千万元的利润。”

一时间众人沉默了，特别是采购负责人更是垂下眼帘，上一年年末拿着钱抢不到货的情景历历在目，要不是方志用了小手段截到一车组件，只靠排队估计要等到“春风送暖见花开”时。

“现在，‘双反’寒冬的余波已经退去，在决定承接电站开发项目之前我就说过，未来整个行业将呈现向国内市场发展的趋势，今年同时完成并网的工程很多，虽然行业回暖对我们来说是好事，但竞争对手的积极性和热情也在提升，越到后面，组件等设备的价格波动就会越大。这个项目我们一定要做下来，越早准备越容易掌握主动，在资金方面掌握了主动权，我们才有更大的议价权。至于资金具体怎么弄，我们再想办法。”

会上说得信心十足，但其实方志自己心里也没底，眼下能想到的方法都试过了，资金却不见多出一笔来，再这样拖下去绝对要出大问题。

虽然犯愁，但方志还是拿起手机预定了餐厅。赵哲成已经回到江州，方志以庆祝自己竞标成功和庆祝赵哲成凯旋的名义，约了赵哲成、姜半枝和许攸宁一起吃饭。

方志和姜半枝几乎是前后脚抵达餐厅，姜半枝关切地询问方志那边的情况，方志摇摇头，正要细说，许攸宁就到了。她依然妩媚得像一朵静静盛开的迷迭香，温婉柔弱，枝干萦绕着淡淡清香。不过方志见她的第一眼只觉得除了一如既往的美丽外，一脸的倔强，让人倍感意外。

见许攸宁一个人来，方志忍不住问：“你怎么没带我干闺女？好久不见，可想她了。”

许攸宁故作生气地笑着说：“你可拉倒吧，让阿紫多见你几次准被你带坏。”毕竟是这么多年的老朋友，不管她和赵哲成怎么样了，一见面还是年轻时候的模样。

方志还想贫嘴，赵哲成一推门进来了，一下方志的话头又绕到了这边，满脸炫耀。

“哎，老赵，这次标委会我可又帮了你一次啊，快给她们讲讲我是怎么运筹帷幄、力挽狂澜的。”

赵哲成不由得感叹：“是是是，又欠你一次。这回真的是险中求平安，如果不是外国那群人各怀心思，检测精度的国际标准真的改了，那对中国光伏的打击，一两年之内都别想缓过来啊。”

几杯酒下去，赵哲成也想起方志的事了：“你前段时间费尽心思抢来的那块地，现在派上用场了吗？”

“我倒是想，现在是项目在手，地皮我有，就是没钱开工。”方志自嘲地笑笑。

“钱钱钱，方志，你说你一掉在钱眼里的人怎么一辈子都在缺钱啊。”赵哲成开玩笑。

方志也很无奈：“唉，你别说，全天下最缺钱的就是我们干光伏这行的。前几年，‘双反’我要是有个几百亿，都能当救世主！”

“行了行了，说说多少钱吧，看我们几个能不能想想办法。”姜半枝不想听方志接着吹牛，因为以他的性子再吹下去菜都凉了。

方志喝口酒“啧”了一声：“这事……你们恐怕帮不上忙，要将近一个亿。”

“正常渠道拿不到投资吗？”姜半枝问。

方志两手一摊，耸耸肩，接着给自己的杯子倒满酒，语带抱怨地说：“别说正常渠道了。你知道吗，我们公司的副总跟我说实在不行试试杠杆融资。”

“是房地产常用的那种吗？”许攸宁问。她近一两年对融资和理财的事都很感兴趣。

“对，抬高利息在民间融资，再利用私募基金多倍配资，信托公司明股实债，用抵押套取流动资金，再找过桥融资替换信托那边的债务，拿着项目到银行抵押申请开发贷款，转过去再抽掉民间融资……唉。”

“这个不行吧，不能这么玩，很容易竹篮打水的。”姜半枝马上说。

“你准备这么干？”赵哲成也放下酒杯认真问。

“那我得多不怕死啊？”方志摇摇头，“风险太大不说，我哪搞得懂这些玩意儿。”

“确实，”赵哲成明显松了一口气，“这种办法太不靠谱，要我说这些都是歪门邪道。”

方志本就为了钱的事头疼，坐镇公司的时候他得时刻保持清醒稳重，但面对赵哲成和姜半枝他们却不需要。再加上他已经喝得微醺，听到赵哲成的话突然就烦躁起来，直接怼回去：“是，都是歪门邪道，你是走正道的，那你倒是帮我在正道上弄点钱啊！”

“你那哪是一点儿钱啊，一个亿的短缺，我一个赵哲成不值那么多钱啊！我手里那点积蓄不够你工程里一块土石方的。”

“行了吧你！”方志手一摆，端起酒杯仰头喝干，“你那点钱留着给我干闺女吧！”

这时，一直坐在旁边没有开口的许攸宁突然问：“方志，我能给你介绍个融资的路子，你要试试吗？”

“行啊！我现在来者不拒，你说说看。”方志说着给许攸宁倒酒。

“我认识一个融资租赁公司的副总，他们前面和国企做成过两单过桥融资的项目，说不定民企也可以通融通融。”

“就是上个月在App上做广告宣传的那家公司？”姜半枝问。

许攸宁点点头：“对，我觉得他们的运作方式很好，这个副总跟我关系也不错，回头我介绍你们认识。”

“赶快，明天就介绍，我这边等米下锅，锅都快烧干了。”方志也是精神一振。

“你先想想如果事成了怎么感谢我吧！”许攸宁笑着和方志碰杯。

“要是能成就太好了。”姜半枝由衷地说着也举起酒杯。

“有我的面子，绝对没问题！”

看着许攸宁胸有成竹的模样，赵哲成突然觉得心里有些复杂。自信的许攸宁很美，但这种美让赵哲成觉得她离得更远了。她太想证明自己，做自由绽放的玫瑰，花冠绚烂、香气馥郁，每一根刺上都写着心底的倔强，容不得别人靠近。

他又想起离婚之前，跟许攸宁回老家，那是她父亲第一次发病，所有人凌晨一点钟被吵醒，许攸宁急坏了，立马打了120，然后就站在家门口等着。那晚刮着大风，明明是春末却出奇阴冷，许攸宁裹紧风衣站在风中，头发在空中飞舞，显得狼狈又无助。

赵哲成自然不愿许攸宁再难过，但看着此刻坐在身边和方志谈笑风生、推杯换盏的许攸宁，他又不由得怀念那个刮着大风的晚上，许攸宁流露出的脆弱和依赖。

第二十六章　爱与黄昏

过了标委会的大关，赵哲成倒是得闲，不过李珣这个冤家仍是不依不饶天天追着，赵哲成在公司的日子可谓“东躲西藏”，就盼着赶紧放假去陪陪孩子。李珣挥金如土，送的东西赵哲成是一件都不敢收，一有时间就悄悄托人送还到李珣的办公室。

赵哲成这“油盐不进”的架势时间久了，李珣也有了点怨气，大小姐脾气也出来了，爱不爱的也没去多考虑，就是心里有点不服气。

当程易枫忙着和科研团队一起进行最后阶段的实验攻关时，反正一天天也没什么事，李珣则用运动消耗过剩的精力和情绪，甚至每天将网球拍和运动服背到公司，下班先去打球再回家。

这天下班之后程易枫正和同事一起搬运东西，几趟下来便累得气喘吁吁，刚好遇见李珣背着包路过。

“你这也太缺乏锻炼了。”李珣轻飘飘地说了一句，正准备离开，程易枫却听了进去。

“李珣，你是在打网球吗？”

“对啊。”李珣应着，停下脚步，转头看着程易枫，“怎么了？”

“你在哪家健身馆？回头带上我，我也锻炼锻炼。”

“好啊……”李珣说着人已经走向大门。

本以为程易枫只是说说而已，没想到很快他就置办了一套运动装备，每周三次跟着李珣去打网球。

于是接下来的一段时间，李珦的办公桌上时常有包装精致的小零食，压在下面的纸条还会写着“感谢李指导陪练”，搞得李珦都有点不好意思。

赵哲成近期没有长时间的出差任务，刚好许攸宁忙着帮方志联系投资的事，周末总是赵哲成陪着阿紫。

又是一个周末，游乐场人声喧哗，午后的阳光透过摩天轮照下来，在地上划出网格，到处都是孩子的笑声和年轻人的尖叫声。

阿紫拉着赵哲成的手从海盗船上下来，小跑着赶到队尾。

“爸爸，我们再坐一次吧！”

赵哲成一手牵着阿紫，一手提着袋子，胳膊上还搭着外衣，汗水从额角流下来。

“好，我们再坐一次！”赵哲成心里美滋滋的，这才是真正的生活嘛。

阿紫看着排在前面的小朋友，突然抬头说：“爸爸，下次也带妈妈一起来吧！”放在别人家温馨甜蜜的一句话，到赵哲成耳朵里却是一声叹息。不过他也早就习惯了怎么哄阿紫。

“好，下次带妈妈一起。今天妈妈有事，爸爸陪你。”

说着，赵哲成的手机响了起来，赵哲成掏出手机低头看看，正瞥见阿紫扬起的小脸。

“爸爸也有事吗？”

此刻的阿紫瞪大眼睛，努力不让自己露出失望的表情，懂事得令人心疼。

“没事，爸爸接个电话。”

电话是李珦打来的。赵哲成一看到这个“冤家”就欲哭无泪，不知道怎么招架。

“喂，老赵，你现在有空吗？”那边先说了话。

“我在陪孩子呢，有什么事吗？”赵哲成一边小心应着，一边牵着阿紫跟着队伍向前移动。

怎料李珣一听阿紫也在，精神更好了："我看最近上一部新片……包了一个放映厅，正好带阿紫一起来看吧。"

正在这时，过山车呼啸而过，夹杂着孩子们的尖叫，一个小孩从赵哲成身边跑过，大声催促着自己的父母走快一点儿，赵哲成还没想好怎么拒绝，李珣就敏锐地察觉到了："老赵，你陪孩子在游乐场吧？"

"嗯……对，今天她妈妈有事，我带孩子来游乐场玩。"

"哦？摩天轮公园？"李珣又问，语气伴随着狡黠的轻笑。

"对啊，我们正在排队坐海盗船。"赵哲成低头看看阿紫，笑着回答。

"我也好久没去游乐场了，我过去找你们吧！"

"可是你的包场……"意识到事情不对的赵哲成还想挽救一下。

"小事情，我就在附近逛街，到了再联系你。"完全不给赵哲成说"不"的机会，李珣就飞快地挂了电话，还顺道去商场给阿紫买了玩具。

赶到游乐场时，阿紫正站在背阴的地方喝水。见到阿紫，李珣笑着打招呼，阿紫则乖巧地叫了一声"姐姐好"，接过了送她的玩具。

"你今天没去打球？"赵哲成问。

"嗯，程易枫那小子非要逞能，结果昨天把胳膊伤了，估计没两个星期好不了。"李珣笑着说。

接下来的下午，李珣和阿紫一起坐旋转木马、开卡丁车、看 4D 电影、在亲子区体验沙画，有活泼的李珣陪着，阿紫玩得很尽兴。

当夕阳洒下一层金色时，阿紫也玩累了。

"爸爸，我想吃冰激凌。"

赵哲成转头看向不远处的售卖亭，点头说："好，你跟姐姐在这里等着，我去给你买，要巧克力的？"

“嗯！”阿紫点点头，一边拉拉李珣的裤子说，“姐姐，我们去坐着。”

李珣牵着阿紫走到长凳旁并排坐下，远远地看着赵哲成走过去买冰激凌，阿紫则随意地四下张望，最后将视线落在李珣脸上，突然开口问：“姐姐，你喜欢爸爸吗？”

李珣一惊，转过头看着阿紫反问：“阿紫怎么这么问啊？”

阿紫歪着头，认真的模样煞是可爱。

“因为你看爸爸的时候会笑，笑就是喜欢。”

李珣悄悄松了一口气，小孩子的思维果然简单又直接，想到这里，李珣笑着说：“对啊，因为你爸爸特别厉害。”

“姐姐是因为爸爸厉害才喜欢吗？”

李珣点点头。阿紫抬头看着拿着冰激凌转身向他们走来的赵哲成，一本正经地说：“阿紫也喜欢爸爸，因为他是爸爸。”

稚嫩的童声说着最简单的道理，李珣却愣住了。

看着赵哲成走到眼前，逆着光的身影显得更加高大，李珣仰起头，凝视着心目中这个很厉害的男人，突然有些失神。

她一时间不能确定，自己喜欢的是赵哲成这个人，还是这高大厉害的形象。在夕阳的照耀下，她忽然感到瞬间的哀伤和失落。

“发什么呆啊？玩累了吧？”赵哲成一边将冰激凌递给阿紫，一边笑着问李珣。

李珣连忙藏起情绪，摇头说：“没有，就是阳光有点晃眼。”

这时她才看到，赵哲成已经将手里的另一支冰激凌递到她面前：“给，你也有份。”

李珣接过冰激凌，嘴里说着谢谢，心里却没来由地刺痛了一下。赵哲成看向她的目光很亲切，跟父母看自己的眼神那么相似。

在赵哲成眼中，她和坐在身旁的阿紫一样，都只是一个长不大的小女孩。想到这里，她不禁握住冰激凌的蛋筒，狠狠地咬了一大口。

"好吃！"她有些含糊地说着。

冰凉的口感麻痹了神经，也冻住了心里的情绪，不让它们再肆意泛滥下去。

离开游乐场时，赵哲成提出要送李珦回去，阿紫甜甜地拉住了李珦的手，李珦迷迷糊糊跟着上了车。阿紫玩得非常尽兴，一进车里就歪着小脑袋呼呼睡着了。李珦怔怔地望着窗外，夜晚的江州灯红酒绿，一改白日那小家碧玉的模样。

"嗨，发什么愣呢？今晚这么大风。"赵哲成边说边把车窗关上。

"哦，没事。"李珦从自己的空白中反应过来，"老赵，你知道刚才阿紫和我说了什么吗？她说我喜欢你。"李珦笑了笑，"不过她说，她也喜欢你，因为你是爸爸。"

赵哲成哈哈大笑起来，递给李珦一瓶灌装的可乐。

"我是感觉自己喜欢你。刚开始我觉得你一板一眼，脑子里只有工作。但后来我发现……你还挺有责任心的，办起事来很可靠，可以依靠。"李珦抿了抿嘴唇，"不过，也许，我就是想跟在你后面，看一看你们这些工作狂是怎么生活的；或者就像阿紫说的那样，我喜欢的只是一个很厉害的人，一个存在于我期望中的人。"

"哪有什么很厉害的人，谁不是一边走一边瞧，经常自己都没来得及反应，就先被推到了风口浪尖。那时候做决定的就不是自己了。一边风光，同时也一边懊悔。"赵哲成说道。

车里安静了。车到李珦住的小区门口，李珦拉开车门正要下车，赵哲成在前镜中看着她，说道："李珦，你在我心里一直就像妹妹一样。"

"嗯。"李珦朝镜中微微笑了笑。

走了没几步，李珦忍不住回头望去，昏黄的路灯下，赵哲成的车远远离去，就像他们之间。

第二十七章　初现焕然

日子一天天过去，盘算着工期能预留的时间越来越短，方志急得厉害，资金的事不能再拖了。

通过许攸宁的引荐，方志终于在一次小型行业交流会上见到邢俊。看得出来，邢俊对眼下蓬勃发展的光伏行业很感兴趣。许攸宁介绍方志时也是赞誉有加，说他不仅是行业名人、赵哲成的发小，更是光伏行业民营企业中发展最为迅猛的企业家之一。

趁热打铁地约到见面详谈的机会，方志偷偷松一口气，但同时更捏了一把汗。

在方志的观念里，世上没有真正的陌生人，全都是“一回生两回熟”，他提前打电话向许攸宁询问。

“这个邢副总有什么爱好没有？我让人准备准备。”

“用不着，有我的面子在，放心吧，这事肯定能成。”

电话那头的许攸宁大包大揽。不过见面当天，方志还是带了两瓶好酒。

一见面，方志注意到许攸宁身穿一件露着左肩的上衣，头发挽向一侧，自然地垂在肩上。

吃饭时，许攸宁坐在邢俊右手边，身子微倾，整个人不经意地靠向邢俊那边。

“多谢今天邢副总赏光，之前交流会上人多，也没什么机会细聊。”

方志举起酒杯。

正说着，服务生端来一碗骨汤，许攸宁拿起汤勺和小碗，开始帮忙盛汤。

“方总现在也是行业内的名人了，再说咱们行业一姐介绍的人还是要见的。不过这酒我今天是真不能喝，最近胃疼得厉害，方总还请见谅。”

方志尴尬地笑笑，放下酒杯，端了一碗骨汤：“哎，不好意思，邢总，那咱们就以汤代酒！”

邢俊刚喝完碗还没放下，许攸宁就接过碗，一边盛汤一边笑着说：“这两年我可是一直仰仗邢哥照顾，才多了人脉和业绩。”

邢俊连忙说：“哪有哪有，许总裁之前才是帮了我们不少忙，你那篇介绍和推荐新型融资模式的文章发出去没多久，就给我们公司引来好几笔资金。你这面子我肯定是要给的。”

许攸宁听到这话，不禁用余光瞟了一眼邢俊，接着嘴唇微抿，白净的双手在空中划出优雅的弧度，小心地将碗送到邢俊面前。

“邢哥，给。”

邢俊一边说着谢谢一边伸手去接，碗很小，两人的手指毫无悬念地碰在一处，许攸宁却仿佛没有丝毫察觉，依旧保持着甜美的笑容。

接过汤碗，邢俊喝了一口，半开玩笑地感叹道：“这美女给盛的汤味道就是不一样啊，哈哈哈。”

“邢哥真会说笑。”许攸宁笑得有些暧昧，伸手整理一下头发，抬起的手肘似有若无地从邢俊手臂上蹭了过去。

方志看向许攸宁那带着几分暧昧的笑容，目光中不由得多了几分复杂。虽然已经离了婚，但怎么说也算是兄弟的女人，现在为了帮自己的忙这样“风花雪月”，心里怪别扭的……不过，坐在许攸宁身边的邢俊对这招颇为受用。

一顿饭吃完，邢俊让方志回去准备申请材料。方志则一路送出去，将两瓶十五年的茅台提着塞给邢俊。看着邢俊打车离开，许攸宁胸有成竹地说："这事没问题了，你这颗心可以落回肚子里了，走吧，上车，我送你一程。"

两人上了许攸宁的车，方志想了想，决定回公司，盯着下面的人尽快准备材料。坐在副驾驶位上，方志突然问："这个邢俊关系可靠吗？"

"怎么了？信不过我？"许攸宁开着车，声音不由自主地提高一些。

"哎呀，你看你，信不过你就不找你帮忙了！"方志哈哈一笑，又认真起来，"但是我看他那态度，这事能不能成还不好说。"

"哎呀，我懂，生意场和酒桌上还不就那点事儿，话不说死，等着我再努力争取一下，这还不简单，我帮你打通关系。"

"那行，到时候需要做什么你直接告诉我。"方志说。

许攸宁"嗯"了一声，她在路口停下车子，有些出神地盯着前方红色的信号灯转绿，直到后面的车子鸣笛催促。

"怎么了？"方志随口问。

"没什么，最近晚上写稿，可能有点累。"

"有空了多歇歇，别那么拼命，不光我干闺女需要你，我这边还指望你帮忙呢！"

"放心吧，耽误不了你的事。"许攸宁说着，车子已经在平坦的马路上飞驰起来。

接下来的日子里，许攸宁增加了关于融资租赁的相关报道，还忙里忙外地给邢俊介绍了不少业内的关系，一时间她总是陪着这位邢总出双入对。手下职员也跟着频繁出入酒局，公司里的人都在传许攸宁和邢俊的关系非同一般。

这天下午公司例会，姜半枝走进会议室，发现许攸宁的位置空着。

"许总呢？"

“姜姐，许姐说临时有事出去了，这是她让我整理的流量数据表。”

说起许攸宁有事，众人都露出茫然的神情。对于许攸宁和那邢副总的传闻，姜半枝早已听说，但因为许攸宁是在帮方志奔走，对于她缺勤的事，姜半枝一直睁一只眼，闭一只眼，因此也不再多说，坐下来按部就班地开会。

第二天，许攸宁到办公室汇报近期工作。姜半枝看着当月的业绩报表和流量数据，不经意地说了一句：“我看最近融资租赁的文章有点多啊。”

“不多啊，每周一篇而已。”

“但是占用的是流量第二的版块，我的想法是和光伏行业没有直接关系的文章应该排在第三版块上。”

许攸宁眼睛一瞥没有作声，姜半枝则抬起头看着许攸宁，站起身，放缓语气说：“最近公司有不太好的传言，我知道你在帮方志，但是分寸……你还是得注意点，小心被人骗了。”

闻言，许攸宁脸色一沉，眼底闪过一丝不满，接着哧笑一声。

“你现在怎么也学着听风就是雨了，别听他们瞎传，我又不是小姑娘，哪会被人白占便宜。这种事就是周瑜打黄盖——一个愿打，一个愿挨。他愿意和我套近乎，我乐得帮方志拉投资。”说到这里，许攸宁难得认真地说，“倒是半枝你，就真准备当一个中年单身事业女性？你也不是没人追求吧？”

姜半枝将手里的资料随手放到桌面上，笑笑说：“有，不过都被我拒绝了，暂时没这方面打算。”

“要我说，女人还是有了孩子才算圆满，虽然当初怀阿紫的时候，她把我折腾够呛，但现在每天的干劲都来自孩子，给阿紫找个不差的小学，看给她报什么兴趣班，给她准备套房子……”

许攸宁正说着，拿在手里的手机响了起来，她看了一眼，抬头对姜半枝说：“汇报完我先走了，今天还有采访。”

因为走得匆忙，许攸宁没有看到姜半枝在她背后紧蹙起来的眉头。

出了姜半枝的办公室，许攸宁才接起电话，听筒里传来方志的声音："攸宁啊，钱我给你转过去了，我听邢俊的意思，手续这周就能下来，你帮我多走动走动。"

许攸宁满口答应，挂断电话，她打开手机银行查看银行卡明细，看着六十万元的收入信息，许攸宁一时有些出神。

经过几次沟通和详谈，再加上许攸宁不断示好，邢俊同意给方志的项目五千万元的过桥融资。许攸宁以打点关系为由让方志准备五十万元，方志不疑有他，很快就让财务给她转了六十万元，说多出的十万元就当给阿紫的了。

方志的信任多少让许攸宁感到几分愧疚，但一想到自己帮他拉到五千万元的投资，解决了资金上的巨大问题，许攸宁便觉得自己要这钱作为酬劳也不算过分，毕竟这是国内光伏第一单与民营企业的融资合作。卸下闪念之间的心理负担，许攸宁深吸一口气，将手机塞回上衣口袋，露出满足的笑容。

为了不辜负方志，许攸宁这些日子一直很忙，再加上开会和审稿，忙完一天的工作回到家，阿紫多数时候已经睡着。因此，直到隔天，许攸宁才听阿紫说在游乐场见到了漂亮的李珣姐姐，还让她陪着自己玩了一个下午。

许攸宁笑着对阿紫说："你玩得高兴就好，快吃早饭，吃完了让孙姨送你去幼儿园。"

等阿紫一走，许攸宁脸上的笑容就消失了，紧紧抿起的嘴唇和冰冷的眸子，毫不掩饰地表露着她的不满情绪。

她趁着午休时间将赵哲成约出来，说有件事要他解释一下。出现在赵哲成面前时，许攸宁的表情依旧没有好转。

"听说你带了个年轻姐姐陪阿紫玩了一下午？"

赵哲成早就为许攸宁点好咖啡，推到她面前，平静地说："当时李珣正好有事找我，而且就在游乐场附近，于是谈完事就陪孩子玩了一会儿。”

“你要是临时有工作，完全可以先把孩子送回家，我不在家，还有孙姨在，你根本没必要把人家小姑娘约到游乐场帮你带孩子玩过家家吧？”许攸宁的脸色不好看，嘴里说出的话也不饶人。

说到这里，许攸宁的表情和目光变得有些意味深长。

“我听方志说，人家还是国外毕业的博士呢。赵哲成，你可以啊，郎才女貌，还都是海归博士，挺般配啊！”

“那天纯粹是凑巧。我当她是妹妹一样。”

“要是真当妹妹一样，你就不要做这种含糊的事。你以后不要再把阿紫扯进去。”

面对许攸宁的锋芒，赵哲成一时间有些哑然，不禁垂下眼帘，目光看向摆在桌上的咖啡搅拌棒。在许攸宁的质问下，赵哲成也终于直面、审视自己的内心。

也许许攸宁说得没错，他对于李珣的态度多少有些暧昧。从理智和道德上说，李珣太过年轻，这样的关系是赵哲成无论如何都不能接受的，但是在内心深处，他无法控制地向往着阳光与欢乐，自从李珣带着活力闯入他的世界，他的生活也多了几分色彩和热闹。

然而，他有可爱的女儿和一直放不下的许攸宁，感情上的层层捆绑，让他根本无力做出改变未来的决定。面对李珣的热情追求，回避和拖延是他能想到的最和平的解决方式。

此刻赵哲成越想越远，回忆中一家三口在湖边游玩、一起吃饭、说说笑笑的场景渐渐浮现，他努力拉进、还原，那个与自己相视一笑、牵着阿紫另一只小手的人越来越清晰。

赵哲成没有理会许攸宁尖锐的问题，而是抬起头直视着许攸宁说：“我心里只是把她当作妹妹一样。”

许攸宁一时间也有些愣，看赵哲成刚才的表情，她难以置信赵哲成会回答得这么果断坚决。

许攸宁瓷白的脸颊多了一层红晕。

她不禁压低声音："赵哲成，你不会觉得我是在吃醋吧？以前的我想完全依靠你，觉得自己没有能力照顾好阿紫。这些年工作发展很顺利，也存了足够的钱，我有能力让阿紫过上富足的生活。女人呢，还是得有自己的事业，要独立。我提这事儿是希望你不要影响阿紫的心理健康。你们以后要在一起，见阿紫没有任何问题。"

"不管什么，你都是阿紫的妈妈。"赵哲成盯着许攸宁，语气温和，但态度难得地强势。

许攸宁别过脸看向别处。她脑子里现在是一团糨糊，最后干脆把胡思乱想全盘清空："行了行了，话我就说到这，你自己注意点。我还有事，先走了。"

许攸宁说完站起来，看都没看赵哲成一眼就大步离开了。赵哲成看着许攸宁的背影，伸手拿过她一口未动的咖啡，若有所思地喝起来。

无论是恋爱时还是结婚后，记忆里的许攸宁总是偶尔表现出难以捉摸的冷淡和疏离。与赵哲成的痛苦不同，离婚后许攸宁一直冷静克制，但刚刚的态度明显与之前不同，这让赵哲成不禁感受到新的希望。也许真的是因为李珣闯进了他的生活，打乱了他原本平平淡淡的节奏，一次一次请客和邀约之下，赵哲成的笑容逐渐变多，对待生活的态度也不像从前那样苦大仇深、一板一眼。

两个人的相遇，其实不一定必须手牵手走在一起，更多地是互相补充、互相影响、互相学习。一个人对于另一个人的意义，从来不是能陪伴多久，更不是得到什么利益，而是扮演好自己的角色，成全彼此。即使最后分道扬镳、天各一方，但其实在潜移默化中两个人早已融为一体。赵哲成似乎明白了这个道理。

第二十八章　漏洞百出

经过了几次沟通，方志左盼右盼，终于和邢俊确定了投资工程项目的相关协议。

许攸宁的动作很迅速，第二天，头条报道就在光伏人 App 的热点位推送出来，不少企业开始与融资租赁公司确立合作意向。作为国内第一家接受融资租赁的光伏企业，恩太也赚了一波名声。

不到一个星期的时间，这篇报道的阅读量突破十万次。此时，方志不仅拿到了五千万元投资，还在想方设法将项目整个抵押出去，从收购方那边谈下了百分之二十的预付款，但随着夏天来临，留给他的时间不多了。

站在办公桌前，方志又看了一遍手机上的日期，抬头对赵娜说："就这样吧，赶紧联系施工方，准备开工。"

赵娜怀里正抱着文件和票据夹，难以置信地反问："还差小三千万呢？干到后边钱款跟不上怎么办？"

"马上进七月了，再不开工到时候就是有钱也来不及！"方志捏了捏鼻梁，"我想一下……咱们 EPC 项目的尾款都结清了吗？"

赵娜翻翻材料："有两个去年的项目没有结，还有一个今年上半年的，日子也差不多了。"

"加起来大概能收回多少资金？"

"嗯……不出意外的话，应该能有一千万。"

方志揉一揉眼睛，想了想："那行，就这么定了，后面的两千万我来想办法。哦，对了，这个项目我们还是外包吧，施工方多多少少还能给我们垫点周转资金。施工方就去找张坤吧，熟人好办事，起码人的工钱应该能先缓缓。"

赵娜前脚刚走出办公室，方志立马给裘得凯打电话："佟岭村那个项目并购合同你先别签，给你一星期时间，再找找有没有预付款更多的。"

钱紧张，时间更紧张，各方打点好，方志就准备开工了。

正式动工那天，村外工地旁搭起木头台子，破旧的木凳整齐地摆在台下，台上突兀地放着一张斑驳的办公桌，后面是三把椅子，侧面是几条木凳。虽然设施简陋，但办公桌和台子上都装饰着红布，相当喜庆。

县委书记坐在正中间的椅子里，方志和靳书记分坐两旁，张坤和其他人依次坐在凳子上。桌上摆着一盘水果和几瓶矿泉水，还有一个发言用的电喇叭。

县委书记的发言重点提到新能源发展的重要意义以及对当地经济的影响，虽然台下的人听得一脸迷茫，但还是赢得了热烈的掌声。剪彩结束后，县委书记视察了村里养猪场的建设情况，对于电站带动实业发展大加赞扬。

等到吃便饭时，看热闹的村民纷纷散去，酒桌上靳书记频频敬酒。

"书记，我们保证，今年之内就把猪养起来，给我们村还有县里创收。"

"佟岭村下半年发展迅速，多亏了你这位老书记。"县委书记一边碰杯一边说。

"哪里哪里，是县里政策好，再加上遇到方总。方总特别了不起，做生意有头脑，人又特别仗义、实在。来，方总，我再敬你一杯！"

看着印象中向来木讷的靳书记赔着笑脸敬酒，方志一时间有些惊讶，但一想到有上级领导在场，这样也实属正常。

直到一顿饭吃完，送走了县委书记，方志准备到施工地点看看就走，靳书记却突然叫住他。

“方总啊，你看你现在也开工了，养猪场也建到一半了，有件事我想找你商量一下。”

方志眼珠一转，第一个想到的是靳书记家儿子的工作问题，于是点头问：“什么事？”

“现在村里边的农活不多，而且马上就到雨季了，不好盖房子，我想让大伙儿趁着这段时间把养猪场盖起来，但是买材料的资金短了点……”

听到这里，方志就明白靳书记为什么会在酒桌上为自己说好话了。他给自己点了一支烟，随手也递给靳书记一支。

但靳书记摆摆手说：“这烟我抽不惯，太轻了，还是我这老旱烟味道足。”他拿出自己卷的旱烟，方志将打火机凑过去，靳书记连声说着“谢谢”。

旱烟燃起火星，靳书记站在方志身旁吧嗒着吸了起来，看着两人吐出的烟雾在空中交融在一起，方志问：“差多少？”

“五十万。”靳书记吸了一大口，认真地说，“你看方总，你这电站建起来之后不止用个三五年，这地也不止租一年，这笔预付就算是明年的租金了。”

方志想了想，眼下一切都还顺利，暂时手里也不差这五十万元，便点头说：“行。”顿时，靳书记眼角的皱纹挤在一起，满脸笑容。

“我就知道方总是个痛快人，那你先忙着，我去让他们找车，明天就去买料。”

说着大步走远，走到一半，还不忘回头对着方志喊：“方总，我等你电话，你汇了款告诉我！”

方志抬抬手表示听到了，之后将烟蒂丢在地上，一脚踩灭，转身进了工地。

施工方面的事，方志轻车熟路，很快就交代清楚。

告别张坤，方志回到江州。

方宁一见方志回来公司，跑到办公室找他，开口就问：“哥，下一笔钱什么时候到？”

“你先给佟岭村那边打五十万租金。”

“土地的租金不是给过了？”

“预付明年的。另外，你再拿六十万给我。”

方宁站在原地没有动，也没有说话，方志有些疑惑地抬起头问：“怎么了？愣着干什么？”

“哥，你是不是又要找许攸宁办事，我觉得不靠谱啊，融资租赁是容易拉到，但那可是无限责任啊！你现在还把项目抵押出去，万一并不了网，咱家就是倾家荡产也赔不起。”

“赔什么赔，瞎说什么？一切都在我的掌控之中。行了，你赶紧去把那土地租金的事办了。”

方志嘴上不急心里急，到现在还有两千万元没有着落，虽然许攸宁大包大揽说没问题，但没见到合同，方志心里的石头始终悬在那里。

打发走方宁，方志正想给许攸宁打电话，赵哲成的电话却进来了。

“方志你是不是疯了，差好几千万你就敢开工！你小子是嫌自己家底太厚吧？”

“你听谁说的？许攸宁？”

“什么许攸宁！我听赵娜说的。你上次说要开工，我还以为你资金有着落了。”

“有，但是不够，钱不够，但是工期不等人怎么办？不然你帮我凑点？”方志换上一副嬉皮笑脸的表情问。

“我可没那么多……哦，行，我知道了，马上过去……”赵哲成那边不知是谁找他，他应付了一句便继续说，“我这边有点事，晚上找个地方聚聚吧，见面说！”

见到方志，赵哲成也没客气，方志自然也没隐瞒。

“如果这个项目干不完，公司就全部亏完，一切归零，但我等不到钱全都落实再开工。”

“方志，我也算公司的股东之一，你为什么不提前商量一下？”

“你小子当个股东什么事都不问，还不是因为信得过我？放心，不会让你亏了的，老子也亏不起。”方志苦笑着拿起酒杯撞了一下赵哲成的杯子。

“那你接着怎么办？不是还差三千万？”

“那个邢俊之前合作挺痛快的，我下午已经让许攸宁帮我去谈了。不说这个，你跟许攸宁怎么样了？上次不是还跟我吹说能复婚吗？阿紫也挺可怜的。许攸宁怎么一个字都没提？”

“最近我出差太多，都没怎么在江州，不过她比我还忙，根本见不着……”赵哲成有些落寞地喝完一杯酒，又倒上一杯。

方志本想打趣几句，但想起许攸宁在酒桌上帮他谈生意时的种种，一时也沉默了。最后两人喝到相互扶着出了酒馆，即便如此，赵哲成还不忘对方志念叨着：“钱不够就说，我给你想办法，实在不行就找许攸宁要房本，她手里也有钱……”

许攸宁刚刚收到方志的消息：“你卡上我又给你转了六十万，老规矩，五十万帮忙走动一下，十万你看着办，三千万要是谈不下来，两千万也行。”

许攸宁看着手机上的转账记录发呆，许久才随便回了两句：“我这两天有点忙，抽空给你问问。”因为她心里也暗自打鼓。增加融资的事，她一次也没和邢俊提过。如今方志都已经开工，而且还对自己这么信任，她必须想办法去试试。

不过，她说忙却是真的，不单是为工作和帮方志找投资的事，这段时间公司的股权变动更是她关注的焦点。

姜半枝听说方志一下开工了这么大一个项目，打电话问他资金怎么样，方志跟她打哈哈，含含糊糊不说清楚。她问了赵哲成才知道方志的资金还有不小的缺口。

为了帮方志筹钱，姜半枝又拿出公司股份的百分之三十进行集资，而属于她个人的股份也从原来的百分之六十降到百分之三十。公司员工不少人都买了股份，许攸宁瞒着姜半枝，私下收购了很多员工手里的股份，加上自己之前持有的，一跃成为公司最大的股东。

这一天，许攸宁正在和几个策划开会，前台小姑娘打来电话，说有人找她。许攸宁看看手机，发现上面有两个未接电话，都是方志打来的。

许攸宁走出公司大楼，果然看到方志的车停在外面。看到许攸宁出来，方志摇下车窗招招手。许攸宁走过去，坐进车里。

“你怎么有空过来，也不提前说一声。”

“出来办事正好路过这边，想过来看看你在不在。”

“怎么不进去找我？怕半枝心里不舒服？”许攸宁笑着问。

“我怕她干什么，我是怕你不方便，说到底这算是私事找你帮忙。”

许攸宁知道方志急等着用钱，咬咬牙说：“邢俊这两天出差，没在江州，明天就回来，到时候给你消息。”

“行，我等着呢。对了，这是别人送的，拿回去给你们家老太太，说是有健脑效果。”方志说着从后座扯过一个大袋子递给许攸宁。

“那行，我先回去了，那边还等我开会呢。”

许攸宁没有客气，拿上东西下车往回走，方志将手随意地搭在车窗上，凝视着许攸宁的背影。直觉告诉他，许攸宁好像不太想见到他，也许是因为不愿意让公司的人看到，也许是别的什么原因，方志懒得去猜，毕竟女人不高兴的理由千千万万，许攸宁又是个性格有些拧巴的女人。

抬头看看姜半枝公司的大楼，方志只用了几秒时间思考要不要喊姜半枝一起吃饭，接着果断放弃了这个念头，启动车子扬长而去。

夏夜的空气有些闷热，河边散步纳凉的人很多。街灯照过去，行人的影子拉长又变短，飘忽得有些不真实。

清吧里放着蓝调音乐，空调温度调得很低，桌上的小灯光线柔和，许攸宁坐在靠墙的卡座里，不自觉地用手肘撑着头，神情慵懒地看着窗外发呆。

很快，清吧的门被推开，许攸宁看了一眼，便坐直身子，划亮自己的手机看了起来，直到来人走近，她才像刚刚注意到一样转过脸来，露出标志性的微笑。

“等很久了吗？”邢俊边问边坐了下来。

“没有，我也是刚到。”

点上酒，两人随意聊聊最近的工作和生活，许攸宁提起了给方志投资的事。

“他的钱款不是已经落实了吗？”邢俊很自然地反问。

许攸宁观察着邢俊的表情，发现他只是面色如常地喝了一口酒，接着抬起眼询问地看着自己。

“其实他那边资金还有些缺口，想着能不能再追加一部分，邢哥，我知道这事你说了就算的。”

“追加？”邢俊明显有些意外，“当时签合同的时候没说后面还需要追加啊？你们这个时候才说，不是把我也套进去了吗？”

“那特殊情况嘛，也没有办法。对吧？”许攸宁微微蹙起眉头，神情里顿时多了几分忧愁，“我也没有太多这方面的关系，就只能指望邢哥多帮忙了。”

邢俊放下酒杯，语气有些为难：“这不是说帮不帮忙的事，这事我也做不了主，你朋友那项目风险不小，我们能担的部分就这么多，想追加很难。”

许攸宁只当邢俊是在和自己讨价还价，以为还有商量的余地，不由得心中暗喜，她将酒杯向前推了推，自己也站起来，绕过桌子走到对面，挨着邢俊坐下来，脱下窄小的外衫，里面的吊带裙胸口开得很低，玉臂香肩一览无余。

“别这么急着就拒绝嘛，我朋友前几天特意准备了三十万，就指望你再帮这一下，要我看，这事也是互利互惠的好事，你说对不对？”

许攸宁的语气渐缓，手也攀上邢俊的肩膀，整个人靠得更近了。下一秒，她的腰被有力的手臂揽住。

“那是，许总真不用跟我谈钱，我能办的事只要许小姐开口就没问题。”

听了这话，许攸宁嘴角轻轻勾起，上钩了！男人不过如此，都会在她的魅力攻势面前败下阵来，投资也不过是手到擒来的事。想到这里，她任由邢俊揽着，让身体柔若无骨地贴了过去，却听到耳边邢俊的声音变得意味深长起来。

“但是，这事我办不了。我们是做融资租赁，又不是天使投资人，一个项目给多少额度不是我说了就能算的。不过，如果是许小姐还有什么别的忙，我绝对义不容辞，我特别愿意和许小姐这样的人一起工作。”

许攸宁身上一紧，感觉腰间的力道又大了一些，她忍住阵阵恶寒，伸手去够桌上酒杯，不着痕迹地挣脱开邢俊的手臂，转头却发现对方正看着自己。

虽然灯光昏暗，但那眼神似乎能将她穿透，许攸宁一刻也不想再多留，她现在也看明白这些男人也就是做点顺水推舟的事情，便宜还不会少占，要让他们顶风冒雨地帮个忙比登天还难。她挫败地将杯中的酒一口气喝光，悻悻地结束了这次会面。

此时方志还不知道许攸宁这边的状况。几笔材料款一付，账上的钱已经见底。不幸的是，工地那边出了问题。他让方宁从公司储备金里取出十万元，叫上赵娜，两人轮班开车赶路，转天就到了当地。

直接到佟岭村后，两人发现进出的汽车不多，要知道，电站开始建设之后，最常见到的就是工程车。方志的路虎刚开到村子附近，就有眼尖的村民认出了方志，一边骑着三轮靠向路边，一边向他招手。

方志随意摆摆手，加速而去直奔工地。见到张坤和承包项目的工头，核算了一下前几日的开支，方志身上的钱勉强能补上之前拖欠的施工款。

临时搭建的办公室窄小而闷热，空调嗡嗡地转着，方志的额头上渗出汗珠，湖北的夏天出奇地热，方志仿佛被外面的太阳烤着，心里一阵一阵发急。

方志好声好气地说："我们有几笔工程款还在往回追，下个星期就能到账，到时候再付下一笔。"

"我手底下的人白干了好几天，再这么下去没人干活了，钱实在跟不上的话，我们就下星期再装。"工头说着猛抽了一口烟，脸上没什么表情，拖欠工程款的老板他见得太多了。

"拖到下星期再装你们完不了工，承包合同上写了交工日期。"赵娜抢着说。

工头摊摊手："合同上的日期有什么用？上面还写了按期付钱呢！他们不干活，我也没办法是吧？"

方志觉得更热了，衣服被汗水浸湿，黏在身上。打发走工头，方志叹口气，转头对张坤说："你再帮我稳上几天，进度不能停，电站必须在九月内竣工。"

"方总，我也难办啊，虽然施工这块儿归我管，但上面曹老板也盯着呢，我总不能给公司做赔钱生意。"

正说着，裘得凯低声提醒道："方总，支书来了。"

方志抬起头，靳书记正从窗外经过，接着门开了，靳书记笑容满面地走了进来。

"方总你怎么来了？是电站有事吗？"

“没有，没事，都挺顺利的。”方志回答着，目光不由自主地看向靳书记手上提的一大袋生肉，“这是……村里杀猪了？”

靳书记支支吾吾，挠着头发有点腼腆：“不是村里的，我们家自己养的土猪，听说你来了给你拿一点儿。”靳书记眼睛瞟了一圈，“哎，我是不是打扰你们谈生意了？”说着就要往外退。

赵娜连忙摆手：“哪有的事儿，来，书记这边坐。”

“行行行，我把这肉先放外边，你看这刚杀的，还一股腥味。”

书记再进来还顺手搬了张凳子，方志从饮水机里接了一杯水递过去。又接着聊了一会，张坤要去工地上清点组件，赵娜也跟着一起出去，就剩下方志和书记两个人，靳书记这才放下水杯，看着方志，满脸笑容，憨厚得很。

从书记进来的时候，方志就看出来他有事要说，憋了这么久就等自己先开口，方志也不卖关子：“靳书记啊，村里养猪场建得怎么样了？”

书记等了半天就等这句话，连忙答：“快封顶了，有希望抢在梅雨天之前封上顶。”说到养猪场，靳书记兴致很高，但转眼眉头又拧了起来，“方总，你听说了吧，这段时间猪瘟闹得凶啊，你说我们这搞大棚的，要是一头猪得了病一棚全得遭，所以我跟村民一合计，想咬咬牙在棚里安一个定时消毒的玩意儿。”

方志装模作样地喝了一口水，他早知道书记来了肯定又是要钱的，但自己眼下这资金……只能想办法缓缓，就附和着书记的话：“是是是，这好事啊！”

书记额头上都能滴下汗了，心一横只能点破：“那个方总，你看能不能再付个五十万的预付款，我们这一鼓作气把管子埋好，一步到位！要不等猪场盖好了再返工可得多花不少钱。”

看书记话都说到这份上了，方志在太阳穴上揉了几下，觉得头疼得厉害：“啧，书记啊，你说的道理我懂，但我这段时间资金是真的吃紧，你看咱能不能先把这事放放，等我挺过这阵子，猪场返修多的钱我出，好吧。”

书记呵呵笑着，还想继续再努力一下：“方总……”

可刚开口就被方志打断了：“书记，我现在是真的难，您体谅一下，我方志绝对说话算话，你看上次你问我要预付款，我可是都不犹豫的。”

“唉——”书记重重地叹了一口气，知道今天事儿办不成了，又寒暄两句就离开了。

书记刚走，赵娜就又进来：“方总，我组件已经拉过来了，不过施工的进度款……民工那边天天催着要，都快闹事了。”

这一波未平一波又起，能想的法子，方志都想了，现在只能走一步看一步了。

钱这硬通货变不出来就打感情牌先拖拖吧，方志喊进来裘得凯：“刚书记不是送了猪肉么，让厨房炒两盆回锅肉，再做个红烧肉，你去买几箱冰啤酒，镇上切点烧腊，给张坤说这两天兄弟们都辛苦了，今儿晚上给大家吃顿好的。”

裘得凯应声出去，方志又揉着头继续想办法。可不到一分钟裘得凯就又进来了：“方总，书记……书记他又把肉拎回去了。”

方志一下子差点咳出血来，一时间竟不知道该哭还是该笑，心想：真是个葛朗台，以后不知道还会怎么阴咱们呢。方志满脸疲惫，有气无力地说：“你，你顺便再买十来斤肉吧……多买点花生、鸡爪、猪耳朵，下酒，能让他们吃慢点。”

第二十九章　风波再起

实验室里很安静，没有人声，但同时却又很嘈杂，敲击键盘的声音、数据采集的声音、检测仪器的嘀嗒声、打印机打印报告的声音……一群年轻的科研人员埋头忙碌，身上的白大褂和嘴上杂乱的胡茬形成强烈对比，桌子下面外卖盒子随意丢着，桌子上面却没有一件垃圾，全是密密麻麻的表格和报告……

程易枫和几个研究员围在一块电子屏前，死死盯着屏幕上红红绿绿的数字，安静得能听到自己的呼吸声。

忽然程易枫猛地跳起来。

“22.8，22.8。”

“比 Pirro 的记录还高 0.01！”

“我们是第一了！世界第一！”

听到这天大的喜讯，有人把手里的一沓资料直接朝天上一扔，白花花的纸片在空中肆意飞舞，像当年高考刚结束把一抽屉试卷一张一张撕碎从楼上扔下去一般。

实验室里瞬间响起掌声和欢呼声，程易枫身边的成员站起来和他击掌庆祝。手掌清脆地拍打在一起，程易枫疼得倒吸一口冷气，发出嗞嗞的声音。

“哎呀，我忘了你胳膊还没好！”

众人哈哈大笑，更有年长一些的同事打趣他：“多和年轻女孩一起运动是好事，但也别太用力了！”

“对啊，我们还指望你搬东西呢！”

“说真的，程哥，你为了学网球这么拼命，正经事有没有进展啊？”

程易枫有些腼腆地笑笑，正要开口，李珣敲开实验室的门，探头进来。

“这么热闹，是有好消息吗？”

见到李珣，程易枫两眼的光芒更加热烈，连忙回答：“来得正好，我们创造了世界纪录！PERC电池的转化率比博士给出的数据高了0.01。我请客啊。”

李珣对这0.01没什么概念，但从每个人脸上洋溢的笑容也能看出，PERC电池的研发取得了巨大突破。李珣也被实验室里的气氛感染，忽然蹲下身看着程易枫：“哇，程博士真厉害，我都情不自禁要仰视你了！”

“哈哈哈哈哈哈……”李珣这么一逗，实验室里笑得更开心了，几个程易枫身边的研究员一阵嘘声，看看李珣再看看程易枫，搞得程易枫脸上通红，刚想转过身就被李珣拉住：“好了好了，不逗你了，这是我整理的PERC电池知识产权相关的法律，给你们的。”李珣说着双手把文件袋递给程易枫。

“谢……谢谢。”程易枫吞吞吐吐地说着。完了又赶紧补了一句：“那个，明天周末，我请大家吃个饭，一起庆祝一下，你有空吗？”

实验室里又爆发出一阵欢呼，程易枫只看见李珣动了动嘴唇，微微一笑便转身走了。

报告很快提交到公司管理层的手中，PERC电池研发完成并且超出国际水平的好消息转眼传遍道华内部，就连发布最新成果的宣传文案也开始着手起草。原本持怀疑态度的人面面相觑，私下悄悄议论，行业内的新闻记者电话一个接一个打来。原来持有保守态度的公司高管也纷纷感叹后生可畏，现在的年轻人真是敢拼敢干啊。

周末的庆祝聚会上，程易枫和组里的同事喝得十分尽兴。都是一群年轻的知识分子，少了一些市侩的恭维，更像大学里面师兄师妹的聚会。酒喝得差不多，有人提议玩“真心话大冒险”，抽到程易枫时，他选择了“真心话”，于是同事问在座有没有他喜欢的人，程易枫毫不犹豫地回答“有”，引来一片起哄声。

游戏继续着，又过了一会儿，再次抽到程易枫。

“刚才就真心话了，这次玩大冒险吧！”程易枫突然有所警觉，感觉不太对劲。

“你确定吗？”同事一脸坏笑地问。

程易枫犹豫再三，最后吞吞吐吐地说：“那要不……还是真心话好了。”此时的他已经喝了不少酒，根本没注意到同事的表情。

“真心话：你喜欢的人是谁？”很显然，这问题是有备而来。

程易枫脑子一蒙，下意识地就看向李珦，其他同事也笑着看过来，李珦感觉气氛不太对，正要起身借口去卫生间，只见程易枫拿起面前的酒杯一口喝干，之后晃晃悠悠地站起来。

刚才还在起哄的众人顿时安静下来，程易枫虽然喝多了，但意识还清醒着，此刻心一横就要把李珦的名字说出来，却突然感到胃里一紧，酒气涌上喉咙。

“我，我喜欢……唔！”

程易枫捂着嘴跌跌撞撞跑向卫生间，众人错愕片刻，便哈哈大笑起来。看到程易枫走了，李珦反倒又坐下了，跟着大家一起笑，顺便又开了一瓶酒倒在杯中，缓解之前的尴尬。

等到程易枫吐完被同事扶回来，人已经彻底醉了，大家也玩得差不多了，聚会便在热闹的告别中散了场。

站在深夜的酒吧门口，背后音乐和歌声喧哗，眼前却是霓虹灯照不透的夜幕，刚刚还热闹地聚在一起的人们已经各自散去，看着程易枫跟着顺路的同事一起坐进车里，李珣悄悄松了一口气，心里却莫名地有些空落。

程易枫好不容易有了一次“破釜沉舟”的勇气，结果却以那么滑稽的场面收尾，第二天上班时他整个人都有些无精打采，一方面气恼自己酒后误事；另一方面又不得不承认，如果不是喝了那些酒，他也不敢当众对着李珣说出真心话。

也许命运不喜欢看到可造之才为情所困，这一天，实验室传来的消息让程易枫顿时清醒过来，甚至是从头凉到了脚，就像被人泼了一盆冰水。

“你们确定？是不是搞错了？这是不可能的，实验数据是经过反复测试的，为什么会下降？下降了多少？那再试一次！”拿着电话，程易枫脸色难看，一遍又一遍地强调着。

PERC 电池一旦封装成组件后转化率就会发生剧烈下降，从之前超过国际水平的高数值又降回正常值。听到这个消息，众人面面相觑，都在思考着到底是哪个环节出了问题。

程易枫定了定神，说道：“实验数据出现波动是正常情况，也有可能是因为数据系统不稳定，大家再辛苦一下，我们可能要多做几次实验，看看组件的工艺，是不是有虚焊，是不是测试的环境温度，找找原因。你们先准备，我先去汇报情况。”

接下来的一个星期，程易枫和同事们一起反复进行实验，发现每次转化率的初始数值都很高，但会逐渐衰减，众人百思不得其解。

写字楼的温度二十六摄氏度，办公室里并不热，程易枫却大汗淋漓，手脚发麻，一会儿起身倒杯茶，一口没喝就又去整理文件，一会儿拿着报告翻来翻去。

他难以置信地看着面前的检测报告，呆愣了一会儿才艰难地拨通电话：“王总工吗，我是程易枫，PERC 电池在封装组件的步骤上出了点问题，详细报告我一会发给你……”

"赵总，是我，程易枫，PERC 电池的发布会可能要推迟了，这边出了点问题，衰减特别厉害……"程易枫越说声音越小，自己都不知道在说什么。

一个星期之前，PERC 电池开始进行组件成压。

让所有人都意外的是，经过生产线组装的 PERC 电池转化率大幅下跌，不仅跌破新型电池的标准值，甚至低于国内现有的电池转化效率。

起先大家以为是生产线那边出了问题，毕竟实验和生产样片的过程中数值并没有出现这种情况。负责组装的操作员和负责人却坚持一切都是按标准流程进行的。

争执到最后，程易枫团队里的科研人员又亲自跟进了两次产线组装，结果还是一样，在实验室里表现稳定的 PERC 电池，进入组装产线，却成了"新型废品"。

接到最终的数据结果，程易枫在实验室里一夜熬出了黑眼圈，急得眼睛都有些发红。

这项世界顶尖的科研项目在开展初期就受到行业内的多方关注，不仅是媒体报道，科技局也特别拨了补助。之前得知研发进展顺利，省里更是为道华申报参评国家科技进步奖，申请基金。

早在半个月之前，各方已经开始询问进展，更是有人不知道从哪里得到了小道消息，发文称道华即将打破世界纪录，在新型电池转化率上领跑全行业。

"所有人都盯着呢，就连股票都跟着涨了好几个点耶。"李珣一边说着一边放下手机，将外卖餐盒向程易枫面前推了推。

虽然对外界封锁了消息，但电池研发失败的消息还是在道华内部传开了。

程易枫没有说话，只是埋头吃饭。

"我听人说，PERC 电池本来就是个伪命题，老外那边就是搞不定才放弃的。”李珣悄悄说。

“Pirro 博士设计的路线图没有问题，我们也做出来了，但为什么是衰减呢？问题会不会出在组件上？”

“那组件那边他们有没有想什么办法呢？”李珣连忙追问。

程易枫说到这里，语气又低落下来，头都能埋到饭盒里：“我现在还不能确定准确的方向，没道理这样的。”

眼前这个乐观还有些可爱腼腆的男生一下子沮丧成这样，像一夜白头老了十几岁，李珣心里可怜得不行，真想一把捧起这个期末没考好的孩子的脸，盯着他的眼睛告诉他：“你不差，你很厉害的，不要放弃。”

但心里这么想，手上也这么做就太奇怪了，李珣一时间手足无措，不知道怎么安慰，只能默默拿过一瓶水，站在程易枫的身边，递给他：“不急不急，再想想再想想。总有办法的。”

道华一时间成为舆论中心，行业内部更是风传一篇名为《PERC 项目研发或恐失败，道华将如何应对科研难关》的文章，股票也从之前走势良好直线下跌。

程易枫把自己关在实验室里，两耳不闻窗外事，却一点儿眉目都没有。李珣时不时就来问问情况，就连一向镇静的赵哲成也开始为这事着急，因为他接到了许攸宁的电话。

“你们道华的股票最近怎么波动那么厉害？电池研发失败的事是真的吗？”

凭许攸宁的专业敏感度，一早就注意到道华股票的变化不太正常。道华作为光伏行业的主流前排企业，围绕它的任何话题都可能成为行业的新闻热点。

“怎么能说失败了呢？”赵哲成果断回答，“不过是遇到一点儿小问题，科研嘛，小问题很正常。”

“现在行业内都传疯了，说这个项目做不出来道华要亏十个亿。”

许攸宁说。

赵哲成定了定神，连忙说："怎么能亏十个亿，就算失败了，那些设备都还是有用的。"

赵哲成还要再说，许攸宁已经抢先说下去。

"不然你问问你们老板，要不要利用一下我这边的行业'喉舌'？"

"我们只能说我们道华对这个项目很重视，目前研发开展十分顺利，最近正在攻坚阶段，具体进展还不方便透露。"这些漂亮话是说给别人听的，其实赵哲成心里也在为程易枫担忧，难得这么一个年轻科学家，可不能随随便便就被打倒了。

许攸宁靠在椅背上，一手举着手机，另一只手摆弄着桌上的鼠标。现在公司的决策权刚刚转移到她手中，她急需一个突破口，做出一些成绩。

之前关于行业动态的消息，大多是已经公开的消息，很少有独家新闻，这一次道华新型电池研发的话题已经被炒热，正是一个绝好的机会。

在这通电话之后的第四天，光伏人 App 上发布了对道华 PERC 电池全面报道的文章，中立客观地阐述了 PERC 电池的产业价值，以及已经突破的各项技术难关，同时委婉回应了当前正在攻克另一项难点的舆论，巧妙把阻挡的技术难关转化成道华科学家不断挑战登峰的决心。

这篇行业热点新闻为光伏人 App 带来惊人的流量，因为是独家爆料，文章被不断转载，媒体广告位的争夺变得更加激烈，后面又配合发表了国外关于 PERC 电池研究的相关文章，光伏人 App 狠狠地蹭了这波热度。

除了成功帮助道华转移一部分媒体视线，许攸宁更是名利双收，员工们私底下也纷纷称赞，说许姐一上任就带领大家打开了全新的局面。

为了庆祝单篇文章转载量刷新纪录，部长们拉上许攸宁，下班之后举行了团建聚餐。

喝得兴起时，有人提议所有人把手机放到桌上，谁拿手机就罚酒。刚开始没多久，许攸宁的手机就响了起来，但是电话连续打了三个，许攸宁有些不安起来，她喝完满满一杯酒，拿起手机，发现电话是方志打来的。

许攸宁脸上顿时没了笑意，打了个招呼就起身向外走去。

面对方志的一再追问，许攸宁最终说出邢俊还没同意追加额度的事。

“他不是收了钱吗？怎么能这么办事，这耽误大了！”方志顿时蹿起一股心火，语气都变得暴躁起来。

“之前不是说肯定没问题吗？项目都已经开工了。这怎么……”方志也没办法和许攸宁理论什么，停了一下继续说，“我知道了，我再想想办法吧！”

挂断电话，许攸宁站在门口深呼吸一下，这才勾起唇角转身回去，继续参加聚会。不到半小时，方志的电话再一次打进来。

“不是，许攸宁，那邢俊怎么一口咬死说没收过钱呢？”

许攸宁一惊：“什么意思？你直接问了邢总？”

“我打电话过去想再商量一下，那边一听是我就说了没得商量，我一提钱对面直接翻脸……”

方志这边正说着，邢俊的电话也打了进来。

“方志我这边还有个电话，我回头跟你解释，你先等一下。”

许攸宁知道，该来的还是来了。自从邢俊拒绝追加融资，许攸宁就一直担心自己私下赚取介绍费的事会败露，但她没有想到，这一次不仅是自己没了面子，恐怕这一耽误害惨了方志，将方志逼上了绝境。

俗话说“祸不单行”，许攸宁还没想好方志这边该怎么收场，就又被另一场风波狠狠打了脸。有人实名举报一家施工企业在工程中以次充好，造成人员伤亡事故，不仅如此，举报人还提供了相关证据。

要知道，一周之前许攸宁刚刚为这家涉事企业进行了大篇幅的宣传，不仅称赞企业科学规范的管理制度，更是特别提到过硬的施工质量。

这件事一出，第一时间就有人在文章下面留言讨伐，说光伏人App帮助无良商人进行虚假宣传。文章自然马上被删除，紧接着还发布了澄清和道歉的文章，可是这件事的影响却远比许攸宁想象的更大，甚至有人留言说自己接触过光伏人App的业务员和编辑，真的是给钱就写。

作为专注光伏行业的传媒企业，一旦在行业内失去声望，注定要举步维艰。许攸宁慌了神，她开始大规模筛查之前发表的文章，拒绝与可能存在问题的企业继续合作，可是，那些声誉好一些的企业如今也不再争抢头条文章的广告位，哪怕许攸宁拉上姜半枝亲自去谈，对方也是客客气气地表示，想等到风波和影响过去之后再合作，就连他们公司的公众号都以“整顿”为由被迫停运。

许攸宁急得不行，姜半枝始终阴沉着脸，她从一开始就不赞成许攸宁的做法，可是一路走到现在，事实证明许攸宁是错误的，她却没有任何成就感，看着自己数年的心血在一夕之间垮塌，姜半枝的心情比许攸宁更难受。

第三十章　水灾突袭

“近日湖北省多地连降大雨，根据当地气象部门发布的消息，雨水天气未来还将持续一段时间，局部山区存在滑坡和泥石流危险……”

就在方志为项目的去留犹豫不决时，雨季到了。

新闻已经连续播报了好几天，方志不由得有些担心，但还没等他打电话过去问，张坤的电话就在半夜打了进来。

“方总，出事了！这边暴发山洪了，建好的区域也被冲了！我现在正往那边赶。”

方志脑子“嗡”的一声，立刻从床上坐起来问：“有人受伤没有？”

“据说建好的区域没有工人，值班的人跑得快，只受了轻伤，但是现在没钱，找不到人抢修。”

“我这就过去，到了现场再说。”

方志简单地收拾了一下，开上车直奔湖北而去。路上他先是接到裘得凯的电话，说新的收购方知道了，能多付百分之三十的预付款，但算下来总的全款要少很多，方志现在心思全在工地上，想都没想就让裘得凯继续找。然后又是姜半枝的电话，听说工地出事，他正赶过去，姜半枝没说什么，只是让他注意安全。

雨水遮挡了视线，越接近佟岭村，路况越复杂，路上还有一座桥被大水冲垮，方志只能绕行。到了最后，车子几乎走不动，方志只能咬着牙慢慢向前开，赶到工地时已经过了中午。

方志将车停在临时办公室门前，雨点砸在挡风玻璃上噼啪作响，连成一片。天上一片灰蒙蒙，丝毫没有放晴的意思。方志从车上跳下来钻进办公室，人已经被淋得半湿。

“方总！”有人迎上来，递给他一件雨衣。方志愣了一下，要不是听着声音熟悉异常，他绝对不相信眼前这个人就是赵娜。她穿着橡胶靴，裤腿塞在靴子里，腿上、脚上都是泥水，从头到肩膀已经湿透，狼狈异常。

“现在什么情况了？张坤呢？”

“张坤在前面盯着呢，人都没事，但是没人干活，现在冲坏的地方还在水里泡着。”赵娜简单说明了情况。

方志叹了一口气，两个人顶着大雨到被冲毁的工地西北侧看现场。

工地的西北角地势相对低洼，积水很深，而且还在不断上涨，根本看不清到底有多少损失，被冲倒的支架横七竖八地泡在水中，雨点密集地落在上面，狼藉中更显萧条。

“快找点人，先把这些积水排出去。”

方志说着抹了一把脸，他一路过来走得很急，雨水顺着雨衣的帽檐打在脸上，和着汗水一起往下掉。他找见张坤，和他一起走到工人住的地方，把工头叫了出来。

工头却连连摇头说：“你找人挖排水沟，你不给钱怎么干？”

看着工人们躲在屋子里打牌睡觉，转头看向接天的雨幕，方志在屋檐下来回踱步。

“张总，你想想办法让他们动一动，现在救急要紧。”

“不是我不想帮你，他们不干我也没办法啊，活儿我包下去了，钱现在给不上，闹罢工就闹了好几次了。你也知道公司那边按进度款结算，没进度款，我一个施工负责人能动多少钱，早都垫空了。”

方志咬着牙点点头，雨声喧闹，吵得他心里越发急躁，他隔着雨衣，费力地摸索出一支烟塞到嘴里，又掏出打火机，却怎么也打不出火，一不小心香烟掉在地上，立刻被雨水打湿。方志泄气地收起打火机，大步向外走去。

身旁的赵娜却没有跟上方志，而是和张坤聊了起来。方志现在急得脚都停不下来，见赵娜和张坤在后面，又三步并作两步过去，刚想问嘀咕什么呢，走近就听到赵娜说："你先把工人们喊起来，我卡里还有三十万，水排完了立马给钱。"

方志一下子就明白了怎么回事，本能地想拒绝，但眼下又确实再没别的办法，张开了口却突然不知道是先推辞还是先感谢。

看方志这有些滑稽的表情，赵娜只是平和地一笑。张坤也开口了："娜姐，既然你这么仗义，那我更不能躲着。我自己也还有十几万，算是瞒着媳妇儿藏的私房钱，本来也是想着有什么事救急用，这点钱施工费肯定不够，挖个排水沟应该没问题。"

不知是不是雨水流了进去，方志觉得眼眶阵阵发潮。

"谢的话我就不说了，回头这事过了，我连本带息地还你！"

有了这笔钱，工头喊上手下的人，穿上雨衣、水靴，顶着大雨轮班挖掘，整整忙了一天多，终于在泥石流冲毁的地方挖开了一条排水沟。

雨势依旧很大，积水顺着新挖的水沟流出，方志不顾危险，蹚水过去检查冲毁的区域，发现不只是已经安装好的支架和组件，就连边坡也被雨水冲得开始塌陷，而且，山上下来的水势变得更大，将排水沟冲得越来越宽。

"这雨要下到什么时候？"

"这可难说啦，往年这个月份，十天半月的都有可能。"旁边的人有些气馁。

时间已经将近傍晚，湿漉漉的衬衣紧贴着皮肤，方志只觉得心头压了一块重重的巨石，他迷迷蒙蒙看向远处，带来的菜放在热水里温了又温，最后却只是胡乱啃了几口干粮。

天色开始慢慢变暗，水势更加凶猛，他连忙催促工头找人去引流疏通，但连续忙碌了一天一夜的工人也早已又疲又恼。

“水越来越大，太危险了。”

“昨天就加班干了一夜，不加钱不干了。”

“走，回去睡觉去。”

雨声中，众人的话有些模糊，但还是像炸雷一样传进方志的耳朵。方志急得直接冲出去，拦住工头。

“这样，我加钱，双倍，三倍，你看行不行？”

工头摆摆手：“老板，你也看到了，这可是要命的活儿啊。我们不干了。”

方志急得两只手死死拦着工头：“我把我车抵给你们行吗？这车买了不到半年，一百四十万的路虎，算对折抵给你？”

工头看了看方志，又远远地看看停在临时办公室外的车子，叹了一口气。

“唉，行吧，看你这样子也是被逼得没办法了，你给我写个条子，两倍工钱，然后我再带人去挖吧。”

就这样又奋战了一个多小时，方志也急得跟着工人一起蹚着泥水拼命地挖，可雨根本不见小，水势越来越大。

“快走！要塌了！”有人大喊着。

方志朝喊声的方向看去，挖土机倾斜着的一半已经陷进了土里，操作员在驾驶室狠狠地踹了几脚才踹开车门，没有一秒犹豫，一头跳进泥水，土堤上的人赶忙甩过去一个系着麻绳的筐子，驾驶员一只胳膊揽住筐子，几个工人就一齐使力把他拉了回来。

一套动作完成不到十几秒，紧接着“哗啦”一声，巨大的土石从山坡滑落，溅起几米高的水花，把挖土机结结实实地埋在下面。这么一折腾，众人都撤到安全地带，不再敢靠过去。

面对天灾的威严，方志只感觉自己跟蝼蚁一般渺小，双腿无力，重重地跪在地上，像丢了魂魄。天已经黑了，雨丝毫没有减弱的意思，一排一排的组件阵列被冲垮，一块一块真金白银在黄泥里翻滚，方志眼中的泪水再也绷不住了。他仰天痛哭，任雨拍在脸上，泪水奔涌而出，就连震耳的暴雨和洪水都盖不住他撕心裂肺的号啕。一辈子的心血在这场雨里毁于一旦，回想自己这一路的奔走和努力，打探政策、竞标、找投资、凑钱变现，一步一步才走到了今天，能做的事情他都全力去做了，甚至没能力跨过的坎他都想方设法跨过去了，可今天……方志突然又仰天大笑，笑声中尽是沧桑与绝望："哈哈哈……天要亡我方志……"

赵娜站在方志的旁边，一只手给他撑着伞，另一只手在默默擦着眼泪。

"全体村民请注意，全体村民请注意，立马到北山坡抢险救灾。"

忽然响起广播声和敲锣的声音，打碎了绝望窒息的气氛。远处有灯光晃动，方志晃晃悠悠站了起来，直到来人走近，他才看清一人手拿着铜锣，一人开着破三轮车，正是靳书记的儿子和村主任。

"方总，我爹身体不行就在车里先歇着，你说哪需要帮忙？"

"你们这是……"

村主任举起铜锣说："方总，你放心，这锣一敲，大伙儿马上就都赶过来了！"

果然，手电筒的光从远处靠拢，起先很分散，接着慢慢地汇聚到一起，成为整片的光亮，最终这光亮走到方志面前。村民们一个个穿着雨衣，拿着绳子、铁锹，全副武装。短短不到十分钟的时间，竟然来了小一百号人。

人群中走出四个身材高大魁梧的男人，清清嗓子高喊："来来来，大家听指挥，十人一个班，四班一个排站好。"说完就走向方志，声音雄浑，"方总，我们人到齐了，你说挖哪里。"

方志还在愣神，吃惊地看着眼前斗志昂扬的村民，哪有先前求着他办养猪场的样子，俨然一支训练有素的军队。

见方志不可思议的表情，魁梧的男人催促道："我是村子里民兵连的排长，我们这年年都要闹洪水，都有经验了。方总，时间不等人，你赶紧说要救哪吧。"

旁边的赵娜先反应了过来，抹了抹脸上混成一团的泪水和雨水，重新抖擞精神大喊："一排的人跟我到西边！"

"书记、村主任，你们这是……感谢感谢，大家伙儿的工钱我按两倍算，不，三倍算！"方志一时间难以置信。

只见坐在三轮车里的书记缓缓抽了一大口旱烟："方总，这不是说钱的时候，你大老远跑来投项目，可不能砸在我们村子的地界上。"

众人纷纷点头，村主任也不等方志回话了，带人就到积水最多的地方，开始堵水挖渠。方志擦擦脸上的雨水赶紧跟上去，抓起铁锹一起挖。

"不行，太黑了，应急灯怎么还没来？"有人大喊着问。

"灯在后面！挖掘机也在后面！先找几个人下去看看哪个地方能站住脚！"

果然没过一会儿，应急灯来了，后面是各种农用设备和挖掘机。

"这东西哪儿来的？"看着挖掘机从眼前驶过，方志大声问旁边的村民。

"是养猪场拆下来的！"

原来，村民把自家的设备和养猪场的工程车都开了过来，方志心里感动不已，却来不及说什么，因为水势已经越来越大。工头看到这架势，也不好意思再"势利"下去，把所有人都叫出来，和村民们一起堵水抢险。

"注意安全！别靠那么近啊！"方志看到有些村民就站在水边，急得拿着喇叭大叫。

"没事，早习惯了，我们村就这样，挨着村沟，又在山脚下，年年暴雨都得淹几场。”有不认识的村民在旁边说。

方志跟着大部队一起扛着沙袋，忽然一个大浪打来，他被打得连连后退，摔坐在泥水里，抬头却看到一只手伸到眼前。顺着手臂向上看去，站在面前的竟然是姜半枝。

“半枝？你怎么来了？”

“我过来找你的！”

原来，姜半枝得知方志的工程出事，第一时间取了钱也驱车过来，因为比方志晚了一天，等她抵达时，距离村子几里外的路已经被水淹没，车子没办法再向前，情急之下，姜半枝找到当地人，带她从小道一路走到佟岭村。

“许攸宁也想来的，但是她家里出了事，她和赵哲成都走不了。”姜半枝说着把手里的提包递给方志，“我手里就这么多了，现在公司里我说了不算，动不了更多的钱。”

方志听了一愣，下意识地问：“你公司怎么了？”

“没什么，正常的股权变动，不说这个，帮我找件雨衣，我身上这件刮破了。”

姜半枝走的是山路，又是大雨天，雨衣早已被树枝刮出很多口子。方志从临时办公室里翻出一件厚重的老式雨衣，姜半枝穿上雨衣便投入抢险的队伍中去，很快，方志就分辨不清眼前穿着雨衣的人哪个是姜半枝，哪个是靳书记，哪个是佟岭村的村民。

一夜过去，云层渐渐变薄，到黎明时，天边泛起鱼肚白，雨帘稀疏，最终变成淅沥的小雨。方志将手里的铁锹放下，看着一个村民将最后几铲土清理掉。

晨光洒下，众人脱下雨衣，所有人脸上、身上都满是泥水，虽然看上去疲惫不堪，但眼中却流露出胜利的喜悦和欣慰。

“谢谢，谢谢大家！”方志激动得热泪盈眶，上前握住村主任和书记的手，“我真的，特别感谢大家，不管这关我能不能过，乡亲们的恩，我一定报！”

靳书记拍拍他的肩膀：“别说那些，你帮了我们大忙，现在轮到大家帮你了。你的电站在我们村上就是我们村的事！”

收尾工作进行得很顺利，即使是之前抱怨连连的工人也干劲十足地忙碌着。方志回到临时办公室，从姜半枝带来的现金里拿出一些，出来找到施工队的工头，把钱交给他，让他去买两头猪，厨房准备大锅菜。

“大伙儿累了好几天，又折腾一夜，我请大家。”说着，他随手拍了拍车子，“回头就靠你送我回去了。”

“方总，你这是……”

方志笑了笑，回身拍拍自己的车说：“这车现在已经不是我的了。”

说着，他从口袋里掏出车钥匙，递给身边的工头，但对方却把他拿钥匙的手推了回去，擦了一下脸上的汗水，摆摆手说：“方老板买什么猪肉啊，我打电话让朋友送上来。车，你自己留着吧，算欠我个人情。全村子的人都来帮忙，方总肯定不简单，以后成大事了，多惦记惦记我们施工队啊。”

方志一时间有些惊讶，转而感激地重重点头。

经过一场浩劫，感谢的话已经无法表达他内心的感触，抬起头，只见云层散开，数日不曾出现的阳光从云层缝隙间洒下，天地仿佛重获新生，之前决堤一般的大水也变为平缓的水流，泛着微光，绕开整片工地，流向远处。

不到中午，工地上就端出几大锅热气腾腾的猪肉炖藕，众人或蹲或坐，端着碗盆就地开吃。

方志端着两个盛得满满的铝饭盒走到姜半枝旁边，把其中一个递到她眼前。姜半枝这才从笔记本前抬起头来，接过饭盒放在身边地上。

“先吃饭，吃完再写。”

“不行，这篇报道要趁热打铁，趁着我还在激昂的情绪里把它写完，直接发出去。”

大水过去后，众人都在忙着整理和休息，只有姜半枝胡乱洗了把脸，擦干双手，找了一块平整的石头垫着，打开笔记本噼里啪啦地写起了现场报道。到吃饭时，第一篇报道已经发出，第二篇也差不多完稿，只剩下细节上的修改。

“信我的，趁热吃，这肉特别香，比五星饭店里的还好吃。”方志边说边坐下来吃了一大口。

姜半枝笑笑，打字的手指却没有停下来。

“这个我信，饿了什么都好吃，你这几天是不是都没怎么吃饭睡觉？”

问这话时，姜半枝并没有看方志，但是，昨夜方志在灯光下的那张脸仍然清晰地浮现在她眼前。他坐在地上扬着脸，眼睛发红，眼眶乌青，胡子拉碴，整个人瘦了一圈，看上去焦急、无奈，神情里却没有丝毫无助，这让姜半枝更加确信，他仍然是那个任何困难都打不垮的方志。

这样的心情落在笔下，成为澎湃流畅的文字，接连发布出去。

方志饭盒里的饭菜已经吃了一半，姜半枝还没有写完。方志正想再催，有村民跑过来喊他。

“方总，书记让我告诉你，县委刘书记来视察灾情了！还说要专门见见你呢。”

原来，虽然光伏人 App 的账号暂时停运，但姜半枝凭借一向坚持质量的理念早就收获了一批介于朋友与客户之间的稳定读者，即使她是用私人账号发布的这次光伏电站抢险报道，一晚上就被不断转发，甚至转到了省委宣传部和当地县委书记那里。

县委书记到了现场，看到泥猴一样的民工聚在一起吃饭，也跟大家坐在一起聊天，回忆自己 1998 年抗洪的时候：“那时，我还是水利局副局长，跟着大部队一起参加水电站的抢险，家家大人出门前都要把孩子放在最高的楼顶，跟吃的喝的放一块儿，想着自己回不来了孩子也饿不着，还能留个后。”说到这，县委书记转身掏了根烟，偷偷抹了一把眼泪。

县委书记点上烟又继续讲：“当时下游要垒沙袋，但是水太急，十几斤重的沙袋一放下去立马就被冲跑了。我们就在上游横着拉一根大铁链，解放军和村民一起人抱着人硬是挡出来一道人墙，减缓下游的水力。那时候浪大啊，一个浪打过来铁链上就少两三个人，然后岸上的人立马跳下去补上，就这么人填人，挡了一天一夜……一个不见了，下一个就补上……”县委书记的声音渐渐哽咽，然后长舒一口气，“算了，过去了不提了。”

他举起一瓶啤酒，一口气灌下半瓶，然后转向方志：“这次没有人员伤亡就好，像方总这样的企业家不仅能带动当地经济发展，危难时刻还能跟群众一起结成统一战线，不仅是推动扶贫计划的开展，更是商民一心，当代典范！”

方志现在是五味杂陈，一边感激村民和朋友的舍身帮助，一边盘算着，自己的项目本来就差钱，这一波大水更是把原本微弱的希望彻底扑灭。听了县委书记一番话倒是让他好受一些。方志心里想：行吧，就这样吧，至少人都没事，大不了休息休息从头再来嘛。他也举起啤酒算是回敬县委书记，一饮而尽。

第三十一章 大步向前

刚回江州，方志的第一个安稳觉竟然是在医院，连夜的折腾和大雨，身子终于扛不住，病倒了。

方志迷迷糊糊地睁开眼睛，望着医院的天花板，心情极为平静。呆呆地躺了一会儿才缓缓打开手机，六个未接来电全是安迪的。方志本能地点了回拨，但还没拨通就又挂断，转而打开微信。果然也有安迪的消息，问方志在哪个医院。方志迟钝地发送了一个地址，便再次睡了过去。

等他睁开眼睛时，他看到安迪正坐在床边削苹果，暗紫色的短裙，麦黄色抹胸上披着一件薄薄的夹克背心。方志努力回忆，自己以前和安迪见面要么是迷离朦胧的夜晚，要么是暧昧十足的酒局，还是第一次在这么明亮、安静的地方见面。看着安迪打理精致的鬈发、偏浓烈的妆容，坐在医院的病房里，像是一朵开在阳台的紫罗兰，即便娇艳的阳光将它暴露无遗，但它的一枝一叶依然萦绕着神秘。

“你醒了。”安迪抬了抬眼，继续削着苹果。

“嗯……”方志揉揉微痛的脑袋坐起身，不知道该说什么。

安迪把削好的苹果递给她，语气责怪：“唉，你看你一把年纪了还瞎拼命，安安稳稳的日子看来是和你无缘。”

方志现在心里也没有不服气，没有懊悔，没有愤怒，平静得跟水一样，继续听安迪说。

“方志啊，你说你从一个开奶茶店的变成现在动不动几千万的大老板多不容易，说你没点本事谁都不信。一张嘴还能说会道，会讨女孩子欢心。”安迪的眼神忽然黯淡，目光看向别处。

“想想真遗憾，原来我们的心都大，走不到一起。我总想，要是我能安静地陪在你身边多好。但最近这几天为你的事情担惊害怕，我真是受不了。”

“唉，我现在也不清楚我想要的究竟是什么。我知道你对我的感情，我也想过咱们是否能在一起，但是现在……我走到你的病床前才发现，我根本没有重新开始的勇气。”安迪嘴角挤出一丝笑容，“我还是愿意远远地看着你折腾，累了就来找我喝喝酒。”

方志沉默了几秒，终于也决定接受这一切，给自己长久的心结画上一个句号。他张开沙哑的喉咙，轻轻吐出三个字：“我明白。”

安迪走后，方志望着窗外出神，嘴里不知不觉哼起熟悉的旋律：“想把我唱给你听，趁现在年少如花。花儿尽情地开吧，装点你的岁月我的枝桠。……最最亲爱的人啊，路途遥远我们在一起吧。”哼着哼着，一滴未察觉的泪从眼角滑落。

方志还在静养，第二天一大早，赵哲成就提着一篮水果来看他。许攸宁跟在赵哲成身后，低着头像做错事等待批评的孩子，一开口便控制不住哽咽起来：“方志，我对不起你，我骗你说能搞到三千万，但其实邢俊根本没答应，那六十万我已经给你退回去了。我为了赚钱还害了半枝，对不起……”

经过一场水灾，项目本来就没救了，再说方志也没打算怪许攸宁，倒是他第一次见许攸宁这个样子，有些不知所措。

旁边的赵哲成解释道：“我和许攸宁商量过了，想把我现在那套房子卖了，反正我经常出差也不住，真需要的时候就到她那里凑合几天，正好陪孩子。还有，许攸宁拿你的钱，其实是为了她父亲，虽然最后还是没能救回来。”

见气氛逐渐沉重，方志又找回了一贯的状态，开玩笑说："你俩想复婚我举双手支持，但是别打着帮我的旗号，回头许攸宁哪天后悔了，再埋怨到我头上。"

"我们俩商量了一下，和复婚没关系，说到底是我把你害成这样的。"许攸宁忙着辩解。

"行了行了，你也别自责了，我真不怪你。"方志认真地说。

"这两天躺在病床上，我就在想，过去这几年就好像一场梦一样。从赵哲成刚回来的时候到现在，起起伏伏，身边的朋友聚聚散散，唯一感觉特别好的就是我们四个人，恩恩怨怨就一直没分开过，还多了一个阿紫。多好的孩子啊，被你们成天送去补习，我都见不到几面，还说怕被我这干爹带坏了。"说到阿紫，方志眼睛都湿润了，不但是想这孩子，而且是实实在在地被四个人一路走来的兄弟姐妹情给温暖到了。

一番话，三人都一下子动情了。许攸宁哽咽地说道："哪有说你对阿紫不好，是你在旁边她就无法无天，你那么宠她，别人都知道你爱阿紫。"

赵哲成在旁边打岔道："怎么说起阿紫来了，我替许攸宁说句话，她这次真觉得对不起你和半枝，回头就把公司股份转回去。"

方志笑笑，拉过赵哲成的手放在许攸宁的手上："我们几个都没事，快回去吧，下次把我干女儿带来，我给她扮奥特曼。"

送走赵哲成和许攸宁，这下方志是无事一身轻，下床走到窗边伸伸懒腰。伴随着筋骨松动的声音，所有的焦躁、担忧、悲愤全都像废纸一样揉成团丢到一边，浑身舒畅。

"呦，恢复不错呀，方总。"

方志回头一看，赵娜正捧着一束花靠在门口。

"病好了，生活可不会等你，麻烦方总先出院签个字再继续静养吧。裘得凯前天找到一个收购方，能帮咱们及时止损。"

出租车就停在医院门口，方志直接前往办公楼去见项目收购方。项目工地被冲垮，而恩太已经没有资金继续施工，收购方老板提出打折收购项目。要放在先前，方志肯定一百个不甘心，但此刻他就像当初刚开奶茶店时一样，竟然在想：医院闷了几天，一会儿去哪里吃点好的。

走过一楼大厅，方志在一面光亮的墙壁前停下脚步，整了整衣襟和领带。就在这时，方志的手机响了起来。

电话里的内容又让方志的眼睛燃起了火光。县委书记在视察灾情之后，联合县里几个委局办的负责人，以水毁的名义申请了专项资金，对方志的工程进行补贴，修缮被大水冲毁的场地和施工道路。

形势出现了转机，方志第一时间给张坤打电话，问他如果能保证资金，项目能不能在九月底完工。

“方总，我正想给你打电话！曹老板知道了这事，特批了一笔进度款，我现在正找人抓紧修复地基，这边政府和当地人都很支持配合，不出意外的话，可以按期完工。”

“曹老板是怎么知道的？”

“你现在可是名人，开发商与当地村民协力抗洪抢险，新一代企业家精神的杰出典范！”

听到这里，方志愣了愣，这句话怎么听起来这么耳熟？是姜半枝，在方志住院期间，姜半枝连续发表的文章中就有这样的一篇。

面前还是大厅光亮的墙壁，就在几分钟之前，方志还身处窘境，一心想要降低损失，现在却由衷地感到人生起伏无常。见到收购方老板，方志没有同意打折收购方案，他决定再冒一次险。

再见到靳书记和佟岭村的乡亲们，方志顿时生出一种劫后余生的感觉，靳书记见到方志也很开心。

“方总啊，多亏有你，这次市里下来人，交通部门和水利部门的领导都来了，说不仅要翻修道路，还要科学勘测，加固上游河道堤坝，从源头上减少山洪暴发，彻底解决洪水问题！”

方志施工现场受灾，村子却因祸得福。对于方志，佟岭村的村民们是一百个感激，甚至自发组织起来加入施工现场的复原工作。

灾后复原结束后，施工现场重新举办了开工仪式。讲话时，方志感谢了很多人，乡亲们，村、县、市的领导，施工队伍……可是说了那么多，还是难以表达自己的心情，这让方志感到莫名的失落。

仪式结束之后，方志接过靳书记递来的旱烟，吸了几口，有些感慨地说：“靳书记，你放心，这项目做完之后不管给谁，我都保证以后电站的运维人员都从咱们村里面找人，我跟他们签协议的时候把这条加上，一定把村里的就业带起来。”

县委书记也站在一旁，闻言说：“依我看，给谁也不如给方总可靠，村子里还有一千五百亩地，方总有没有兴趣做后续的开发项目？”

幸福来得太过突然，方志转头看向县委书记，重复道：“一千五百亩地？”

县委书记确信地点点头。

方志突然意识到一个关键的问题，疑惑地问：“书记啊，按理说，我就是个拿地做项目的小民企，水灾是村民们帮了我大忙，我感谢还来不及呢，现在怎么反倒是被感谢了？”

县委书记爽朗地笑了笑：“这你得感谢国家和政府，你说你又帮村里修猪场，又给村子提供就业岗位，不正是在积极响应国家扶贫政策吗？而且你作为老板，能亲自跟员工、村民一起在泥水里蹚来蹚去，肯定不是只会坐办公室的资本家，而是国家和社会需要的实干家。”

方志恍然大悟，连忙点头：“谢谢书记信任，我方志一定好好报答乡亲们，实现光伏扶贫的双赢发展。”

两只手紧紧握在一起，信任与感动交织，远处机械声轰鸣，工地上一派热火朝天，方志心中的斗志和希望也跟着炽热的阳光重新燃烧起来。

不出方志所料，因为拿到了后续项目，收购方又向方志追加了百分之十的款项，作为下个项目的预付款，恩太之前岌岌可危的资金链彻底被救活了。

收到追加款的那天，方志特意叫上姜半枝出去大吃一顿。他喝了很多酒，扯着姜半枝不断说着感激的话，还许诺等项目收购完成，要送姜半枝一辆新车。姜半枝自然没有当真，只是开玩笑地让方志别忘了帮自己算算当年股份的红利能有多少。

九月里又下了几场大雨，但因为提前防范，做足了准备，佟岭村没有再发生灾情。九月底，经历了夜以继日的加班赶工，电站顺利建成，按期实现并网，达到收购标准。

本该为绝地复活感到春风得意的方志，却因为连续奔波生病了，但这一次他是怀着圆满的心情住进医院，就当是几天难得的休假。

这天探视时间刚到，方宁就匆匆推开病房门，将一沓报表递到方志眼前。

“哥，告诉你一个好消息！这次我们赚大了！”

方志一听也来了精神，接过报表，嘴上还问着：“什么赚大了？”

“之前那批组件涨价了，咱们足足赚了百分之十的差价，几千万啊，我的哥哥！你太厉害了，想当初我还死活拦着不让你给订金……”

回想起自己之前百般阻挠，方宁连连摇头。

方志笑笑，拿了一个苹果递给方宁，得意地说：“要是什么都让你料到了，你不就是恩太的老板了吗，还要我干什么？”

窗外飘着小雨，淅沥声不紧不慢地传进来，方志听着方宁絮絮叨叨地说着钱的用处，突然感到难得的安宁。热推鸡汤文里写的“现世安稳”，大概就是这种感觉吧！

方志约姜半枝到以前中学旁边的一家奶茶店，为了感谢她之前的倾囊相助，不仅还了钱，还送了姜半枝一辆 SUV。

“听说你公司被人举报了？缺钱随时跟我说啊。”方志半开玩笑地问。

姜半枝不紧不慢地喝了口奶茶，娓娓说道："还记得我之前办过一场'质量万里行'活动吗，我重启了这个活动，在原来的光伏人 App 上新开了个监督版块，专门呼吁行业内各级人士举报监督。许攸宁知道了，说想在交流论坛上做个检讨，结果当着好多大老板的面一口气把责任全揽在了自己身上，然后当场辞职了。"

方志一脸震惊："哇，没想到许攸宁也有这么帅的一面！"

"是啊，许攸宁这次是真的成长了。"

第三十二章　研发成功

有时候舆论就像一场感冒发烧，就算烧退了，感冒的症状也依旧不会消失。

虽然媒体暂时停止了对PERC电池研发结果的步步紧追，但风波并没有平息，围绕着道华和新型电池话题的讨论依旧在行业内继续发酵，越是没有公布结果，众人就越是好奇。公司内部也出现了质疑的声音，曾经反对研发的一些人再一次站出来，提出应该及时止损。

连续的加班和巨大的压力，让程易枫从最初的不甘和激愤，变得疲惫又颓丧。即便对面坐着的人是李珣，他也没有开口说话的欲望。

“你这样不行，再这么弄下去人熬废了，原因也找不出来。”

当初那个热血沸腾、眼里有火的少年，如今一副魂不守舍的模样。好歹朋友一场，看着程易枫一脸生无可恋的模样，李珣心里也有些不是滋味。

下班之后，李珣拉程易枫到公司楼下的咖啡厅散心，但很明显，程易枫把自己的脑子落在了实验室，一会儿消沉无精打采，一会儿又着了魔似的翻动手机。

“不然咱们去看电影吧。”李珣突然提议道，“就你上次跟我说的，那个……《变形机甲》。”

“是《变形金刚》！”程易枫立马纠正。

见程易枫好像有了点兴趣，李珣连忙补道：“走嘛，正好去放松放松。”

李珣不等程易枫回答就直接找了一家点播影院，问程易枫想看哪部随便挑。程易枫毫不犹豫地选了《大黄蜂》。

伴随着低沉的旁白，电影拉开了序幕。李珣被那旁白的声音一下子催生出困意，但转头看程易枫倒是很有精神。

似乎是来自遥远的太空，又似乎是来自远古的低语，程易枫像是聆听到了某种召唤，近似痴迷地念着“能源魔方”。

“李珣。”

“啊！电影完了吗？”被程易枫这么一喊，李珣吓了一跳，活像只受惊的小猫左右张望着，不过神志还有些不清楚。

“都结束半小时了。”

“这么久吗？”李珣揉揉眼睛，“话说，亏你精神好，昨天熬了一晚上，看这种电影没想到你还来了精神。”

“是吗？我觉得挺好看的啊。”程易枫随便聊着。

“不就是一群机器人为了能量魔方抢来抢去，跟武打片差不多嘛。”

程易枫笑了：“那你说，咱们光伏人拼死拼活不也是为人类抢一个能源魔方吗？”

这一问倒是把李珣问醒了。

走出影院时，天已经蒙蒙黑，明月东山升起。程易枫将右手高高举起，指向月亮，伸开五指，露出神秘的微笑：“李珣，你看，那就是能源魔方的影子。”

李珣顺着程易枫的手看过去，那孤高的月光似乎被拿捏于股掌。再看程易枫的脸，像狂醉的酒徒品尝着绝世无双的佳酿，像深情的君王注视着手中的白玉杯，思念着当年美人。哪怕是一片夜色当中，只要望向天空，程易枫的眼中便如同光芒万丈的太阳。

程易枫转过身，像是换了一个人，明明还是浓浓的黑眼圈和乱七八糟的胡子，但整个人多出一份无与伦比的自信。

“我刚刚又想到一种可能，现在就回去试试。你放心，虽然不能保证成功，但失败的理由我一定会找出来的！”说完，程易枫径直拦了一辆出租车往实验室的方向开去，留下李珣独自站在路边。

“哼，这家伙。”李珣自言自语，不明褒贬，嘴上微微一笑，眼眶突然湿润了，不知是因为一片好心被丢在街头的委屈，还是因为再见程易枫重振信心的高兴。

“情浓完全明白了，才甘心披上孤独衣，有你有我有情有天有海有地；当天一起不自知，分开方知根本心极痴，有你有我有情有生有死有义……”李珣穿着工装连体裤，小拳头攥在裤兜里，一边走一边哼着《一起走过的日子》，颇像事了拂衣去的孤胆英雄。

顶着高强度的工作和内外压力，最终却得到一个“衰减”的结果，这确实让程易枫大受打击，但是再大的打击也不能轻言放弃，因为在他的心中有一个将太阳握在手中、为人类永续火种的梦。李珣并不知道这个梦的起点，正是来自那“五百万年前的赛博坦星球”。

回到家后，程易枫手握月亮时那个神秘的微笑像刻在李珣脑海中一样，怎么抹也抹不掉，突然李珣也对什么“机器人”“能源”“火种”有了点兴趣，自己一个人把《变形金刚》看了一遍。

而程易枫，在后来很长一段时间里和组员们围绕着电池组装时的情况反复实验和推算，他仿佛再一次回到学院的实验室里，不需要考虑资金压力，只要全力钻研课题，全身心地投入“追光”的旅程。

程易枫围绕可能影响光衰的六个环节分别成立了六个小组，反复进行实验测试。十几个人每天饿了点外卖，困了就在实验室凑合眯一会儿，不分昼夜地辛苦了三天三夜，可还是没找到影响光衰的原因。

李珣下了班专门跑到广州主题的饭店买了烧鹅饭给实验室的人改善伙食。推开实验室的门，竟然没人注意到她，只见程易枫正和一群人神情紧张，盯着手里拿的资料。

“我从外面打包了点吃的给大家。”李珣象征性地说了一声，也没人搭理她。她就一个挨一个发盒饭，走到程易枫面前停下脚步轻声说，“听说你是潮汕人，带了你们那的烧鹅饭。”

程易枫眼睛都没抬一下，死死盯着手里的数据：“建美，这块板子是怎么回事，怎么只衰减了一半？”

“哦，这个啊……当时串焊机出了故障，实验员不知道就一起拿过去测了，已经是块废品了，别管它。”

“串焊机？坏了？坏了衰减怎么就少了？”程易枫思索着，“衰减会不会受温度和光强影响呢？时间越长衰减就越厉害？”

“时间越长衰减就越厉害，”程易枫大喊着，“串焊时高温高光强造成的，一定是这样！”

程易枫一把推开饭盒，跳起来拉过建美：“走走走，再试一组数据。”李珣也静静跟在后面。

程易枫来到测试仪前，拿出一块电池样板：“来，模拟一下串焊机，先来 7 秒再拿出来测一遍。”

“22.5。”

“9 秒。”

“22.3。”

…………

李珣虽然不懂，但也努力踮着脚尖，从团团围住的人群中找到一个缝隙，屏息凝神，程易枫看哪里她也跟着看哪里。

一直到 15 秒，整个实验室鸦雀无声，只听见串焊机吱吱作响。

“停，下一组。”

“到 17 秒。”

“19.6。”

已经跌破 20 了，数值还在下降。

“19 秒。”程易枫面无表情，死死盯着显示器。

“20。”

“22。”

“28。”

旁边刚打起精神的年轻检测员心情又丧了下去：“程哥，应该不是这个影响的吧，已经30秒了，数据跟前十几组都差不多。”

程易枫没有回他的话，整个世界似乎只剩下他和那组电池，连时间都静止了。

“继续，32秒。”

“33。”

“34。”

就在这时，原本一直下跌的数据好像已经跌到了谷底，34和33秒的数据持平。

“继续加强。”程易枫面不改色，但心里已经纠成一团，隐隐做好了又一次失败的准备，暗自叹息，唉，毕竟只是一个猜想，还是不对吗？

“程哥，36秒了还是19.7。正常的焊接环节，32秒就结束了。”检测员的语气已经全然没了斗志。

刚刚还围成一堆的实验员已经悉数散开，拖着疲惫的身躯准备下一组实验，几天没日没夜地推理、验算、统计，连身上的白大褂都变得暗淡。

当所有人都认为空欢喜一场的时候，除了检测员就只剩程易枫一个人守在屏幕前，李珣则默默站在他的身后，替他捏一把汗。

就在38秒，检测员看了一眼数据，然后又赶紧揉了揉眼睛，不敢相信地说：“19……19.8？”

“40秒，20，41秒，20.1。”

“回升了！又回升了！程哥你看，回升了！”

听到检测员的惊呼，众人又缓缓聚了过来。随即实验室里像炸开了锅：“回升？”“真的假的？”“设备出故障了吧？这怎么可能？”讨论声此起彼伏，唯独程易枫还是一动不动地盯着显示器。

“继续测试。”程易枫语气与之前一样平淡。可站在他身后的李珣看得清楚，程易枫一手拿着表格记录，另一只拿笔的手腕已经露出了青筋，捏在笔上的部分甚至有些发紫。

43 秒，44 秒……48 秒，50 秒，还在回升！

实验室经过短暂的哄闹又重新安静下来，除了串焊机和测试仪的声音就只能听到沉重无序的呼吸。

“程哥，还在回升！”测试员的语气因为太过激动已经有些颤抖。

一直到 60 秒，显示器上的数字已经回到了最初的峰值——22.8。

程易枫依然不动声色，又持续加热了 10 秒，见数据不再变化，固定在 22.8，才叫检测员停下。程易枫呼地长舒一口气，一下瘫坐在地上，弱弱地说：“我们成功了。”

“高温高光强打破了原本的分子结构，导致空穴通道被阻塞，继续给予能量，新的通道就会被打通，分子又会重组。只要时长超过三十八秒，转化率就能逐步回升到原始数值！”

众人似乎还在思考程易枫的解释，又或者沉浸在刚才的死寂中还没缓过神来，上一秒好像精疲力竭的程易枫忽然从地上跳起来，一跃三尺，脱下身上的白大褂使劲一挥，声嘶力竭地大喊：“我们成功了！”

实验室霎时一片沸腾，欢呼声、口哨声混在一起，多长时间的痛苦和压抑在这一瞬间全部释放，程易枫一高兴直接搂住身旁的李珣，恨不得把她凌空举起来：“李珣，你看到了吗？我们成功了！我们是世界第一！”说到最后，程易枫终于止不住泪水，倾泻而出。

“我们成功了！”

“太好了！真太好了！”

李珣大声重复着，只觉得自己鼻子发酸，想哭又哭不出来。这段时间真的是太不容易了，她这个旁观者都感到激动不已，更不要说程易枫和其他科研同事。

想到程易枫，李珣突然意识到自己抱住了一个温暖的躯体，下意识地抬起头，程易枫正眼眶发红地垂眸看着她。李珣一个激灵清醒过来，连忙松开手，退后一步，有些尴尬地理理鬓角的碎发，又看向周围。

大家都沉浸在实验成功的喜悦中，并没有留意他们，李珣微红着脸，有些羞赧地重新抬起头，看着程易枫的眼睛真诚地说："祝贺你！"

欢呼长达半个小时，实验室才重新安静下来。第一次实验成功后，程易枫和同事们不敢大意，又反复进行了几次严谨的实验，证实了数据的稳定性，之后加班加点形成论文。一切稳妥之后，道华才将新型电池研发成功并攻克光致衰减难题的结果公之于众。

程易枫和科研团队请了两天的假，不约而同地在家大睡特睡，养足精神之后，报告会和发布活动接踵而至，一时间程易枫成为行业名人，风头无两。

几乎是第一时间得知消息的许攸宁抢在各家之前采访了程易枫。

程易枫的发言中规中矩："科研成果是大家一起努力的结果，我们的成功和领导的认可与支持是分不开的，省里和相关科研单位也给予我们很大帮助……"

至于为何选择 PERC 电池作为研发方向，程易枫的回答令人印象深刻，除了因为新型电池对整个行业发展的重大意义，程易枫更是简单回忆了自己留学时的经历。

"出国留学前，我的导师沈教授在最后一堂课上告诉我说：'我现在教给你的，都是外国人已经做过的，如果你能把我教给你的步骤减少或增加一步，数据提高哪怕百分之一，那这就是中国光伏为全世界做出的贡献，不然我们永远都是学生！'我当时还很不服气，都是有两只手，肩膀上顶着一个脑袋，为什么他们能做的我们就做不出来？

这一次我们证明了，我们中国的科研人员完全有能力攻克国际领先的研发课题，甚至比课题的开发者做得还要好！”

庆功酒会那天，行业内来庆祝的人很多，程易枫和科研团队的同事们被围在中间。李珣找了一个稍微清静些的地方坐下来，远远看着这一幕。

此时的程易枫西装革履，他站得挺拔，面容干净清爽，双眼明亮有神，一表人才，但在李珣的脑海里却跳出了其他画面。

她见过程易枫熬夜之后满脸胡茬、两眼通红的模样，见过他一杯杯喝浓咖啡，不断去洗手间洗脸最后衣服湿透的模样，见过实验不理想他跑到公司楼下学吸烟呛到咳出眼泪的模样……和眼前光芒夺目、众人围绕的程易枫相比，那些狼狈和消沉的样子反而显得更加真实。

“怎么自己跑这里坐着了？不去凑个热闹？”

赵哲成的声音打断了李珣的思绪。

“老赵。”李珣抬头笑笑，“你不是也躲到这里来了？”

“我又不是今天的主角……”赵哲成看着远处的程易枫，不禁感叹，“不过程易枫这小子总算熬出头了。”

李珣也看着程易枫，慢慢地点头，接着突发奇想地问赵哲成：“你说……是研发时不断碰壁的辛苦更真实，还是现在的成就和荣誉更真实？”

“这个……我觉得现在更真实。”赵哲成说完，然后又补充了一句，“但也都不算真实，说到底只是人生的一个阶段。”

李珣抿了一口酒，送给赵哲成八个字：“滴水不漏，人间清醒。”

几个人的说笑声渐渐远去，融化在外面的阳光里，仿佛从未有过烦恼与失落。虽然未来可能仍然要面对很多难题，但明天永远都是新的一天，经历了“双反”申诉、产业国内化发展、国际标准调整和新型电池的研发与投产，等待着这个行业的永远是新的挑战和机遇。

对于年青一代来说，未来意味着发展，更意味着无限的可能。

又过了不久，许攸宁和赵哲成复婚了，没有大肆操办，只是选好日子请方志和姜半枝一起吃了顿饭，在各自的朋友圈发了动态。

酒桌上，方志打趣地追问赵哲成，到底用什么办法把许攸宁追回来的，也教教他。许攸宁自然什么都不说。而赵哲成只是笑着说："中间发生不少事，走动得多了，自然而然的事吧，毕竟还有阿紫呢。"

"那我可没希望了，我又不能为了结婚先弄出个孩子来，哈哈哈！"

"方志，当着孩子瞎说什么呢！"

姜半枝和许攸宁几乎异口同声地说，接着两人转过头，相视一笑，默契地举起酒杯。

方志替赵哲成高兴，难得轻松的老友聚会，不知不觉喝了不少酒。

吃完饭，赵哲成和许攸宁带着阿紫回家，方志没什么事，姜半枝也没有，两个人随意地沿着河边慢慢散步。

街景昏暗，初冬的风刮着水面，有汩汩的细流声响，迎面时而走来几个人，又匆匆擦肩而过，就像生命中留不住的过客。

方志突然有些感慨，看着姜半枝并肩走在自己身边，一起迈着协调的步子，可她仍然成为自己感情中的过客，留不住也挽不回。如今想起往事，对姜半枝的感觉更多是感激，其中掺杂着几分怀念、几分珍惜。

也许是喝得有些多，方志竟有种时光倒流的错觉，在他没有发迹之前，那些数不清的晚上，他和姜半枝一起吃完路边小摊，也是这样肩并肩地走在街上，送她回家。方志突然脑子一空，下意识地去抓姜半枝的手。

姜半枝微微怔了一下，步子踏错了半拍，但转眼又恢复了平常，继续慢慢向前走着，她没有把手抽出来，就那样任由方志松松垮垮地握着。

他们有多久没有这样牵着手走在路上了？方志的记忆有点模糊，最后一次牵手，大概是在他去四川抢废硅料之前？认真想想，分开之前，他们已经很久不曾好好地牵着手漫步街头了。

曾经熟悉的触感从指尖传来，就像抓着自己的手，没有想象中的心潮起伏和澎湃，一切似乎都是理所当然，仿佛他们一直这样牵着手散步，但又有哪里不太对。

渐渐走到灯火明亮的地方，方志装作不经意地瞥了姜半枝一眼。

姜半枝的神情很自然，店铺窗口流泻出的灯光照着她的脸，忽明忽暗，像加了一层柔光，她早已不复当年的单纯模样，只有目光还透着熟悉的清澈。

就这样默默地走到十字路口，信号灯刚好从绿变成闪烁的黄灯。

姜半枝原本已经踏出了脚步，看到信号灯一变，说着："哎呀，变灯了。"人就站住了。

就这样一晃，姜半枝的手从方志的掌心滑落，毫无预兆，却又那么轻易。

方志恍然抬起头，看见黄灯闪过，又转眼暗下去，红灯刺目地亮了起来。

站在路口，两只手隔着不到十厘米的距离，但方志却再没有想牵手的念头了。他突然觉得，"一别两宽"这个词用在自己和姜半枝身上还挺恰当的。曾经有过深切入骨的感情，却不像赵哲成和许攸宁那样有孩子牵绊，分开后的他们渐渐成了最亲的亲人，相互鼓励，各自奋斗，这说不定便是这段感情最好的结局。

方志抬起头看看天空，薄云遮住了星辰，月影也模模糊糊，明天不知是怎样的天气。

但是，无论如何，太阳总会照常升起，明天总会是新的一天。

参加科学大会之后的第二年，程易枫凭借对 PERC 电池光致衰减现象的研究成果，取得了前往分会场发表研究报告的资格，并荣获组委会评选的"十大青年科学家奖"。

又过了一年，程易枫跻身科学大会主会场，论文在主会场的十佳论文评选中获得排名第五的好成绩。宣布评选结果时，主会场的与会科学家们不禁交头接耳、议论纷纷，中国能够在光致衰减方面研发出领先世界的成果，让所有人都感到意外和惊喜。

“在开始我的报告之前，我首先想感谢在场的一个人，他就是最早提出 PERC 技术的 Pirro 博士。”

程易枫说完这句话，在场的人纷纷张望，只见 Pirro 博士穿着低调朴素的深灰色西装坐在角落，鬓发皆白。听到程易枫提到自己，他下意识地坐直身子，平静地点了点头。

“我很荣幸能作为中国光伏企业的代表在这里发言，虽然 PERC 技术是中国对世界光伏行业所做出的贡献，但不得不承认，我们的成就也是建立在世界科学家几十年发展研究的基础之上，也许经济有国界、文化有国界，但科学是没有国界的。

“今天我们获得这份荣光，明天这份荣光将会照耀在世界的每一个角落。无论是我的老师、领导，甚至是我的国家都教导我，科学技术的进步绝对不是为了私利，而是为全人类命运共同体尽一份力。我们不能故步自封，要以开放的心态拥抱世界……”

会议结束，程易枫眼底仍然有些酸涩，心中澎湃的情绪仿佛要化为激动的热泪，从眼中奔涌而出。

他在掌声中走出会场，抬头就看到一个娇小的身影站在门口，她在等待着她年轻的“光伏英雄”！